Synke Köhler

DIE ENTMIETETEN

DIE ENTMIETETEN

ROMAN

SYNKE KÖHLER

SATYR VERLAG

1. Auflage September 2019

www.satyr-verlag.de

Cover und Coverfoto: Maren Kaschner
Korrektorat: Jan Freunscht

Druck: cpi books | Clausen & Bosse, Leck
Printed in Germany

ISBN: 978-3-947106-31-8

STILLSTAND

Das dumpfe Geräusch verebbte die ersten beiden Male ergebnislos. Andi fuhr den Seilbagger drei Meter zurück, ließ die Abrissbirne fünfmal hin- und herpendeln, immer weiter ausladend, bis der entsprechende Schwung erreicht war. Dann drehte er den Ausleger. Dem dumpfen Knall folgte jetzt ein lautes Bröckeln. Ein harter, kratzender, stoßartiger Husten. Ein chronischer Husten, dem mit herkömmlichen Mitteln nicht beizukommen war. In der Hauswand klaffte ein ziegelrotes Loch. Das Haus war erschüttert. Aus seinem Mund rieselte der Auswurf.

Andi war zufrieden, zufrieden mit dem Loch in der Wand. Wieder ließ er die Birne pendeln, wieder krachte es. Er hatte seinen Rhythmus gefunden. Das war wichtig, er brauchte diesen Rhythmus. Viermal Schwingen, einmal Krachen. Mit der Abrissbirne konnte er sein Leben auspendeln. Noch zweimal, dann würde es wie von selbst gehen. Wenn er bis zum Frühstück die oberste Etage weggependelt hätte, dann würde er heute Nacht endlich wieder ficken. Es wurde Zeit. Er hatte schon seit fünf Wochen nicht mehr gefickt. Und das war auch nur ein Notfick gewesen. Und wenn in zwei Wochen die Baustelle nur noch ein gerade abgestecktes Viereck wäre, plattgefahrener Sand, Platz für ein neues Fundament, wenn der ganze Schutt weg wäre, dann würde es auch klappen mit einer Anlaufstelle. Damit wurde es in letzter Zeit immer schwieriger. Früher hatte es genügt, einen Zettel zu hinterlassen, ›bis bald Andi‹, und über dem i von Andi

statt eines Punktes ein Herzchen zu malen. Dann war er einfach so, wann er wollte, vorbeigeschneit. So lange, bis die Maus angefangen hatte rumzuzicken. Jetzt zickte sie schon von Anfang an. Unter seinen Lärmschutzkapseln sangen die Ohrstöpsel seines iPods, und vor seiner Abrissbirne schwang Madonna, die einzige Frau, deren Älterwerden er verzeihen konnte, ihre Hüften, girl gone wild. Er wollte hier bis 14 Uhr fertig sein. Fertig meinte, 14 Uhr wollte er zuhause unter der kühlen Dusche stehen. In zwei Stunden würde es unerträglich werden, die Hitze und der Staub würden sich vermischen. Alles würde festkleben, sein T-Shirt, seine Jeans, seine Hände, seine Zunge, seine Gedanken. Keine Gedanken, das bedeutete keine knappen Tangaslips und zu Bärtchen gestutzte Muschis.
Andi war in sein meditatives Lebenspendeln vertieft, die Maus in seiner Vorstellung wurde mit jedem Knall jünger, der Abend und die Nacht immer aussichtsreicher.
Andi hörte nicht, wie Rishi brüllte. Sah nicht, wie Rishi mit den Armen ruderte. Wie er auf den Seilbagger zugelaufen kam. Als er ihn jetzt doch im Augenwinkel wahrnahm, hielt er es für einen von Rishis Scherzen. Rishi, der Inder, war für alle ein mit dem Kopf wackelnder Clown. Jetzt hüpfte Rishi todesmutig vor der Abrissbirne hin und her. Der hatte Nerven. Andi versuchte, sich von Rishi nicht aus der Ruhe bringen zu lassen. Rishi lief auch an Tagen wie heute, 37 Grad waren für den Mittag angesagt, und schon jetzt war es pupswarm, nur langärmlig über die Baustelle – um seinen hellen Teint zu behalten, wie er sagte. Andi schüttelte den Kopf. Rishi hüpfte weiter vor den 500 Kilo Stahl herum und ruderte mit den Armen, als wäre er am Ertrinken. Andi traf die falsche Stelle, das Mauerwerk blieb stehen, nur einzelne Putzfladen fielen herunter. Andi war sauer. Rishi machte mit seinen Händen ein T-Zeichen. Auszeit. Er zeigte auf den Schutt. Andi sah ihn böse an. Aber Rishi schlug seine Hän-

de noch einmal eindringlich übereinander. Also ließ er die Kugel ausschwingen und sprang wütend vom Bagger.
– Was soll das? Hat dir die Sonne das Gehirn weggefressen?
– Da liegt jemand.
Andi, der noch immer halb seinen Phantasien nachhing, sah vor seinem inneren Auge eine sich rekelnde, halbnackte Frau. Ein einigermaßen versöhnlicher Grund, seinen Rhythmus zu unterbrechen.
– Wo?
– Da.
– Wo da?
– Unterm Schutt.
– Willst du mich verarschen?
Rishi zog ihn am Ärmel. Zog ihn unter der Abrissbirne vorbei zur Ecke des Hauses, die in sich zusammengefallen war. Der Staub hing noch in der Luft, gegen die blendende Sonne war nicht viel zu erkennen. Ziegel, Putz, Schrankwandteile, zerborstene Fensterrahmen.
– Rishi, es ist zu heiß für sowas.
– Da.
Rishi zeigte auf einen Punkt im Schutt. Andi kniff die Augen zusammen und sah einen verstaubten Ärmel, der halb mit Putz übersät war.
– Das ist eine Jacke, na und?
– Da.
Andis Blick folgte Rishis. In Verlängerung des Ärmels reichten zwei Finger aus dem Schutt heraus. Vollkommen unwirklich. Andi und Rishi starrten auf den Arm.
– Was machen wir?, fragte Rishi.
Rishi grinste. Zumindest sah es für Andi so aus, als würde Rishi grinsen. Weil er immer so aussah. Andi sah Rishi einen Moment zweifelnd an, dann zurück zu dem Arm. Dann schlug er Rishi

mit einem harten Schlag auf die Schulter, so dass Rishi beinahe das Gleichgewicht verlor.
– Okay, netter Scherz. Jetzt räum deinen Mist da weg.
Rishis Gesicht, seine Lachfalten um Augen und Mund bekamen auf einmal etwas Schmerzliches, etwas Verzerrtes.
– Ich fass das nicht an.
Ein kühler Luftzug griff in Andis schweißigen Nacken. Ganz unvermittelt fragte er sich, was er hier machte. Vielleicht hatte Rishis Frage das ausgelöst. Was sie hier machten. Sie standen auf einem Haufen Schutt. Unbewusst tat Andi das, was er immer tat, wenn es keine Antwort gab. Er steckte sich eine Zigarette in den Mund. Er hielt Rishi die Packung hin, obwohl er wusste, dass Rishi nicht rauchte. Rishi schüttelte den Kopf. Andi blies den Rauch gegen die Sonne. Verarschte Rishi ihn? Er wollte nur seine Arbeit machen, er wollte einfach nur mit der Abrissbirne gegen die Wand ballern. Alles wegballern, die innere Stimme wegballern, die Worte wegballern, bevor sie sich zu einer Frage zusammengesetzt hatten. Das Gesicht wegballern. Dieses Haus hatte ein Gesicht. Ein weibliches. Noch nie hatte er ein Haus mit einem Gesicht verbunden. Das Haus war ein Haufen Steine, nichts weiter. Er wollte nicht darüber nachdenken, wer darin gewohnt hatte. Er wollte dieses Gesicht vergessen. Er wollte sich keine Gedanken machen, oder zumindest nicht solche. Das Haus hatte schon genug seiner Energie gefressen. Es konnte sich nur um einen Scherz handeln. Mit der Zigarette im Mundwinkel ging er in Richtung Arm.
– Dann sag ich deinem Kumpel jetzt mal ›Hallo‹.
Andi griff nach der Hand im Schutt und wollte sie schütteln. Sie war hart und weich gleichermaßen, und kalt. Sie gab nicht nach. Ein seltsamer Widerstand. Erst jetzt wurde Andi klar, dass diese Hand tot war. Dass es kein Plastikarm war, den Rishi da hingelegt hatte. Dass es nicht nur eine Hand war, sondern dass

diese Hand zu einem Körper gehörte, dass unter ihm, im Schutt, jemand lag.

GERALDINE

Ein unscheinbarer Brief hatte alles angekündigt. Einer von der Sorte, die man gern ungeöffnet liegen ließ, weil sowieso nichts Wichtiges vermeldet wurde, wie z. B. der Kontostand oder die Mitgliedschaft in einem Sportverein, den man schon lange nicht mehr besuchte. Ein handelsüblicher Briefumschlag DIN lang mit Sichtfenster, hellgrau, aus dünnem Papier. ›Mieterberatung‹ stand kaum lesbar in Schriftgröße 7 als Absender. Geraldine ließ ihr Postfahrrad wie immer am Anfang des Blocks stehen, nahm die Post und die Werbung und lief mit ihrem Generalschlüssel die fünf Hauseingänge ab. Diesmal steckte sie in jeden der zwölf Briefkästen pro Aufgang denselben grauen Brief. Auch in den Briefkasten ›Hardenberg-Gorzkow‹ fiel ein Brief, sie konnte sich nicht erinnern, jemals hier Post eingeworfen zu haben. 60 Briefe, von denen ihr 23 vor dem zweiten Aufgang aus der Hand gefallen waren, sie hatte sich bücken müssen. Es war einfach zu viel diesmal. Sie spürte einen Stich im Kreuz. Geraldine konnte sich denken, dass diese Briefe nichts Gutes verhießen. Auf der einen Seite war da diese Neugier. Andererseits wollte sie es aber auch gar nicht wissen. So wie man eine schlechte Nachricht hinauszögert, obwohl man doch nicht darum herumkommt. Es ging sie auch nichts an. Vielleicht war es nur das Schreiben eines Telefonanbieters. So wie sie vieles nichts mehr anging. Die Politik nicht, die Nachbarn nicht, ihr Exmann nicht. Und auch nicht ihre Kolleginnen. Früher war das anders gewesen.

Beinahe hatte sie es geschafft, sie hatte alle Briefe eingeworfen,

und niemand hatte neben ihr gestanden, niemand hatte direkt neben ihr den grauen Brief aufgerissen. Sie kannte dieses Geräusch, wenn die Kunden, alle Menschen hießen auf einmal Kunden, die Post hastig aufrissen, dieses Ratsch, Ratsch, Zfsch. Und dann die Enttäuschung. Meistens war es eine Enttäuschung, eine Enttäuschung, die das Geräusch lautlos wiederholte: Zfschsch. Sie ging den Weg neben den Aufgängen zurück zu ihrem Fahrrad. Noch 30 Meter. Noch 20 Meter. Noch 15 Meter. Geraldine dachte an Heiko, ihren jüngsten Sohn. Sie machte sich Sorgen. Geraldine wollte nicht, dass er so endete wie sie. Dafür hatte sie alles getan. Ihre Jungs sollten studieren. Sie sollten zu den Besseren gehören, und das hatte bis jetzt ja auch gut geklappt. Heiko auf dem Sofa, mit der Chipstüte, die Chipstüte war ihr nicht recht, Chipstüten waren für Geraldine der Inbegriff von Scheitern. Was vielleicht mit ihrem Gewicht zusammenhing. Mit den zu vielen Kilos, die Geraldine wie aus der Kindheit zurückgeblieben erschienen. Am liebsten hätte sie Heiko die Tüte aus der Hand genommen. Geraldine hatte sich auf den Sofarand gesetzt und sich an ihren jüngsten Sohn gekuschelt wie ein junges Mädchen.
– Na, wie läuft's, hatte sie gefragt.
Heiko hatte sie abgeschüttelt. Unwirscher diesmal als sonst. Insgeheim wusste Geraldine, dass er ihre Nähe mochte, es aber seit der Pubertät nicht mehr zugeben konnte. Normalerweise antwortete Heiko immer gleich, ›gut läuft's, und bei dir, Geraldine?‹ Er sagte ›Geraldinä‹, so wie sie ihr Leben lang genannt wurde, auch jetzt noch, wo sie schon lange wusste, dass man das e nicht mitspricht. Sie hatte sich inzwischen mit diesem Namen abgefunden. Sie war nach Geraldine Chaplin benannt, der Tochter von Charlie Chaplin. Und das war das Schlimmste, was ihr passieren konnte. Sie, ein pummliges, tollpatschiges, vielleicht sogar dummes Kind, und immer wurde sie an Geraldine Chaplin gemessen. Von ihrer Mutter, die, wenn sie sie ansah, ihr jedes

Mal das Gefühl von Unzulänglichkeit gegeben hatte, dieser kurze Seufzer, und der enttäuschte Blick, dass das Kind dem Vater ähnelte und nicht der Schauspielerin. Die Mutter, die es aber nicht lassen konnte, jedem zu erzählen, nach wem ihr Kind benannt war, so dass auch alle Besucher, auch die wenigen Freunde, die Geraldine mit nach Hause brachte, Geraldinä mit Geraldine verglichen. So dass sie sich angewöhnte, es selbst zu erzählen, damit diese Hürde, diese Lächerlichkeit schon genommen war. Aber das war lange her, seit Jahren war sie nur noch Frau Petzold, obwohl sie auch schon lange nicht mehr die Frau von Herrn Petzold war. Heiko hatte sich durch das Programm gezappt, ohne zu antworten. Da war ihr klar gewesen, dass etwas nicht stimmte. Sie wollte jetzt nicht in ihn dringen. Das musste sie beim nächsten Besuch herausfinden, was nicht stimmte. Langsam, behutsam. Sie versuchte, sich vorzustellen, was die beste Methode war herauszufinden, was Heikos Problem war, und wie sie, Geraldine, das lösen konnte. Aber ihre Gedanken ließen sich nicht weiterführen, denn dort stand Herr Sonntag, mit dem sie sonst gern ein Schwätzchen hielt. Er stand da auf dem Fußweg und hielt in seiner rechten Hand den geöffneten Brief. Am liebsten wäre Geraldine jetzt schnell vorbeigegangen. Was aber unmöglich war. Herr Sonntag wartete auf sie:

– Das musste ja irgendwann so kommen.

– Was?

Herr Sonntag hielt den Brief nach oben.

– Es war nur eine Frage der Zeit. Die wollen uns hier raushaben. Noch so eine Luxuswohnanlage.

Geraldine und Herr Sonntag schauten zu dem Neubau hinüber.

– Die sind wie Unkraut. Die betonieren jeden freien Flecken zu, am Schluss sieht es hier so aus wie in Marzahn.

Geraldine und Dieter Sonntag hatten sich schon öfter über diesen Neubau ausgelassen. Sie fanden ihn gemeinschaftlich hässlich. Dieter mehr als Geraldine. Genau genommen hatte immer nur Herr Sonntag gesprochen, und Geraldine hatte genickt. ›Die Wohnungen sollen ja ganz verwinkelt sein. Eine halbe Million Euro und mehr bezahlen, und dann haben die auch keinen besseren Blick als wir.‹ Dieter hatte sich über die neuen Nachbarn lustig gemacht.

Dieter Sonntag war sich nicht klar, wie er diesen Brief auffassen sollte. Sollte er darüber lachen, sollte er ihn ignorieren, sollte er wütend werden. Er reichte Geraldine wortlos den Brief. Geraldine war das nicht recht. So genau wollte sie es nicht wissen. Sie wollte nicht hineingezogen werden in fremder Leute Leben. Aber jetzt musste sie den Brief lesen.

Sehr geehrte Fam. Dieter Sonntag,
da der Wohnblock Marner Straße 9–13 nicht mehr den heute geltenden Wohnbedürfnissen entspricht, planen wir umfangreiche Umbaumaßnahmen. Ihre Wohnung in der Marner Straße 13 wird im Zuge des Um- und Neubaus vollständig abgerissen, eine Kündigung des Mietverhältnisses ist somit unumgänglich. Zur Vermeidung von Unannehmlichkeiten setzen Sie sich bitte mit unserer Mieterberaterin in Verbindung, die Ihnen bei der Klärung aller Fragen behilflich sein wird.

Mieterberatung – Facility Management
Gleisstraße 34, 13734 Berlin
Tel.: 030 543 78 79

mit freundlichen Grüßen
Wolfgang Windinger

BEB Berliner Ensemble Bau
Wohnanlagen & Immobilien Windinger

Geraldine reichte Herrn Sonntag den Brief zurück. Sie wusste nicht, was sie sagen sollte, sollte sie Beileid bekunden? Mut machen? Herr Sonntag sah sie erwartungsvoll an.
– Ja, sagte Geraldine nur.
Ein mitfühlendes ›Ja‹. Dann war wieder so eine Pause. Geraldine wartete darauf, dass Herr Sonntag etwas sagte.
Dieter schaute auf die Bäume, die er eigenhändig mit eingepflanzt hatte. Inzwischen hatten sie die Höhe des dritten Stockwerkes erreicht. Einen kurzen Moment lang sah er seinen Sohn auf der Babydecke unter den jungen Bäumen stehen. Irene lachte. Wann hatte Irene das letzte Mal so gelacht? Dieter erinnerte sich nicht.
– Na, ich werde die frohe Botschaft gleich mal meiner Frau mitteilen.
Der ironische Ton störte Geraldine. Weil er ihr aufgesetzt vorkam. Geraldine sagte noch einmal ›Ja‹. Diesmal aber klarer.
Grußlos drehte Herr Sonntag sich zur Haustür und war schon fast verschwunden, als er sich an Geraldine erinnerte, sich noch einmal zu ihr umdrehte und ihr zum Abschied kurz zuwinken wollte. Aber Geraldine war schon an ihrem Fahrrad. Dieters Grußhand stoppte auf halbem Weg wie ein erschrecktes Eichhörnchen.
Geraldine spürte ihren Rücken, vorhin beim Bücken musste sie sich verrenkt haben.

2. OG LINKS

Dieter hielt sich am Geländer aus schwarzem Plastik fest. Auf einmal spürte er eine Enge in seiner Brust, so als würden der Beton und die Neubauten auf ihn zuwachsen. Dieter wollte hier nicht weg. Und er wollte noch nicht sterben. Er atmete langsam. Die zwei Treppen erschienen ihm heute wie der Aufstieg auf den Müggelturm. Morgen hatte er wieder einen Termin bei Dr. Hauser. Auch wenn der ganze Prenzlauer Berg, den nur die Zugezogenen ›Prenzlberg‹ nannten, sich verändert hatte, hier in diesem Haus war Dieters Insel. Eine Insel im Meer der Veränderung. Hier blieb alles gleich. Fast. Wenn Irene nicht wäre. Sie hatte auf die Etagenheizung gedrängt. Dieter mochte die Ofenwärme. Die Wärme, die von der Mitte des Zimmers ausging. Das Knistern des Anmachholzes. Selbst den leicht schwefeligen Geruch der Asche mochte er. Immerhin hatten sie den Ofen behalten, und der Schornstein war auch noch in Betrieb, so dass Dieter an kühlen Herbsttagen manchmal den Ofen anheizte.

Irene stand in der schmalen Küche und wuselte.

– Hier, für dich.

Er überreichte Irene den Brief, als würde ihn das nichts angehen. Als wäre das Irenes Sache. Er ließ Irene stehen, setzte sich ins Wohnzimmer und wartete auf ihre Reaktion. Irene hielt den Brief unschlüssig in ihren abwaschfeuchten Händen und legte ihn dann beiseite. Mit einem Wischlappen putzte sie die Spüle frei von Wassertropfen. Dieter schlug die Zeitung auf, die ebenfalls im Briefkasten gesteckt hatte, die er seit 35 Jahren abonniert hatte, ihn aber immer weniger interessierte. Er versuchte zu lesen, konnte sich aber nicht konzentrieren. Irene klapperte noch immer in der Küche. Dann war kein Klappern mehr zu hören. Die letzten Schranktüren waren zugeklappt. Stille. Dieters Zeitung sank auf seinen Schoß. Es dauerte. Eine Ewigkeit. Dann kam Irene. Dieter hob die Zeitung und tat so, als wäre er in einen Artikel vertieft.

– Ich finde, das ist eine Frechheit. Eine Frechheit ist das. Dass sie mich nicht mal angeschrieben haben, ich bin doch nicht ›Familie Dieter Sonntag‹.

– Was bist du dann? Natürlich bist du ›Familie Dieter Sonntag‹.
– Bei dir piept's wohl. Ich bin Irene Sonntag. Ich bin ein eigenständiger Mensch.
– Eigenständig, seit wann bist du eigenständig?
Irene pfefferte den Brief auf den Couchtisch. Dieter tat weiter so, als würde er Zeitung lesen.
Irene begann, auch im Wohnzimmer zu wuseln, aufzuräumen, umzustellen, die Gardinen geradezuzupfen. Mit einem Krümelroller rollte sie zwei Krümel vom Tisch. Sie räumte Dieters Notizen von der linken Seite des Schreibtischs auf die rechte und dann wieder in die Mitte. Über dem Umstand, dass Irene unter ›Familie Dieter Sonntag‹ lief, fanden sie nicht zusammen. So musste jeder für sich mit dieser Nachricht umgehen. Jeder für sich, sich Gedanken machen, Sorgen machen, seine Angst fühlen. Nach einer Viertelstunde setzte sich Irene auf die Couch und begann ein Kreuzworträtsel. Dieter betrachtete die Falten auf ihrem Gesicht. Diesen verbissenen Zug. Dieter wollte seine Frau umarmen. Früher war der harte Zug dann manchmal verschwunden. Hatte sich aufgelöst wie eine Wolke am Sommerhimmel. Fast immer hatten sie danach Sex gehabt, weil Dieter nichts sexyer fand als eine weiche Irene. Irene hatte Sex nie gemocht, oder zumindest hatte Dieter das nie gespürt. Deshalb hatte sie irgendwann seine Umarmungen abgewehrt, weil es Dieter aus ihrer Sicht immer nur um das Eine ging. Damit hatten die Umarmungen aufgehört. Und sie hatten auch nicht wieder angefangen, als auch Dieter Sex nicht mehr wichtig war.
– Wir könnten mal zum Müggelturm fahren, sagte Dieter.
– Was sollen wir dort? Dem Verfall zusehen? Bei dieser Ruine.
– Du bist nicht auf dem neuesten Stand.
– Beim letzten Mal bist du sowieso unten geblieben.
– Ich war oben.
– Bis zur zweiten Treppe warst du, nicht weiter.

– Immerhin.
– Zu essen gibt es auch nichts.
– Es gibt den Kiosk.
– Kiosk. Bockwurstbude.
Irenes Stimme schnappte leicht über. Sie erinnerte sich, wie Dieter, über den Pappteller gebeugt, seine Wurst geradezu in sich hineingestopft hatte. In seinem viel zu großen Anorak, den er aufgrund seines Bauchumfangs kaufen musste, sah er aus wie der letzte Prolet. Aber Dieter störten solche Beleidigungen nicht. ›Dann bin ich eben ein Prolet‹, sagte er dann. Dieter nahm den Brief vom Couchtisch.
– Die kriegen mich hier nicht raus. Die nicht. Nur mit den Füßen zuerst.

MARIANNE SCHWEIZER WIRD MARINIERT

Marianne spürte, wie die Träger ihres BHs in ihre Schultern schnitten. Die hinter ihr liegende Frühschicht hockte wie ein schweres Tier auf ihr. In den letzten Jahren wuchs das Tier immer schneller. Ebenso wie das Gefühl, dass sie ihren Patienten immer ähnlicher wurde. Dabei war heute erst Montag. Sie hatte den ganzen Tag eine Unruhe gespürt. Entlang der grauen Linoleumflure bot sich nicht viel Raum. Auf dem Esstisch vor ihr lagen das schnurlose Telefon und der Brief. Sie fuhr mit ihren Fingern über das Webmuster der Tischdecke. Gerd würde spät kommen, sie hatten nicht abgesprochen, dass Marianne anrufen sollte. Aber sie hielt das nicht aus. Sie wollte wissen, wie es weiterging. Sie strich den Brief glatt. Mit ihrem Zeigefinger tippte sie die Nummern. Mehrmals musste sie sich vergewissern. Dem beruhigenden Tuten und der damit verbundenen kurzen

Hoffnung, damit davonzukommen, denn seltsamerweise hatte sie das Gefühl, etwas Verbotenes zu tun, folgte ein unwirsches, lautes:

– Wilke.

Marianne zuckte zusammen, sie hatte versucht, an der vor sich hin dösenden, träge blinzelnden Angst so belanglos wie möglich vorbeizukommen. Doch wie immer war diese genau in dem Moment, als sie ihr am nächsten war, aufgesprungen und hatte sie angekläfft. Marianne hätte am liebsten aufgelegt. Aber wie eine pflichtbewusste Schülerin ratterte ihr Mund ihren Spruch herunter.

– Ja, guten Tag, hier ist Marianne Schweizer. Bin ich da richtig bei der Mieterberatung?

Verena Wilke nahm den roten Filzstift und machte auf ihrer Liste in der ersten Spalte, die mit ›Mieterkontakt‹ überschrieben war, hinter ›Schweizer‹ einen großen, zufriedenen Haken. Verena Wilke meldete sich absichtlich nur mit ihrem Nachnamen. Sie sagte nie: Mieterberatung. Das sorgte für die erste kleine Verunsicherung der Mieter, die Unsicherheit, ob sie die richtige Nummer gewählt hatten.

– Ja, Sie sind hier richtig. Könnten Sie, bitte, nochmal Ihren Namen wiederholen?

– Schweizer, Marianne Schweizer.

– Schweizer? Mhhmm?

Verena Wilke tat so, als suche sie den Namen in den Unterlagen, sie raschelte mit Papier und Stiften. Dabei hatte sie alle Namen im Kopf, das gehörte zum Geschäft. Man musste ein Stück voraus sein. 60 Namen, das war ein Klacks. Die meisten brauchten drei Tage, bis sie sich aufrafften und anriefen. Manche riefen sofort an, die waren wie aufgeschreckte Hühner. Die musste man abwimmeln. Die musste man dazu kriegen, noch einmal anzurufen. Die nach drei Tagen anriefen, waren schon gefasst.

Die hatten sich schon fast damit abgefunden. Deshalb mussten die Briefe auch samstags ankommen. Zeit zur Beruhigung und keine Zeit, eine verlässliche Auskunft einzuholen. Marianne Schweizer war für Verena also eine perfekte Mieterin. Marianne Schweizer war wie ein Glücksgriff beim Lachsfilet aus der Kühltruhe des Supermarktes, zart und rosa.
– Könnten Sie mir kurz noch die Hausnummer und das Stockwerk sagen.
– Marner Straße 9, 4. OG rechts.
– Moment. Na, irgendwo muss ich Sie doch finden.
Die Mieterberaterin drehte sich auf ihrem Bürostuhl und schaute aus dem Fenster. Hinter der großzügigen Fensterfront bot sich der gewohnte Anblick. Hochhäuser, die auch nach der Wende nicht besser wurden. Eine endlose Schlange Autos bewegte sich über die Frankfurter Allee. Der Sog ging stadtauswärts. Es war der Spätnachmittagssog. Der Sog, der ein bisschen müde machte. Verena Wilke zählte die vorbeifahrenden grünen Autos, bei Nummer fünf sagte sie:
– Ah ja, hier hab ich Sie ja. Wunderbar. Wie kann ich Ihnen helfen?
Marianne hatte angerufen, weil diese Telefonnummer auf dem Brief gestanden hatte. Sie hatte keine Ahnung, wie ihr geholfen werden konnte, und sie wusste nicht, was sie sagen sollte, deshalb begann sie, den Brief vorzulesen. Die Mieterberaterin unterbrach sie:
– Frau Schweizer, ich kenne den Sachverhalt.
– Wissen Sie, wir wohnen hier schon seit 34 Jahren.
Verena Wilke spürte ein Kratzen im Hals und dann diesen kleinen Kitzel. Sie spürte, dass, wenn man jetzt nicht einen Riegel vorschob, die Frau auf der anderen Seite anfangen würde zu weinen.
– Frau Schweizer, das ist ja eine wichtige Angelegenheit. Am

besten besprechen wir das bei einem persönlichen Gespräch. Wann hätten Sie denn Zeit?
– Ich weiß nicht. Ich muss das erst mit meinem Mann ...
– Wann haben Sie beide denn Zeit? Wäre Ihnen Mittwoch 14 Uhr recht?
Zwei Tage, viel mehr Zeit durfte man nicht geben, sonst kam zu viel dazwischen.
– Wir werden die beste Lösung für Sie finden.
Lösung, das war so ein Reizwort. Früher hatte Verena einen Zettel neben dem Telefon gehabt mit den Wörtern, die sie unbedingt mit einfließen lassen wollte: *Lösung* hatte ganz weit oben gestanden und *neues Wohnumfeld*, dann folgten: *Beratung, Gespräch, Vertretung Ihrer Interessen, Angebot machen, abwägen, wohlfühlen, reibungslos, zuhause, Vermeidung von Komplikationen* und dann noch einmal *individuelle Lösungen*. Inzwischen flossen die Worte aus ihr heraus. Verena spielte mit der Schnur des Telefons. Die Plastikschlingen gaben ihr das Gefühl von Nostalgie. Nostalgie für sich und die Besucher ihres Büros.
– Mein Mann arbeitet bis abends. Wir würden gern zusammen kommen.
Mariannes Stimme wurde immer leiser.
– Abends. Hmmm. Abendtermine sind natürlich rar.
Wieder raschelte Verena Wilke durch die Papiere auf ihrem Tisch.
– Da haben wir leider erst in drei bis vier Wochen was. Bis dahin können Sie sich nochmal in Ruhe mit Ihrem Mann absprechen.
Verena sprach im Wir-Modus, obwohl sie das Büro ganz allein führte. Wir, das kam gut bei den meisten Ostdeutschen an.
– Wollen wir so verbleiben?
Verena gab Frau Schweizer das Gefühl, selbst entscheiden zu können.
– Geben Sie mir zur Sicherheit noch Ihre Nummer, dann kann ich Sie kontaktieren, wenn wir eher einen Termin frei haben.

Ohne nachzudenken, nannte Marianne ihre Nummer. Sie war gerade dabei, ein erleichtertes ›Auf Wiederhören‹ zu sagen, ...

– Auf Wieder...

– Warten Sie, ich sehe gerade, mein Kollege hat hier einen Termin gestrichen. Was für ein Glück. Mittwoch 17 Uhr. Das wäre doch perfekt, oder?

Während Marianne überlegte, schrieb Verena in den leeren Kalender am Mittwoch um 17 Uhr ›Marianne Schweizer‹. Daneben schrieb sie ›Rosmarin‹, weil ihr bei dem Wort Marianne Marinade eingefallen war und sie nachher nicht vergessen wollte, am Alex im Centrum Warenhaus noch Rosmarin zu besorgen. Kai hatte die Gewürzdose einfach wieder leer ins Regal zurückgestellt. Aber es lohnte nicht, sich über solche Kleinigkeiten in einer Beziehung aufzuregen.

Marianne fühlte sich überrumpelt.

– Ich bin mir nicht sicher ...

– Na, ich trag Sie einfach mal ein. Wenn es nicht klappt, dann können Sie immer nochmal anrufen. Es ist ganz unverbindlich. Sonst müssten Sie halt vier Wochen warten. Wollen Sie lieber warten?

Verena vermittelte das Gefühl, dass es nicht leicht war, einen Termin bei ihr zu bekommen. Dass diese Termine begehrt waren. Dass sie begehrt war. Und wer wollte schon warten.

– Je eher Sie kommen, desto bessere, desto maßgeschneidertere Angebote kann ich Ihnen natürlich unterbreiten. Versuchen Sie's einfach.

– Gut, ich werde mal fragen.

– Also bis Mittwoch 17 Uhr, sagte Verena.

Die Schweizers würden kommen. Verena legte auf.

Marianne hörte noch einen Moment das Besetztzeichen.

DIENSTAG

– Hallo, ich bin Markus.

Die weiß-beigen Turnschuhe mit roten Streifen und die dunkelblauen Jeansbeine korrespondierten nicht im mindesten mit Kathleens pinker Fußmatte. Kathleen vermied direkten Blickkontakt. Von der Kleidung oder von dem, was andere bei sich trugen, konnte man genug Rückschlüsse ziehen. In der linken Hand des Mannes sah sie ein schwarzes Smartphone in Lederhülle und einen aufgerissenen Briefumschlag. Wieder so eine Drückerkolonne, die Stromanbieter, Telefone, eine Religion oder Sonstiges loswerden wollten, mit Zeitschriftenabos war zum Glück seit Jahren niemand mehr gekommen. Kathleen suchte in ihrem Kopf nach der Marke der Turnschuhe und woher sie ihr bekannt vorkamen.

– Ja?

– Markus Amreiter.

– Und?

– Wohnen Sie hier?

– Vielen Dank. Wir sind schon versorgt.

Ohne Vorwarnung schob Kathleen die Wohnungstür wieder zu und ging zurück in ihr Zimmer. Obwohl sie es nicht wollte, horchte sie mit einem Ohr in den Treppenflur. Sie erwartete Schritte, die sich entfernen würden, und wieder das Klingeln an anderen Türen. Aber draußen blieb es still. Nicht mein Problem. Kathleen nahm ihre Sitzhaltung in ihrem einzigen Sessel wieder ein und ihre Tätigkeit wieder auf. Sie ließ die Beine über die Seitenlehne baumeln und zog das Fitnessmagazin, das sie vorhin auf den Sessel gepfeffert hatte, unter ihrem Hintern hervor. Kathleen hatte eigentlich nur die Tür geöffnet, weil das Klingeln so verzweifelt klang, so als würde jemand Hilfe brauchen.

Amreiter stand kurz konsterniert vor der Tür. Dann drückte er erneut und entschlossen auf die Klingel. Gerade als Kathleen ihre Move-on!-Zeitschrift – Move-on! Welche Idioten waren eigentlich für solche Namen verantwortlich? – wieder auf der richtigen Seite aufgeschlagen hatte. Aber Kathleen ließ sich davon nicht aus der Ruhe bringen. Das Klingeln würde aufhören, ganz sicher. Amreiter drückte den Klingelknopf ungefähr fünf Mal ruhig, sachlich, lang und intensiv, zwischendurch wartete er. Vorher war es ihm tatsächlich leicht unangenehm gewesen, das halbe Treppenhaus abzulaufen und die Klingelknöpfe zu drücken. Aber jetzt, wo er wusste, dass hier jemand zuhause war, war er nicht aus der Ruhe zu bringen. Das Einzige, was er von Kathleen, von der er noch nicht wusste, dass sie Kathleen hieß, wahrgenommen hatte, waren ihre dünnen, strohigen Haare. Die Fransen hatten sich unter ihrem Kinn nach vorn gebogen wie Schanzpfähle. Amreiter änderte den Klingelrhythmus. Didimm didimm didimmdimmdimm. Weil ihm das aber militärisch vereinnahmend vorkam, hämmerte er dann, aus Ermangelung eines besseren Einfalls, Yesterday auf den Klingelknopf. Schon für den Anfang brauchte er mehrere Versuche, da der Klingelknopf die kurzen Töne manchmal verschluckte. Yesterday war natürlich auch etwas albern. Aber das Lied war sowieso nicht zu erkennen. Er war immer noch dabei, seine Fertigkeiten im Rhythmusklingeln zu vervollkommnen, als sich die Tür plötzlich wieder öffnete.

– Was ist denn noch?

– Sie haben den Brief doch auch bekommen. Oder?

– Welchen Brief?

Amreiter hielt ihr seinen Brief hin. Kathleen nahm ihn kurz in Augenschein, ging dann zurück in die Wohnung. Zog den drittobersten Brief aus einem ansehnlichen Stapel mit geöffneten und ungeöffneten Briefen, schaute auf den Absender, und während sie zur Tür zurückkam, öffnete sie ihn mit ihren Fingern.

– Wir müssen etwas unternehmen,
sagte Amreiter, noch bevor Kathleen den Inhalt des Briefes ganz erfasst hatte. Er sprach etwas hektisch von einer Hausversammlung und Widerstand. Kathleen hörte Worte wie ›So geht das nicht, wir haben Rechte‹. Amreiter redete, als müsste er Kathleen überzeugen. Kathleen sagte nichts. Sie war nicht ganz bei der Sache, weder konnte sie sich ganz darauf konzentrieren, was dieser Brief bedeutete – wahrscheinlich mussten sie ausziehen –, noch konnte sie Amreiter, der sich immer mehr in Rage redete, folgen. Sie war immer noch mit seinen Schuhen beschäftigt und woher sie ihr bekannt vorkamen. Inzwischen hatte sie ihren Blick aus Höflichkeit aber auf Amreiters Halsausschnitt abgelegt. Auf dem Übergang zwischen der rasierten Zone und dem Anfang des Brusthaares. Das war eine gute Höhe, weil es fast so aussah, als würde sie ihr Gegenüber anblicken. Amreiter trommelte alle Hausbewohner für eine von ihm für morgen einberufene Hausversammlung zusammen. Oder versuchte das. Denn bis jetzt war Kathleen die Erste, die ihm geöffnet hatte. In den oberen beiden Stockwerken war niemand zuhause gewesen. Was nicht besonders verwunderlich war, es war Dienstagmittag.
Amreiter war gestern Nacht nach Hause gekommen. Von einem mehrtägigen Dreh in Eberswalde. Er erwähnte das beiläufig, wobei die Betonung auf ›Dreh‹ lag und nicht auf ›Eberswalde‹. Trotz des Briefes, der für ihn nur eine von mehreren unbequemen, zu bewältigenden Aufgaben beinhaltete, hatte er gut geschlafen. Das erzählte er Kathleen nicht.
– Das regt mich auf. Diese Immobilienhaie, die denken, die können sich alles erlauben. Aber wenn wir gemeinsam kämpfen, dann kommen sie nicht durch.
Als Amreiter am Ende seines Vortrages war, streckte er Kathleen seine Hand hin und sagte noch einmal:
– Markus.

– Kathleen.
– Dann bis morgen, Kathleen.
Kathleen antwortete mit einem unbestimmten ›Hmm‹.
Als Amreiter den Klingelknopf der gegenüberliegenden Tür neben dem Schild ›Sonntag‹ drückte, hatte er Kathleen fast wieder vergessen. Kathleen hatte ein Gesicht, das man sich schwer merken konnte. Weder hübsch noch hässlich. Ein Durchschnittsgesicht. Ein Gesicht, an dem man abrutschte. Emotionslos.
Kathleen las den Brief noch dreimal. Erst jetzt konnte sie sich auf das Geschehen der letzten Tage einen Reim machen. Dreimal hatte es an ihrer Tür geklingelt. Aber da es auch immer wieder kurz danach an anderen Türen geklingelt hatte, hatte sie sich nicht bemüßigt gefühlt zu öffnen. Sie war nicht gemeint. Nur die Hektik von Markus' Klingeln hatte sie berührt. Markus Amreiter. Kathleen erinnerte sich nicht, Markus in den drei Jahren, in denen sie hier wohnte, jemals im Treppenhaus begegnet zu sein.

IRENE

Der Unterteller, der seltsamerweise nicht zersprungen war, drehte sich noch einen Moment, mit schneller werdendem Drall, um dann plötzlich stillzustehen. Immer zersprangen nur die Tassen, und man hatte mehr Untertassen im Schrank als Tassen. Keine Tassen mehr im Schrank, Irenes Mund entschlüpfte ein hysterischer, kurzer Lacher, der ihr sogleich peinlich war, obwohl niemand anwesend war, der ihn gehört haben könnte. Dann folgte Wut, Wut auf ihre zitternden Hände, ihre Unachtsamkeit. Sie zerrte den Handfeger unter der Spüle hervor und fegte die Scherben zusammen, die teilweise über die Schippe hüpften, bis sie sie endlich auf der Kehrschaufel hatte. Als sie aus der Hocke nach oben kam, stieß sie mit ihrem Ellenbogen an die Pinnwand, die neben der Tür hing. Der Holzrahmen wackelte bedrohlich, so dass Irene in jeglicher Bewegung innehielt. Die Hand, in der sie die Kehrschaufel hielt, zitterte mehr als die Hand mit dem Feger, aber vielleicht sah man das auch nur deutlicher. Drei der Kinderbilder, die mit Stecknadeln an den Kork gepinnt waren, segelten wie in Zeitlupe zu Boden. Sie war kurz davor, Schaufel und Besen hinzuschmeißen, alles hinzuschmeißen und aus der Wohnung zu rennen. Aber wohin? Ich muss mich zusammennehmen. Durchatmen. Um sieben würden sie kommen. Dieter lud immer alle ein. Der musste ja nicht vorbereiten, aufräumen, abwaschen. Ehemalige Arbeitskollegen, Saunafreunde und eben Nachbarn. Aber Irene hatte kein Problem damit, den Leuten an den Kopf zu knallen, dass sie sie nicht eingeladen hatte. Wer sie kannte, der erkundigte sich vorher nochmal bei ihr, ob ihr ein Besuch recht wäre. Hausversammlung. Das hatte es schon über 20 Jahre nicht mehr gegeben.

Irgendwie war sie sauer auf Marianne, die fette Marianne, wie Dieter sie nannte, jetzt fehlte wieder eine Kaffeetasse mehr. Irene mochte das Streublumenmuster mit dem roten Rand. Wenn Marianne nicht gekommen wäre, dann wäre die Tasse jetzt noch ganz. Dieter würde sie erzählen, dass Marianne heute Abend nicht kommen würde oder später kommen würde, mehr nicht. ›Die Schweizers kommen heute später, sie haben noch einen Termin.‹ ›Was für einen Termin?‹ ›Was weiß ich.‹ ›Du weißt doch sonst immer alles. Wieso haben die gerade heute einen Termin?‹ Nein, sie würde es erst während der Versammlung erwähnen. Dann, wenn Dieter keine Rückfragen mehr stellen konnte. Gut, dass Dieter nicht da gewesen war. Wahrscheinlich hatte Marianne das auch so abgepasst. Irene nahm einen Gummi aus der Schublade, um ihn über die Kaffeepackung zu spannen. Sie ärgerte sich auch über die angefangene Packung Kaffee. Sie selbst tranken nie Kaffee, hatten aber immer eine Packung da für unverhofften Besuch, der nie kam, außer heute. Jetzt würde der Kaffee alt werden, und man musste die offene Packung irgendwann wegschmeißen oder rechtzeitig verschenken. Rechtzeitig verschenken, Irene machte sich im Kopf eine Notiz, dass sie daran denken wollte. Es wäre schade um den Kaffee. Irgendwie gönnte sie Marianne den Kaffee nicht. Ohne sich im Klaren darüber zu sein, warum. Sie war auch ärgerlich, weil die Schweizers heute zu der Mieterberatung gingen. Sie wollte auch wissen, was diese für Angebote hatte. Einfach nur mal wissen, vielleicht war doch etwas dabei. Schlechter als hier konnte es auch kaum sein.

Natürlich war es eine Sauerei, das Ganze. Aber warum mussten gerade sie kämpfen, konnte das nicht jemand anderes machen? Und es gab Wohnungen, für die es sich mehr lohnte. Diese ewige Sparsamkeit Dieters. Sie hasste diese Sparsamkeit. Vor allem, weil gleichzeitig Geld für sinnlose Dinge ausgegeben wurde. Für Irene war natürlich der technische Schnickschnack, den Dieter in irgendwelchen Versandkatalogen bestellte, sinnlos. Während Dieter es als Verschwendung betrachtete, wenn sie Blumen kaufte. Das würde sie nie verstehen, wie man keine Blumen mögen konnte. Während es doch auf der Hand lag, dass man nicht sechs Zimmerthermometer brauchte, wenn man inklusive Bad und Küche nur fünf Räume hatte. Es könnte auch mal eins kaputtgehen, ha! Von ihr aus könnten alle sechs Thermometer kaputtgehen. Sie brauchte kein Thermometer, um festzustellen, ob sie fror. Sie hasste auch ihre eigene Sparsamkeit, die sich darin äußerte, dass sie für die Dinge, die sie nicht mehr im Haus haben wollte, neue Verwender suchte. Man konnte die meisten Dinge noch verwenden. Vielleicht machten sogar Thermometer irgendwo, in irgendeinem Haushalt Sinn, obwohl ihr auf die

Schnelle nichts dazu einfiel. Warum war die Tasse heruntergefallen und nicht das Thermometer? Und warum musste Marianne hier vorbeikommen, so nah waren sie sich gar nicht. Als ob Marianne sich vorher ihre, Irenes, Absolution hatte abholen wollen, weil sie zur Mieterberatung gehen würde. ›Es ist doch richtig, oder? Wir erkundigen uns bloß.‹ ›Wenn ich könnte, wäre ich hier schon längst weg. Dieter ist seit Jahren stur. Ich hätte gern einen Balkon. Anfang der 90er hätten wir umziehen sollen, dann hätten wir hier noch was gefunden. Jetzt gibt es nichts mehr. Keine preiswerte Wohnung. Wir wollen ja nicht zig Euro für eine Wohnung ausgeben. Ich meine, wir können uns das leisten. Aber das ist nun wirklich Verschwendung. Wir müssen ja auch an die Enkel denken. In jedem Zimmer ist es so eng. Dieter nennt es gemütlich. Na, vielleicht die Sofaecke, aber sonst ist hier nichts gemütlich. Diese Schränke nehmen mir die Luft zum Atmen. Man kann sich kaum bewegen.‹ ›Ich bin eigentlich ganz glücklich hier. Ich würde hier gern bleiben.‹ Das war klar, dass Marianne hier zufrieden war. Diese Anspruchslosigkeit. Dieter war hier ja auch zufrieden. Dieter und Marianne könnten sich zusammentun in ihrer Anspruchslosigkeit. Irene hob die heruntergefallenen Bilder vom Boden auf und pinnte sie an dieselbe Stelle, an der sie sich vorher befunden hatten. Nahezu dieselbe Stelle. Wenn er einmal nachgeben würde, einmal! Man kam davon nicht los. Von diesem Hunger. Vielleicht war es die falsche Entscheidung gewesen, damals. Aber wen hätte sie sonst nehmen sollen? ›Ich weiß gar nicht, was ich hier soll.‹ Sie wollte hier weg.

Sie nahm das Mischbrot, und mit jeder Scheibe, die sie durch die Brotmaschine drehte, mit jeder Scheibe, die sie vom Laib abschnitt, verblasste der Wunsch, wegzuwollen, ein wenig. Aber ein Brot reichte nicht aus, um ihn völlig verschwinden zu lassen, auch das Belegen der Brote reichte nicht, aber es lenkte ab.

Auch die Schnipszwiebeln, wie Anouk die eingelegten Zwiebeln nannte, weil sie sich durch den Raum schnipsen ließen, reichten nicht, die Irene jetzt mit einem Löffel aus dem Glas in das Schälchen hievte. Das Innere der Zwiebel schnipste heraus, wenn man darauf drückte, und landete wer weiß wo, zwischen den Fingern blieb die äußere Haut. Dieter und sie hatten gelacht, und Anouk hatte gelacht. Noch zwei Tage später hatte Irene ein versprengtes, angetrocknetes Exemplar in der Schrankwand gefunden.

STILLLEBEN MIT SCHRANKWAND

Jede Wohnung hat einen spezifischen Geruch. In dieser Wohnung roch es nach Auslegware, einem unaufwendigen Essen, dem kaum wahrnehmbaren Staub von Bücherrücken und nach DDR. Hinzu kam der Geruch von bisher acht Personen, die nicht hierher gehörten. Kathleen hatte diese Angewohnheit zu zählen. Sie gehörte auch nicht hierher. Es roch nach Schweiß und Aufregung. Für so viele Leute war es definitiv viel zu eng in dieser Wohnung. Sie konnte sich nicht überwinden, ins Wohnzimmer zu gehen, das ihr schon viel zu voll vorkam. Sie wollte sich nicht unterhalten, sie wollte auch die anderen Mieter nicht näher kennenlernen. Sie wollte sich aber auch nicht ausschließen. Also stand sie im Flur und wartete, dass es losging. Gern hätte sie von diesem Außenposten, der ihr jederzeit die Möglichkeit gab, den Rückzug anzutreten, die ganze Versammlung verfolgt, aber Frau Sonntag schob sie mit dem zweiten Teller Schnittchen in den von einer braunen Schrankwand dominierten engen Raum.
– Ich bin Markus Amreiter.
Markus eröffnete die Versammlung, obwohl sie nun doch nicht in seiner Wohnung stattfand, das Angebot der Sonntags, die

Versammlung hier stattfinden zu lassen, hatte er dankend angenommen. Es war fast ein Déjà-vu vom gestrigen Tage, als Markus vor Kathleens Tür gestanden hatte. Auch jetzt hatte sie das unbestimmte Gefühl, dass Amreiter ihnen etwas verkaufen wollte. Während Markus den Brief, der sie alle erreicht hatte, kommentierte, das heißt ausführte, was diese wenigen Zeilen seiner Meinung nach bedeuteten und wie man darauf reagieren müsse, betrachtete Kathleen die Hausbewohner, die hier, in dem vielleicht 18 Quadratmeter großen Zimmer, aufeinanderhockten, und versuchte, sie den einzelnen Etagen zuzuordnen. Eingesunken in dem zu weichen Sofa, eingequetscht zwischen Frau Wehner, Parterre Mitte, die in ihrer Nervosität mit ihrer ausgemergelten, zerbrechlichen, mit Altersflecken besäten Hand ab und an Kathleens Arm oder Bein berührte, wie um sich zu vergewissern, dass neben ihr jemand da war, und einem Mitte Vierzigjährigen, der sich als Bernd vorgestellt hatte und extra dieses Fitzelchen an Platz frei gemacht hatte, so dass sie die kühle Haut von Frau Wehner durch deren Bluse von links und die Körperwärme von Bernd, der ein zu aufdringliches Deo benutzte, durch den T-Shirt-Stoff von rechts an ihren bloßen Armen spürte. Bernd, der in einer der mittleren Wohnungen über Kathleen, also im 3. oder 4. OG wohnen musste und aussah wie jemand, der sich modern kleiden wollte, dessen Vorstellung von modern aber Jahre hinterherhinkte, war wahrscheinlich ein Einzelgänger, einer, der von den Frauen enttäuscht worden war und inzwischen aufgegeben hatte, einer, der keiner Fliege etwas zuleide tun konnte, irgend so ein Nerd, der in einem vollkommen ästhetikfreien Ingenieurbüro vor sich hin frickelte. Auf der Zweierkombination saß die WG aus dem 1. Stock, zwei hübsche Studentinnen mit langen Haaren, die Kathleen nicht auseinanderhalten konnte, obwohl sie sich gar nicht so ähnlich sahen, und ihr etwas weniger auffälliger Mitbewohner, dunkle, kurze, leicht gewellte Haare. Zu den dreien, die halb neugierig, halb belustigt der ganzen Veranstaltung lauschten, fiel Kathleen nichts ein. Also zumindest nichts, was eine Form von Vergangenheit beinhaltete. Manchmal hatten sie die Musik zu laut, und zwei Mal im Jahr machten sie Party. Einmal war Kathleen, weil ein Zettel im Hausflur gehangen hatte, dort vorbeigeschneit, war sich dann aber zwischen den Anfang Zwanzigjährigen wie ein Fremdkörper vorgekommen, obwohl sie nicht so viel älter war, und nach einem Bier wieder verschwunden.

Neben Frau Wehner und der WG wohnte ein junges Paar mit einem Kleinkind, ein zweites und drittes waren unterwegs, wie Kathleen aus den Gesprächen, die vor Beginn der Hausversammlung durch den Raum geschwirrt waren, aufgeschnappt hatte, Annika, die als Vertreterin dieser Wohnung anwesend war, saß mit ihrem dicken Bauch sehr aufrecht auf dem Schreibtischstuhl, und Kathleen wunderte sich, dass sie sich auf dem Drehstuhl nicht hin- und herdrehte, was Kathleen an ihrer Stelle auf jeden Fall getan hätte. Auf Kathleens Etage wohnten nur noch die Sonntags, die andere Wohnung stand schon ein halbes Jahr leer. Jetzt, wo dieser Brief eingetrudelt war, wo dieses Haus entmietet werden sollte, war klar, warum.

– Man muss sich halt entscheiden. Bleibt man hier wohnen und kämpft, oder zieht man aus und bekommt die eine oder andere Hilfe dabei. Man kann natürlich auch versuchen, sich auszahlen zu lassen. Also ich bleibe hier wohnen. Je mehr Leute wir sind, die wohnen bleiben, desto schwieriger wird es für ihn. Es geht auch ums Prinzip. Die kommen daher und schmeißen uns raus. Und wofür? Für Geld, für Profit. Nur schade, dass nicht mal jemand zu denen kommen kann und die rausschmeißt. Vielleicht wird es mal wieder Zeit für Enteignung. Wie würden die sich fühlen, wenn die ihr Hab und Gut, ihr Umfeld, ihre Freunde verlassen müssten? Und immer die Erklärung mit dem Markt, der

Markt erklärt alles. Ach, verdammich, irgendwie ist man langsam kurz davor, eine Bombe zu basteln.
Herr Sonntag stand neben Markus vor der Schrankwand, nickte gelegentlich zu Markus' Rede, Frau Sonntag hatte den Platz an der Tür, der Kathleen der liebste gewesen wäre.
Die Chinesin oder Koreanerin, die über Kathleen wohnte, fehlte. Ebenso die Lehrerin, die bei offenem Fenster Platten mit Vogelstimmen hörte, so dass Kathleen zuerst gedacht hatte, dass die Grünanlage zwischen den Wohnblöcken Heimstatt seltener Vögel sei. Das Gezwitscher war dann aber immer wieder von einer männlichen Stimme unterbrochen worden, die die zu den Vögeln zugehörigen Namen kundtat: Nachtigall, Buchfink, Grasmücke. Kathleen wusste nicht, ob die Frau wirklich Lehrerin war, oder gewesen war, denn sie musste schon im Ruhestand sein, aber sie hatte etwas Autoritäres, Einschüchterndes, selbst auf den kurzen Begegnungen im Treppenhaus. Wahrscheinlich war sie auf einer ihrer Naturreisen an die Nordsee, oder zur Kranichbeobachtung am Bodden. Sie hatte Kathleen öfter in ein Gespräch verwickeln wollen, aber Kathleen hatte nie Lust gehabt, ihr länger zuzuhören. Es fehlte auch noch eine Frau, die Markus ›Katharina‹ nannte, und Kathleen vermutete, dass es sich um die nicht mehr ganz junge Mutter handelte, die immer mal wieder im Treppenhaus ihren vielleicht achtjährigen Sohn zurechtwies, wenn dieser zu laut die Treppen heruntersprang. Frau Sonntag hatte die Schweizers entschuldigt, zu denen Kathleen so auf Anhieb kein Bild im Kopf hatte, die ganz oben wohnen mussten, sie hätten einen Termin und würden später kommen.
– Wenn wir alle an einem Strang ziehen, dann haben wir die größten Chancen.
Es war nicht das erste Haus im Prenzlauer Berg, das entwohnt wurde, der Block war sogar einer der letzten, der bisher noch nahezu ungeschoren davongekommen war, keine nennenswerten

Sanierungsmaßnahmen, keine Umbauten. Hier, neben dem Wasserturm, war eine Insel der Alteingesessenen, hier wohnten immer noch viele, die in den 60er Jahren ihre erste Wohnung bekommen hatten und nie weggezogen waren. Ganz Berlin wurde entwohnt. So kam es einem zumindest vor. Die Menschen wurden ausgetauscht. Wurden separiert, hier die mit Geld und hier die ohne.

Keiner der im Zimmer Anwesenden hatte Illusionen, auch Markus nicht, was er auch kundtat. Aber er regte sich während des Abends immer wieder über die ›Gentrifizierung‹ auf, ein Wort, das Kathleen nicht mochte, dieses Fremdwort verschleierte alles, die Verdrängung, die Versnobbung, letztendlich die Auslöschung des Kiezes. Markus war einer, der, wie er sagte, das Terrain nicht kampflos überlassen würde. Er wollte hier wohnen bleiben, hier hatten sie ihr Umfeld, ihre Freunde, er wollte ein Exempel statuieren. Irgendjemand musste das ja machen. So leicht kommen die hier damit nicht durch.

Über dem Schreibtisch hingen zwei schreckliche Bleistiftzeichnungen, zwei Mädchen in Rollkragenpullovern, die von einem dieser Zeichner stammen mussten, die in Einkaufszentren oder Urlaubsgebieten, beliebt waren Molen und Seebrücken, ihre kitschigen Portraits kitschigen Leuten überhalfen. Die Mädchen waren vielleicht acht, neun Jahre und sahen wie Zwillinge aus, wahrscheinlich waren es die Enkel der Sonntags. Frau Sonntag, die Kathleens Blick verfolgt hatte, lächelte stolz und glücklich. Kathleen schämte sich ein wenig und suchte mit ihren Augen dieser Herzigkeit zu entfliehen.

Auf der Schrankwand, in dem schmalen Zwischenraum von vielleicht 20 oder 30 Zentimetern bis zur Decke, standen mehrere ausgestopfte Tiere. Sie waren nach vorn gerückt, so dass man sie gut sehen konnte, es wirkte so, als duckten sich die Tiere unter der zu niedrigen Decke, und nur der Raum nach vorn ins

Zimmer hinein ließ ihnen Luft zum Atmen. Aber sie waren ja tot. Kathleen glaubte, ein Rebhuhn zu erkennen und eine Art Marder. Es wirkte wie ein Stillleben aus dem 17. Jahrhundert. ›Stillleben mit Schrankwand‹ – das war ein guter Titel. Unwillkürlich suchte sie nach einer Büchse, einer ledernen Jagdtasche und dem mit Blut getränkten Nadelzweig, die das Gemälde vervollständigen würden. Dieses ganze Wohnzimmer war ein Stillleben. Und sie waren die toten Tiere. Sie waren ein lebensgroßes 3D-Modell, stumm, festgefroren in einem Moment. ›Hausversammlung nach Wohnungskündigung‹. Warum machte niemand solcherlei Kunst? Luxus und Vergänglichkeit. Und der Brief würde daliegen, wie eine Jagdwaffe, damit wurden sie zur Strecke gebracht, waren sie zur Strecke gebracht worden.
Ganz links auf der Schrankwand stand eine ausgestopfte Krähe, die ihre Flügel leicht gespreizt hatte, als wäre sie im Begriff abzuheben. Immer kurz davor davonzufliegen. Die Krähe als Metapher von Weisheit und Intelligenz. Der Geist, der sich erheben wollte, aber letztendlich doch nur ein ausgestopftes, totes Tier war.
– Irgendwann werden die um den ganzen Prenzlauer Berg wieder eine Mauer ziehn, damit Unliebsame, Wenigverdiener, Kinderlose, Rentner, Künstler usw. draußen bleiben. ›Gated Community‹ nennen die das dann. Die ganze DDR war eine Gated Community.
Die Zwischenbemerkung von Herrn Sonntag riss Kathleen aus ihren Gedanken, und sie konnte sich nicht mehr überlegen, woher die toten Tiere stammen mochten. Insgesamt war Markus' Ansprache nicht sehr lang gewesen, und eine richtige Diskussion kam auch nicht in Gang, alle schienen sich einig zu sein, dass es eine Schweinerei war und dass man etwas unternehmen und auf jeden Fall zusammenhalten müsse. Am Schluss versuchten Markus und Herr Sonntag, allen die Direktive mitzugeben, dass

man sich auf keinen Fall bei der angegebenen Nummer melden solle. Und dass unbedingt alle hier wohnen bleiben müssten, ›wenn der Erste geht, reißt er eine Lücke, und durch diese Lücke kommen die Aasgeier herein‹.

– Die müssen auf uns zukommen!

Kathleen betrachtete die Anwesenden. Das hier war kein Haufen zusammengewürfelter Individualisten, wie ihre Tante immer gesagt hatte, eher das Gegenteil, die Anwesenden waren gewöhnlich, einfach, gesellschaftskonform. Kathleen spürte ihre eigene Überheblichkeit. Aber was sollte sie machen? Sollte sie, wie Markus, versuchen, die Leute zu überzeugen?

Die Versammlung trudelte aus. Es entstanden kleinere Gespräche. Die Studenten wurden gefragt, was sie studierten, was Kathleen aber im gleichen Atemzug wieder vergaß, alle anderen wahrscheinlich ebenso.

– So lernt man sich mal kennen,

sagte Frau Wehner und berührte dabei wieder Kathleens Arm. Mehr sagte sie nicht, auch Kathleen sagte nichts und Bernd ebenso wenig.

Kathleen hätte von Frau Wehner jetzt gern ein Foto gemacht, wie sie hier so saß, erwartungsvoll und resigniert zugleich, ›In Erwartung eines größeren Unglücks‹. Vielleicht sogar ein Foto mit Bernd zusammen, der während der Versammlung zu Markus' Ausführungen leicht zustimmend gebrummt hatte, oder noch besser, sie drei auf dieser Couch, sie selbst in der Mitte. ›Auf der Couch‹ würde sie das Bild nennen, ›Selbstportrait auf der Couch‹. Dieses Bild, in Schwarz-Weiß selbstverständlich, würde sie ihrer Arbeit voranstellen.

Im Hintergrund summte zaghaft die Klingel. Da niemand reagierte, gab Kathleen Frau Sonntag mit ihrer Hand ein Zeichen. Frau Sonntag kam mit einer dicken Frau, deren Schultern leicht nach vorn gezogen waren, vielleicht war sie Ende fünfzig, und

einem unscheinbaren Mann im gleichen Alter, mit dünnem Haar, zurück. Der Mann trug ein rot-blau kariertes Hemd, und ein Gürtel schien nicht nur die etwas zu weite Hose, sondern diesen ganzen Mann zusammenzuhalten.
– Die Schweizers, sagte Frau Sonntag.
Außer Kathleen schien niemand Notiz von ihnen zu nehmen. Alle Sitzplätze waren belegt, und die Schweizers standen hilflos zwischen der Glastür und der Schrankwand, aus der Herr Sonntag jetzt eine Flasche Cognac und die dazugehörigen kleinen, bauchigen Gläser holte, als gäbe es etwas zu feiern. Frau Sonntag stellte sich neben die Schweizers, und ihr Gesichtsausdruck, ihre kurz nach oben gezogenen Brauen schienen zu fragen: ›Und?‹ Frau Schweizer zuckte nahezu unsichtbar mit den Schultern, während ihr Blick unter dem Couchtisch auf dem blaugemusterten Teppich etwas zu suchen schien.
Das schien für die WG das Zeichen zu sein, sie erhoben sich zeitgleich aus dem Zweisitzer, die beiden jungen Frauen wehrten den Cognac und die Einladung, öfter zu kommen, mit einem Lächeln und einem beinahe synchronen Kopfschütteln ab, ihr Compagnon nahm eines der Gläser, leerte es auf dem Weg zur Tür und stellte das Glas in eine der oberen Regalreihen der Schrankwand vor die Bücher zwischen zwei kleine Glasrehe.
– Bis demnächst.
Inzwischen hockten die Schweizers mit je einem Glas Cognac auf den frei gewordenen Plätzen. Markus, der auf der Sofakante saß und gerade von Herrn Sonntag ein Bier gereicht bekam, redete auf sie ein. Er wiederholte noch einmal, dass man sich auf keinen Fall bei dieser Mieterberatung melden solle, das wäre ...
– Na, man könnte sich doch mal anhören, was diese Mieterberatung zu sagen hat, sagte Frau Sonntag.
– Erzähl doch nicht so einen Mist. Meine Frau ist eine dumme Pute.

Irene nahm diese Beleidigung wie eine Alltäglichkeit.
– Wenn ich eine Pute bin, bist du ein Puterich.
– Die wickeln einen ein. Dafür gibt es die ja. Sonst würden die das doch allein machen.
– Die wollen uns auf jeden Fall über den Tisch ziehen.
– Jetzt heißt es erstmal abwarten und nichts tun.
– Was werden die als Nächstes machen?
– Dürfen die das? Welche rechtlichen Mittel haben wir?
Das Gespräch schien nochmal in Gang zu kommen. Kathleen spürte nun doch eine Energie, die Idee einer Perspektive. Nicht mehr dieses Ausgeliefertsein. Man kannte das ganze Prozedere. Vielleicht hatten sie mit Markus eine Chance, hatte er nicht gesagt, dass er beim Fernsehen arbeitete? Das Pärchen auf dem Sofa, die Schweizers, sagten nichts.
Dann war die Versammlung doch ganz plötzlich zu Ende. Annika, die Schwangere, hatte dringend auf Toilette gemusst. Daraus hatte sich die zweite, die endgültige Aufbruchsbewegung ergeben. Kathleen war hinter Frau Wehner hinausgegangen. Und diese hatte statt einer Verabschiedung auf dem Treppenabsatz gesagt:
– Ich sehe nicht mehr so gut.

DIE RÜCKKEHR

– Hättste ooch loofen können. Zehn achtzig.
Grozki sah nach vorn auf den kleinen Mann, der die Geldbörse öffnete. Er wollte ihn anschnauzen, ›Das geht dich einen Scheißdreck an, such dir einen anderen Job‹. Aber das orthopädische Kissen, das zwischen Sitz und Rücken des Mannes klemmte, stimmte ihn milde. Zugleich stimmte es ihn leicht schadenfroh. Der Taxifahrer war etwa in seinem Alter. Aber Grozki fühlte sich

um Längen jünger, vitaler. Der Taxifahrer hatte einen Bauch, einen kurzrasierten, halbkahlen Schädel und hockte trotz des orthopädischen Kissens in seinem Sitz wie ein schniefender Mops. In einer anderen Stadt hätte der Taxifahrer das vielleicht scherzhaft gesagt. In Berlin war es eine Feststellung, eine Art Smalltalk, die nichts beabsichtigte. Eigentlich war es das, was Grozki an Berlin mochte. Diese Schnoddrigkeit. Grozki hätte auch laufen können, aber verdammt nochmal, er wollte nicht laufen. 20 Minuten Fußweg, die Sonne schien. Aber er wollte nicht spazieren gehen, und die Sonne war ihm auch schnurz. Er hatte kein Gepäck, nur seine Umhängetasche. Vorbei an den sanierten Altbauten, Grozki hätte sich des Anblicks erfreuen können, machte er aber nicht. Gelegentlich registrierte er mit Genugtuung, dass die Häuser wieder erste Schäden aufwiesen. Dass Teile des Putzes bröckelten. Und dass sie, wie die Husemannstraße, langsam wieder grau und unansehnlich wurden. Die Husemannstraße, die Vorzeigestraße der DDR. Die einzige Straße, die damals saniert worden war, durch die alle Westtouristen in ihren klimatisierten Bussen gekarrt worden waren, um zu zeigen, auch die DDR saniert ihre Altbauten. Eine Straße. Und darauf waren sie so stolz gewesen. Lächerlich. Auch wenn er sich schon lange daran gewöhnt hatte, jetzt war die Situation eine andere. Noch einmal war er kurz in Versuchung, den Taxifahrer anzuschnauzen, einfach so aus Spaß, fischte aber stattdessen einen 20-Euro-Schein aus seinem Portemonnaie.

– Stimmt so.

Der Taxifahrer sah ihn abschätzig an, wieder so ein zugezogener, neureicher Schnösel, und steckte den Schein wortlos ein. Auf einmal war der Taxifahrer Grozki sympathisch, er lächelte. Der Taxifahrer lächelte nicht. Und es schien Grozki, als hätte er beim Wegfahren, hinter der Scheibe, eine abfällige Bemerkung über ihn gemacht. Das machte ihn noch sympathischer.

Er hatte sich vorgenommen, standesgemäß vorzufahren. Als er die beiden Umzugswagen vorm Haus sah, die hintereinander parkten, ärgerte er sich, dass er nicht auch mit einem Umzugswagen vorgefahren war. Er hätte den Robben&Wientjes-Wagen dann genau vor der Einfahrt geparkt und so den beiden anderen Wagen die Ausfahrt versperrt. Grozki balancierte die zehn Meter bis zum Hauseingang auf der Beetkante zwischen den Sträuchern und dem asphaltierten Weg, quetschte sich an den beiden Umzugswagen vorbei. Er war lange nicht mehr hier gewesen. Die Sträucher waren jetzt mannshoch. Die Eingangstür aus Milchglas stand offen. Die Tür hatte einen neuen Griff aus Plastik. Alles war neu gestrichen, die Tür, der Flur, die Briefkästen. Grozki blieb vor den Hausbriefkästen stehen. Es waren noch immer dieselben Briefkästen, die hier schon seit dem Bau des Hauses Anfang der 60er Jahre hingen. Jetzt in Hellgrün. Lindgrün. Früher in Grau, Einheitsgrau. Grau passte viel besser hierher. Kleine hölzerne Briefkästen, gedrungen, viel zu klein, um größere Post aufzunehmen. Scheißstaat. Zwölf Kästen in drei Reihen. Einige Namensschilder fehlten. So waren sie, die gelernten Kleinbürger. Sie entfernten beim Auszug sogar ihr Namensschild, auch wenn hier niemand mehr einziehen würde. Der Briefkasten ›Hardenberg-Gorzkow‹, in der obersten Reihe, zweiter von rechts, quoll über. Die Werbeprospekte waren förmlich hineingestopft worden. Die A4-Prospekte mussten geknickt werden, damit sie in den Schlitz passten. Sie ragten weit heraus, weil der Kasten gerade mal 20 Zentimeter hoch war. ›Gorzkow‹ stand unter ›Hardenberg‹. Beide Namensschilder waren aus weißem Plastik, und der Name war schwarz eingraviert. Wie für die Ewigkeit waren sie an das Holz angeschraubt. Grozki öffnete den Kasten, ein Teil der Prospekte fiel auf den Boden. Grozki warf einen kurzen Blick nach unten. Sortierte dann die andere Hälfte flüchtig durch, fischte einen an ihn

adressierten Brief heraus und ließ das restliche Papier ebenfalls auf den Boden fallen.
– Herr Gorzkow, lange nicht gesehn. Hallo.
Grozki zuckte zusammen, fühlte sich ertappt. Auf dem Treppenabsatz stand eine dicke Frau, mit einem Schrankteil vor der Brust, die er noch nie in seinem Leben glaubte gesehen zu haben. Sie lächelte ihm freundlich zu. Irgendetwas an diesem Lächeln kam ihm bekannt vor. Statt einer Antwort sagte er laut und übertrieben freundlich, als wollte er ihr gratulieren:
– Die Ratten verlassen das sinkende Schiff.
Die dicke Frau schaute betreten auf das Schrankteil, als würde sie dort etwas suchen. Dann nickte sie nur kurz und wartete auf dem Absatz, um Grozki vorbeizulassen. Marianne Schweizer. Auch wenn er sie nicht gleich erkannt hatte, fiel ihm jetzt sofort der volle Name ein. Die Schweizers, die schräg über Kerstin gewohnt hatten. Wie oft hatte Grozki diesen Witz gemacht. Ob sie schon umbenannt worden waren. In ›Ungarn‹ oder ›Polen‹. Schweizer, wie kann man in der DDR ›Schweizer‹ heißen? Einmal hatten sie zusammen Silvester gefeiert. Kerstin, Grozki, Marianne und ihr Mann. Grozki erinnerte sich nicht, wie es dazu gekommen war. Wieso hatten sie mit Kerstins Nachbarn Silvester gefeiert? Er erinnerte sich, dass Marianne, eine mollige, nicht unattraktive Frau in den Dreißigern, von den kleinen Vorteilen ihres Nachnamens – ›Ich möchte gern einen Tisch bestellen.‹ – ›Wir sind ausgebucht.‹ – ›Für Schweizer.‹ – ›Ich seh mal, was sich machen lässt.‹ – erzählte. Und über die Enttäuschung der Kellner, wenn die Schweizers dann auftauchten. Marianne hatte gegiggert. Mit jedem Schnaps wurde sie lustiger und hätte vielleicht auch auf dem Tisch getanzt, wozu sie Grozki den ganzen Abend lang animiert hatte, aber ihr Mann, ein stiller Ingenieur, hatte sie davon abgehalten. Bei den Schweizers hatte '89 der Schlüssel für die Wohnung gelegen. Grozki hielt kurz

inne, drehte sich zurück und betrachtete die dicke Frau, die die Treppen hinabstieg. Ihr Nacken war eine fette Wulst, sie ging leicht nach vorn gebeugt. Nichts an ihr erinnerte an die Marianne, die beinahe auf dem Tisch getanzt hätte. Grozki hatte das Gefühl, dass alle um ihn herum alt wurden. Er hatte sich kaum verändert, er war schlank, fast etwas dünn. Er trug Jeans und ein verwaschenes Radiohead-Shirt. Für 51 sah er noch richtig gut aus. Seine langen, vollen Haare waren zu einem Pferdeschwanz gebunden. Grozki schob die Umhängetasche auf den Rücken, streckte sich und ging noch aufrechter die Treppe hinauf. Er schüttelte leicht den Kopf, wie um die Begegnung mit Marianne abzuschütteln. Auf dem Treppenabsatz direkt vor seiner Wohnungstür standen zwei Polsterstühle übereinander. Hässlicher 80er-Jahre-Bezug, wahrscheinlich konnte man, wenn man den Stuhl umdrehte, noch den Stempel lesen, ›VEB Polstermöbel, made in GDR‹. Grozki gab den Stühlen einen Fußtritt und beförderte sie damit direkt vor die Treppe, so dass der nächste Umzugshelfer nicht vorbeikommen würde. So!
Grozki sperrte die Wohnung auf. Sah nochmal auf die Stühle und hatte plötzlich eine noch bessere Idee. Er griff den obersten und nahm ihn mit in die Wohnung. Er grinste, er stellte sich die Gesichter der Schweizers vor, wenn sie in der neuen Wohnung feststellten, dass nur noch drei Stühle vorhanden waren.
Seit Jahren war er nicht hier gewesen. Seit er die Wohnung an diese kleine Asiatin vermietet hatte, war sie immer von einer Hand in die nächste gewandert. Wo sollte er den Stuhl hinstellen, Grozki trug ihn unschlüssig ins Zimmer, dann wieder in den Flur, schaute in die Küche und ließ ihn dann doch im Flur stehen. Was sollte er mit diesem Stuhl? Er stellte seine Umhängetasche auf den Stuhl und ging in die Küche. Wenn die Schweizers weg waren, würde er den Stuhl auf die Straße stellen. Die Küche sah verändert aus. Er öffnete den Küchenschrank, zog alle Schub-

laden auf. Es gab mehr Kram als vorher. Die Untermieter hatten wahrscheinlich nach und nach den Haushalt aufgefüllt. Sogar einen Kartoffelstampfer gab es. So etwas hatte Grozki in seinem ganzen Leben noch nicht benutzt. Im unteren Schrankteil stand eine Flasche Goldbrand, zwei Finger breit gefüllt. Grozki glaubte, sich zu erinnern, dass er die Flasche schon vor Jahren hier gesehen hatte. Niemand hatte sie angerührt. Insgeheim hoffte er, dass sie hier schon seit Vorwendezeiten stand, aber auf dem Etikett fand sich kein EVP in Mark. Auf dem Herd stand ein Wok, und über der Tür hing ein asiatisches Lesezeichen mit Bommel, zumindest sah es aus wie ein Lesezeichen. Wahrscheinlich bedeutete es Glück und Wohlstand. Grozki nahm das rot-goldene Lesezeichen vom Türrahmen und schmiss es in den Müll. Der Mülleimer war mit einer frischen Tüte ausgelegt. Grozki lachte über Kim Bi. Ach, Kim Bi. Eigentlich hieß sie Kim Bin Sun, Grozki nannte sie immer Kim Bi. Obwohl er sich sicher war, dass Kim Bi diesen Witz nicht verstand. Es war lustig, diese Asiaten sprachen kaum ein Wort Deutsch, oder zumindest war es kaum als Deutsch zu verstehen, was sie sprachen. Ihr Wortschatz verbesserte sich auch nach monatelangem Aufenthalt kaum. Grozki fragte sich manchmal, was sie hier machten. Wenn sie am Telefon kommunizieren mussten, was so gut wie nie geschah, wiederholten sie einfach immer wieder das Gleiche, in genau der gleichen Betonung, egal was man fragte. Sie lernten diese Sätze auswendig. Kim Bi hatte ihn angerufen. Dreimal.
– Ein Brief für Sie gekommn.
Es hatte eine Weile gedauert, bis Grozki begriffen hatte, wer in der Leitung war.
– Bist du bi?
– Kim Bin Sun.
Grozki versuchte, sich die kleine Asiatin, die er nie gesehen hatte und von der er noch nicht mal wusste, aus welchem Land sie

kam, nackt vorzustellen. Aber es gelang ihm nicht. Außerdem störte dieser Satz.

– Ein Brief für Sie gekommn.

– Ja und, was soll ich damit, schmeiß ihn weg.

– Ein Brief fürr Sie gekommn.

Grozki hatte dann einfach aufgelegt. Das war einfach zu blöd. Ein Brief, was für ein Brief?

Beim zweiten Mal hatte sie versucht, zu verstehen zu geben, dass jemand für ihn da gewesen war. Jemand Offizielles. Sie klang nervös. Eingeschüchtert.

– Sag einfach, Herr Gorzkow ist verreist.

– Ich verstehe nicht.

Das war einer von den Sätzen, die Kim Bi sehr gut konnte. Und die auch gut zu verstehen waren. Grozki versuchte es erneut.

– Herr Gorzkow ist verreist.

– Ich verstehe nicht.

Grozki hatte jetzt auch schon fast das Gefühl, als wenn er diesen Satz auswendig gelernt hätte: Herr Gorzkow ist verreist. Er versuchte es noch einmal.

– Du.

Es entstand eine kurze Pause am Telefon. Dann ein schüchternes

– Ich?

Grozki war erleichtert, das war ein Ansatz von einer Kommunikation.

– Du sagen.

– Ich sagen?

– Du sagen: Herr Gorzkow ist vereist.

– Ich sagen: Hr Grzk is vereis?

– Herr.

Pause.

– Hirr?

– Gorzkow.

– Gorzk.
– ist ver-reist.
– is vereis.
– Herr Gorzkow ist verreist-t.
– Hirr Gorzk is ver-eist.
Gorzkow war ihr dankbar, dass sie nicht vergreist sagte. Das dritte Telefonat war dann wieder sehr kurz.
– Ich brauchen Ihre Adresse. Ich ziehe aus.
– Warum? Was ist los? Gefällt es dir nicht mehr? Jetzt, wo wir uns so gut verstanden haben.
– Ich brauchen Ihre Adresse. Ich ziehe aus.
– Meine Adresse. Kim Bi. Das ist aber jetzt zu intim.
Grozki wusste nicht, ob Kim Bi das Wort intim verstanden hatte, auf jeden Fall hatte diesmal sie aufgelegt. Man durfte diese Asiaten nicht unterschätzen. Kim Bi hatte dann ohne sein Zutun seine Adresse herausgefunden. Sie hatte eine ordnungsgemäße Kündigung geschickt und die drei Monatsmieten überwiesen. Außerdem hatte sie die vier Briefe mitgeschickt. Vier Briefe adressiert an Lasse Gorzkow. Auf dem Absender stand BEB. Grozki kannte keinen BEB. Er kannte VEB. Er warf die Briefe in den Papiermüll. Und aus dem Papiermüll hatte Ina sie herausgefischt.
– Was ist das?
– Das ist Papier.
Grozki war stolz auf sich, dass er die Briefe in den Papiermüll geworfen hatte, und tat so, als würde er nicht wissen, was Ina schon wieder nicht daran passte.
– Das könnte auch wichtig sein.
Grozki antwortete nicht, das war unter seinem Niveau. Ina warf sie ihm auf die Tastatur. Grozki ließ sich davon nicht aus der Ruhe bringen und legte sie ohne große Geste daneben. Dann klickte er auf YouTube auf Play, Sebadoh – ›too pure‹. Er zog

Ina zu sich heran und flüsterte ihr den Text ins Ohr. Ina hörte gar nicht zu. Sie nahm sich den obersten Brief und öffnete ihn. Grozki entriss ihr den Brief unsanft.
– Das ist meine Post.
Es folgte eine Diskussion über die Selbstbestimmung, die mit Inas Worten endete:
– Und das ist meine Wohnung.
Grozki hatte die Briefe eingesteckt und die Tür ins Schloss geworfen. Er war dreimal um den Block gelaufen, bevor er sich entschlossen hatte, im Oswald einzukehren. Er bestellte einen Rooitee und zog einen Brief aus dem Umschlag. Obwohl er Rooitee mochte, hasste er sich dafür, dass er hier saß und einen Tee trank. Wenn er wenigstens ein einsames Bier am Tresen trinken könnte, zwischen umherschweifenden Blicken auf die anderen Gäste, die ihm fremd vorkamen, was wahrscheinlich normal war, dass andere Gäste einem fremd vorkamen. Aber früher war er sich nicht fremd vorgekommen. Es musste also an den anderen liegen. Zwischen diesen Blicken öffnete er auch die anderen drei Briefe. Jetzt war es also so weit. Er war nicht erstaunt. Er musste nachdenken. Nachdem er zwei Stunden auf sein leeres Teeglas gestarrt hatte, machte er sich auf den Heimweg. Ina stand im Flur. Es wäre jetzt ein Leichtes gewesen, auf sie zuzugehen und sie zu umarmen. Dann hätte sich alles wieder eingerenkt. Aber Grozki war wütend. Wütend auf Ina, wütend auf diesen Brief, auf Kim Bi, auf Kerstin, diese Bauunternehmer, auf die jungen, hippen Doppelverdiener, die schon jetzt nach den Luxuswohnungen gierten. Grozki hatte also am nächsten Morgen, nach einem letzten Kaffee und unter Inas vorwurfsvollem Blick, gegen 13 Uhr mit seiner Tasche Inas Wohnung verlassen.
Grozki öffnete noch einmal den Unterschrank, nahm den Goldbrand heraus und stellte ihn auf die Spüle. Was wollte er hier? Ina hatte ihn angeschrien. Dabei war er nur mit einer Umhän-

getasche aus dem Haus gegangen. Vielleicht hatte Ina so ein Gefühl. Sie hatte immer so ein Gefühl. Ina kannte Grozki gut, zu gut.

Grozki schmiss sich auf den einzigen Küchenstuhl und klappte den Klapptisch herunter. Er saß eingeklemmt zwischen Fenster, Klapptisch und Spüle. Diese Enge, diese ewige Enge. Eigentlich hatte er sich geschworen, nie wieder in so einer Enge zu wohnen. Er griff sich den Goldbrand. Der Schraubverschluss war festgepappt. Grozki stellte den Goldbrand vor sich auf den Klapptisch. Er wusste, wenn er jetzt nachgab ... Der Goldbrand erinnerte ihn an früher, an die DDR. Wie ihn alles hier an die DDR erinnerte. Er erinnerte sich an den Geschmack. Widerlich. Schön widerlich. Er hatte immer gedacht, er hätte das im Griff. Das Schlimme an Alkohol war, dass er so haltbar war. Er konnte Jahre überdauern in so einem Schrank, so wie Erinnerungen. Die Erinnerungen, die auch plötzlich wieder da waren. Kerstin war einfach weg gewesen. Einfach so, von einem Tag auf den anderen. Es war ein guter Schachzug gewesen, dass sie Grozki mit in den Mietvertrag genommen hatte. Am Anfang war das so eine Art Gefälligkeit gewesen, für einen jungen Musiker. Auch weil er eine Zuzugsgenehmigung für Berlin brauchte. Zwei Monate hatte Grozki hier allein gewohnt. In den Möbeln von Kerstin. Dann hatte er sich ebenfalls ein Visum für Ungarn besorgt.

Grozki klappte den Klapptisch nach oben, öffnete das Fenster und warf die Flasche hinaus. Die Flasche zersprang auf dem asphaltierten Weg. Marianne Schweizer und zwei Umzugshelfer sahen erschrocken nach oben. Grozki hob die Hand zum Gruß.

– Weitermachen!

Er war jetzt sieben Jahre clean. Kein Alkohol, keine Drogen, von ein paar kleineren Affairen abgesehen, keine sexuellen Exzesse. Sein Leben verlief in ruhigen Bahnen. Warum musste er sich den Ärger mit dieser Wohnung ans Bein binden? Er könnte die

10.000 Euro, die im dritten Brief angeboten worden waren und von denen er Ina nichts erzählt hatte, einfach einstreichen. Er musste verrückt sein.
Und das war gut so. Denn es war genau dieses ruhige Leben, das ihn langweilte. Es tröpfelte dahin. Grozki spürte eine Energie in sich hochsteigen, die er schon lange nicht mehr gekannt hatte. Er atmete die frische Luft und betrachtete die Bäume, die auf der Wiese vorm Haus standen. Er fühlte sich befreit. Mit einer sich selbst auf die Schippe nehmenden Theatralik rief er aus dem Fenster:
– Vom Eise befreit sind Strom und Bäche durch des Frühlings holden belebenden Blick.
Die Schweizers waren nicht zu sehen, und die anderen Träger nahmen kaum Notiz von ihm, aber das störte ihn nicht, Grozki hatte sich noch nie abhängig vom Publikum gemacht.

REIN RAUS

Grozkis Rückkehr bedeutete einen Wendepunkt. Sein Einzug war eine Gegenbewegung, jemand bewegte sich gegen den, wie es schien, nicht aufzuhaltenden Strom, gegen die Gerölllawine. Dieter träumte nachts, das Haus würde zusammenfallen. Steine lösten sich aus der Decke, verfehlten ihn nur knapp. Überall war Staub, bröckelnder Putz, er bekam keine Luft, hustete, der Husten weckte ihn. Und ließ ihn dann lange nicht mehr einschlafen.
Nach der ersten Versammlung hatte es noch weitere Versammlungen gegeben, jedes Mal waren weniger erschienen. Die Sonntags waren die Gastgeber, das war eine Gewohnheit geworden, vielleicht lag das an der allgemeinen Trägheit oder der Resignation. Dieter stellte sich in Bezug auf eintreffende Briefe der Im-

mobilienfirma taub und stumm. Diese Strategie erschien ihm die einzig richtige. So machte er sich am wenigsten angreifbar. Gab der Gegenseite keine Information, die sie gegen ihn verwenden konnte. Aber die meisten im Haus hatten sich aus für sie wahrscheinlich plausiblen Gründen auf eine Kommunikation eingelassen, und diesem Einlassen war der Auszug schon anzusehen. Als Erstes war die junge Familie aus dem Erdgeschoss ausgezogen, sie brauchten eine neue Wohnung, bevor die Zwillinge auf die Welt kamen. Nachvollziehbar, dennoch kam dieser Auszug unpassend. Riss eine Lücke in die Abwehr. Riss eine Lücke ins Haus. Zu der bereits seit einem halben Jahr leerstehenden Wohnung kam diese zweite. Kam ein dunkles Fenster mehr. Aber das war zu verschmerzen. Vollkommen unerwartet dagegen kam der Auszug der Schweizers und der Laubners. Keine vier Wochen vor dem Termin hatte Dieter es erst erfahren. Ihm war es so vorgekommen, als wenn Irene es schon gewusst hätte, schon lange gewusst. Im Nachhinein schien es ihm, als hätte sie Andeutungen gemacht, als wären ihr Unvorsichtigkeiten herausgerutscht. Vielleicht hatte er es nicht sehen wollen. Diese knapp vier Wochen hatten Kraft gekostet. Auch wenn er es sich nicht anmerken ließ und so tat, als würde ihm das nichts ausmachen. Er war immer gut mit allen im Haus ausgekommen. Die leeren Wohnungen machten ihm zu schaffen, auch wenn es nach außen nicht spürbar war. Er versuchte, die Leerstelle in der Kommunikation zu kompensieren. Sprach mit allen, die noch da waren. Dachte ›die noch da sind‹. Dachte ›noch‹. Ärgerte sich darüber. Über sich selbst, als hätte er im Innersten schon aufgegeben. Als hätte er nie wirklich an einen anderen Ausgang geglaubt. Er klingelte regelmäßig bei den Nachbarn, um sich und die anderen auf dem Laufenden zu halten, trotzdem schien Irene manche Informationen eher zu bekommen, obwohl sie sonst diejenige gewesen war, die nur selten mit den

Nachbarn tratschte, wie sie das nannte. Als scheuten sich die Nachbarn, ihm gewisse Dinge zu sagen, als wäre Irene aus irgendeinem Grund für diese Informationen die Geeignetere. In jenen knapp vier Wochen hatte auch die Alleinerziehende von schräg oben angekündigt auszuziehen, sie hätte keine Kraft zu kämpfen, die kleine Summe könne sie gut gebrauchen, dürfe aber nicht darüber reden. Sie würde an den Stadtrand ziehen, wünsche sich dort anzukommen, zur Ruhe zu kommen. Vielleicht wäre es ganz gut so. Am selben Tag hatte Irene ihm, als er gerade dabei war, eine Konservendose Ananas zu öffnen, gesagt, dass auch die WG ausziehen würde.
– Man munkelt über eine gewisse Summe, aber wer weiß.
– Man munkelt?
– Ja, man munkelt. Vielleicht sollten wir auch ausziehen? Vielleicht lohnt es sich? Wir könnten mal fragen. Also, ich hänge nicht an dieser Butze.
– Jetzt fängst du auch noch an. Kommt gar nicht in die Tüte, schon aus Prinzip nicht. ... Verdammter Mist.
Dieter hatte sich an dem scharfen Deckel geschnitten, und das Blut tropfte in die Ananasdose.
– Jetzt nimm doch mal die Finger weg. Wer soll das denn noch essen.
Irene kümmerte sich um die Dose, während Dieter seinen verletzten Finger unter kaltes Wasser hielt.
Die Koreanerin war verschwunden, hatte sich in Luft aufgelöst, es hatte keinen Auszug gegeben. Er hatte nicht einmal Koffer gesehen. Sie hatte immer so freundlich gelächelt und genickt, manchmal gekichert. Er hatte gern mit ihr geplaudert. Auch wenn sie manchmal ganz schnell über die Treppe gehuscht war, wenn sie ihn sah. Wenn er sie einmal ins Gespräch verwickelt hatte, hatte sie sich nicht getraut zu gehen, solange er sprach, manchmal hatte sie sich zwischendurch verbeugt. Aber das hat-

te er ignoriert. Ihr war eine gewisse Erleichterung anzumerken, wenn er ›Auf Wiedersehen‹ sagte. Sie antwortete dann ebenfalls mit ›Auf Wiedersehen‹ und wieder mit einer Verbeugung und trippelte davon.

Auf einem seiner Streifzüge durchs Treppenhaus hatte Dieter Musik aus ihrer Wohnung gehört und geklingelt.

– Wohnen Sie hier?

Grozki, den er immer mit Herr Gorzkow ansprach, war für Dieter jemand, der in einem anderen Universum lebte. Dessen Lebensstil ihm fremd blieb, den er nicht verstehen konnte, aber die Tatsache, dass er hier wieder eingezogen war, damit sozusagen ein Statement abgab, machte ihn sympathisch.

Der Restaurator, der über Grozki wohnte, der finanziell immer zu knapsen hatte, die Leute wollten schöne Möbel, wollten aber fast nichts dafür zahlen – die am meisten hatten, waren die Knausrigsten –, war in eine Einraumwohnung in einem 16-Geschosser gezogen. Von der Abfindung, den paar Kröten, hatte er sich einen alten Bauwagen auf eine Wiese irgendwo weit draußen gestellt. ›Schön da‹, hatte er gesagt.

Die alte Frau Wehner hatte nicht ausziehen wollen, sie wollte nicht in ein Heim, hier kannte sie sich aus, hier war ihr Zuhause. Seit 84 Jahren wohnte sie im Kiez. Sie kam immer zu den Versammlungen. Ihre Kinder hatten ihr zugesetzt, wollten keinen Rechtsstreit. ›Was soll ich machen, ohne die Kinder? Für einen Neuanfang bin ich zu alt. Im Heim kenne ich niemanden.‹

Die Kinder hatten die Wohnung ausgeräumt. Frau Wehner hatte auf der Treppe gesessen und geweint.

– Ist es schon so weit?

– Mama, du gehst da nicht zum Sterben hin.

– Doch.

– Aber nicht gleich.

– Nein, nicht gleich.

EIGENTUM

Seit heute Morgen, seit sechs Stunden, fraß ein Müllmobil nahezu ununterbrochen Sperrholzplatten, Stühle, Plastikdosen und -wannen und diverse Dinge, die die Ausgezogenen dagelassen haben mussten. Kathleen hörte das Mahlen und Pressen der Maschine vor ihrem Fenster. Sie kam nicht voran, die Gedanken wanden sich aus ihrem Gehirn heraus, sie war immer wieder in Versuchung, etwas anderes zu tun, mit irgendeinem sinnlosen Computerspiel die Zeit zu fressen, genau wie die Maschine da draußen die Zeit fraß, oder den vierten Kaffee zu trinken – sie entschied sich für Letzteres – und ihr Nichtvorankommen auf die Störgeräusche zu schieben. Eine Form von Selbstbetrug. Aber was sollte sie machen? Es gab ein inneres Hemmnis. Vielleicht die Frage der Sinnhaftigkeit einer Doktorarbeit. ›Ausläufer und Einflüsse der Neuen Sachlichkeit in die Gegenwart‹. Sinnhaftigkeit, dann war man ganz schnell beim Sinn des Lebens. Oder bei der Frage, ob ihre Fähigkeiten ausreichten. Diese Gedanken führten immer nur nach unten. Nach unten. Sie nahm die knallgelbe Kaffeetasse, Pantone yellow 123c, und sah den beiden Bauarbeitern zu, wie sie die unersättliche Maschine mit alten Aktenordnern, Blumentöpfen, einer Kaffeemaschine und Spielzeug fütterten. Es folgten zwei Lautsprecherboxen, schwarz mit Holzimitat, Kathleen wartete auf den dazugehörigen Plattenspieler, der aber nicht kam. Es folgte nicht immer das, was man erwartete. Ein roter Plüschhase mit einer grün-weiß gestreiften Latzhose wurde in das Mahlwerk geworfen. Er sah fast so aus wie ihrer. Sie musste lächeln, und ihre Hände fühlten sich auf einmal warm an. Der kleine, dunkelhäutige Typ mit dem langärmligen, blauen Overall hielt kurz inne und drehte eine Kinderschallplatte hin und her, Das Wolkenschaf, und auf der anderen Seite Die Weihnachtsgans Auguste. ›Nein, die nicht‹, sagte Kathleen leise gegen das Fenster,

der Typ zögerte, als hätte er sie gehört, ließ aber nach einem Zuruf seines Compagnons, den Kathleen nicht verstehen konnte, die Platte in den Schlund fallen. Die anderen im Haus hatten tatsächlich dieselben Sachen wie sie, das mussten Überbleibsel einer Einheitsversorgung sein. Erst als ein Wäschekorb, auch der kam Kathleen bekannt vor, ausgekippt wurde und ein kleines Marienkäferkostüm am Rande der Maschine hängen blieb, ein Marienkäferkostüm, nicht rot, sondern grün mit schwarzen Punkten, das ihre Mutter für sie genäht hatte, der Marienkäfer ist noch nicht reif, hatte Kathleen erklärt, erst da realisierte sie, dass das ihre Sachen waren, die in die Schredder- und Pressmaschine geworfen wurden. Ihre Sachen, die in einer orangen Maschine verschwanden. Kopflos und hektisch verschwepperte sie beim Abstellen der Tasse die Hälfte des Kaffees aufs Fensterbrett, versuchte, sich im Laufen die Schuhe anzuziehen, und wäre deshalb beinahe auf der Treppe gestürzt. Sie rannte einem Mann in Jeans, der zwei Pappkartons aus dem Haus trug, hinterher, konnte ihn aber, weil sie einen Schuh wieder verlor und auf einem Strumpf und einem Schuh gehandicapt war, nicht einholen.
– Das sind meine Sachen.
Er schien nicht zu hören, denn ohne mit der Wimper zu zucken, schmiss er die beiden Kartons in die sich drehenden Walzen.
– Hören Sie nicht, das sind meine Sachen!
– Der Keller wird geräumt.
Der bullige Mann in enganliegenden, ausgewaschenen Jeans und löchrigem T-Shirt, er erinnerte Kathleen entfernt an den jungen Bruce Willis, ging an ihr vorbei und wieder in den Keller hinunter. Nachdem sie ihren zweiten Schuh von der Treppe geklaubt und richtig angezogen hatte, folgte sie ihm. Auf der Treppe kam ihr der andere Mann, der im blauen Overall, entgegen. Kathleen riss dem kleinen, erschrockenen Mann einen Karton aus der Hand, und wie eine Welle schwappten Kleinteile über den Rand,

es regnete Plastikindianer, Lego-Steine und ein paar Matchbox-Autos auf die Stufen.
– Das sind meine Sachen!, brüllte Kathleen.
Der kleine, dunkelhäutige Mann sah sich hilfesuchend um. Aus dem dunklen Gang drang ein Scheppern und ein:
– Das muss alles raus.
Zusammen mit einem Bügelbrett und einem halben Sonnenschirm, was definitiv beides nicht aus ihrem Keller stammte, stellte sich der bullige Typ an den Fuß der Treppe.
– Ist das auch Ihr's?
Er hielt ihr das Bügelbrett hin und starrte dabei unverhohlen auf ihr T-Shirt, unter dem sich ihre Brustwarzen abzeichneten. Instinktiv drückte sie den Karton mit den Spielzeugindianern an ihre Brust. Drei Stufen über ihr stand der kleine Mann und schien den Karton zurückhaben zu wollen. Sie fühlte sich eingekeilt, beinahe bedroht. Aber das konnte und wollte sie nicht zeigen. Auch wenn sie sich am liebsten gern gänzlich aus dieser Situation herausgezogen hätte, sie musste zu ihrem Keller, retten, was noch zu retten war.
– Kann ich mal vorbei.
– Bitte.
Im Vorbeigehen wischte der bullige Typ mit dem Fuß die auf den Stufen liegenden Spielzeugteile zur Seite, so dass einige von ihnen halb absichtlich, halb unabsichtlich unter seinen klobigen Schuhen zersplitterten. Drei Keller waren bereits vollkommen leergeräumt, auch Kathleens Holzverschlag. Die Tür stand offen, die Holzlatte, die das Vorhängeschloss hielt, lag zerbrochen auf dem Boden, ihr Keller war bis auf Dreck und Holzsplitter, heruntergefallenen Nippes und eine angeschlagene Glasvase leer. Kathleen fühlte sich genauso leer. Sie spürte noch nicht mal mehr Wut. Dabei hätte sie wütend sein müssen, hätte rumschreien, auf die Typen einschlagen müssen. Aber Kathleen fühlte sich nur

matt. Sie ging kurz in die Hocke, ließ sich dann ganz fallen, setzte sich auf den Boden, ohne den Dreck und die Splitter zu beachten. Gegenüber, an der Wand, lehnte Janis Joplin, mit wehenden Haaren, auf einem schwarzen Cover. Die Platte, ihre Platte, musste einer der beiden Bauarbeiter für sich beiseitegestellt haben.
Die Männer beobachteten sie misstrauisch durch die Latten des Nachbarverschlags, Kathleen konnte das aus den Augenwinkeln wahrnehmen. Vor allem der Kleine schien sie länger zu betrachten, während Kathleen auf Janis Joplin starrte. Dann begannen sie wieder mit ihrer Arbeit, der bullige Typ zerrte eingestaubte Papierrollen, vielleicht alte Tapeten, vielleicht Plakate, von einem oberen Regal, es rieselte Staubbüschel, kleine Putzstücke und -körner herunter, bis zu Kathleen. Der Kleine im Blaumann schüttelte eine Kiste, beinahe rhythmisch. Ein hilfloses Klirren, Abschlusskonzert mit Werkzeugkiste, dachte Kathleen. Sie stapelten die Kartons in den Gang, wahrscheinlich, um sie besser nach oben tragen zu können, ließen Marmeladengläser, Fahrradschläuche, Stehordner hineinfallen. Eine Bohrmaschine hielt der bullige Typ länger in der Hand und hätte sie, vielleicht ebenso wie die Schallplatte, beiseitegestellt, wenn Kathleen nicht da gewesen wäre. Aber das ging sie jetzt nichts mehr an. Oder doch? Ging sie das noch etwas an? Sollte sie den anderen Bescheid geben? Wahrscheinlich sollte sie das? Aber warum hatte ihr niemand Bescheid gegeben? Wessen Keller, wessen Vergangenheit wurde jetzt geräumt? Warum fing sie mit den Typen nicht die Frage nach dem Warum an? ›Warum machen Sie das? Wussten Sie, dass das mein Keller ist? Dass das meine Sachen sind? Das brauche ich noch. Das hätte ich noch gebrauchen können.‹ Vielleicht. Bestimmt. Irgendwann. Aber wen interessierte das? Kathleen nahm die Platte und ging mit dem Spielzeugindianerkarton und Janis Joplin wortlos an den Bauarbeitern, die kurz innehielten, vorbei. Als sie aus dem Dunkel nach oben kam, sah sie durch

die offenstehende Haustür den ersten Schnee durch die Düsternis fallen. Schön, dachte sie. Und traurig. Wie banal das Wort ›schön‹ war. Vielleicht sollte sie sich in den Schnee stellen, so wie sie jetzt war, und warten, warten, bis sie wieder denken konnte. Ende Oktober und schon Schnee, alle sagten mal wieder einen langen, kalten Winter voraus.

Vielleicht sollte sie die Haustür abschließen, das würde das Geschehen eine Weile aufhalten. Kathleen stellte den Karton ab und wollte gerade die Verriegelung der Tür lösen, als jemand von draußen hereinkam. Amreiter, Markus Amreiter, schüttelte sich den Schnee von Glatze und Jackett.

– Kathleen.

Froh, ihren Namen zu erinnern, musterte er sie, als würde er sie zum ersten Mal wahrnehmen. Vielleicht war das auch so. Bisher hatte er Kathleen nicht als Frau wahrgenommen, oder schon als Frau, aber nicht anziehend. Aber genau in diesem Moment, vielleicht lag es am Schneelicht oder am Ausdruck in ihrem Gesicht, in dem er eine Trostlosigkeit zu erkennen glaubte, schien Kathleen etwas auszustrahlen, etwas Besonderes. Er wollte sagen: ›Du bist schön, wunderschön‹. Sagte dann aber nur:

– Schön.

Kathleen war ein wenig erschrocken, dass er genau wie sie eben das Wort ›schön‹ benutzte. Allerdings war ›schön‹ kein besonders exzeptionelles Wort. Einen Moment konnte er ihre flirrenden Augen erhaschen und fühlte sich ertappt, so als hätte Kathleen aus seiner Stimme herausgehört, was er meinte und wie er es meinte, ihre Augen drehten dann aber ab auf einen Punkt irgendwo weit hinten, draußen auf der Wiese. Eine Krähe kreiste über der mit leichtem Schneeflaum bedeckten Wiese.

– Was?

– Der erste Schnee.

– Ja.

Am liebsten wollte er sie in den Arm nehmen, seltsam, woher das plötzlich kam. Oder wenn schon nicht in den Arm nehmen, so doch wenigstens in ein Gespräch verwickeln.
– Ist das nicht 'n bisschen kalt?
Immer noch war seine Stimme weicher, als er es wollte, er hüstelte.
– Die räumen alle Keller.
Sie sprach an ihm vorbei, tonlos, die Augen immer noch auf einen Punkt in der Ferne gerichtet.
– Wie? Ha, die hatte ich auch.
Amreiter zeigte auf die wehenden Haare von Janis Joplin.
– Nicht die Haare, die Platte.
– Ich glaube, die machen alle Keller platt.
Amreiter horchte nach unten auf die Geräusche, die aus dem Keller kamen, und schien jetzt erst zu verstehen, was Kathleen meinte. Hinter ihm fiel der Schnee durch die Tür, Kathleen sah, wie die Flocken langsam in sich zusammensanken und auf dem schwarz-weiß gesprenkelten Boden einen glänzenden Film hinterließen. Sie hätte dem Dahinschmelzen ewig zuschauen können, beinahe machte sie das vergessen, warum sie hier unten stand. Amreiter getroffen zu haben, nahm sie aus der Verantwortung. Sie nahm die Spielzeugindianerkiste wieder auf und wollte nach oben, als Amreiter sagte:
– Warte mal hier.
Sie sollte warten. Aber sie wusste nicht, worauf. Sie hörte Amreiter, der nach unten gegangen war, auf die Bauarbeiter einreden, lautstark.
– Was machen Sie hier?
– Die Keller werden geräumt.
– Lassen Sie das stehen.
– Sind das Ihre Sachen?
– Nein.

– Also?
– Aber mein Keller ist der nächste.
– Genau.
– Das heißt, Sie wollen meinen Keller auch ausräumen.
– Wir räumen alle Keller, Ausnahmen jibs nich.
Die Stimmen kamen näher, der kleine Mann im Blaumann kam mit zwei Kartons vorsichtig die Treppe nach oben, vorsichtig, weil er in seiner Tätigkeit plötzlich verunsichert war, als müsse er sich vor möglichen Angreifern schützen.
– Los jetzt, Rishi. Wir haben nicht ewig Zeit.
Der bullige Jeanstyp, der eine Schreibtischlampe und ein undefinierbares Metallgestell trug, musste ihn fast nach oben drücken. Hinter ihnen folgte Amreiter.
– Sie hören sofort mit der Scheiße auf.
– Auftrag, sagte der Jeanstyp und:
– Schnaps is Schnaps.
– Das wird Ihnen noch leidtun.
Etwas leiser setzte Amreiter hinzu:
– Ich ruf jetzt meinen Anwalt an.
Während die Kartons und der andere Kram langsam und gründlich im orangen Kauwerkzeug zermahlen wurden und die Bauarbeiter mit schmatzenden Schritten ein Stück zur Seite traten, um sich zu beraten, telefonierte Amreiter. Kathleen schloss die Tür. Der Schnee und die Bauarbeiter blieben draußen. Amreiter schilderte am Telefon die Situation. Immer wieder fragte er: ›Dürfen die das? Und, was soll ich machen?‹ Kathleen konnte von Amreiters Gegenüber nicht viel verstehen. Nur ein Satz drang sehr deutlich und laut, und im Laufe des Telefonats immer unwirscher, bis zu ihr. Auf jede Frage Amreiters – ›Soll ich die Polizei rufen? Soll ich ihm eins in die Fresse hauen? Den Strom abschalten?‹ – antwortete der Anwalt mit dem immergleichen Satz: ›Schützen Sie Ihr Eigentum, Herr Amreiter. Schützen Sie

Ihr Eigentum. Schützen Sie Ihr Eigentum, mehr kann ich jetzt nicht sagen.‹

– Schützen Sie Ihr Eigentum. Der hat gut reden. Dann schütz ich jetzt mal mein Eigentum. Was nehmen wir? Messer, Hammer, Schlagbohrmaschine? War ein Scherz, noch leben wir in einem Rechtsstaat.

Erneut tippte Amreiter auf sein Telefon.

– Ich möchte einen Einbruch melden. ... Fünf bis zehn Minuten? ... Danke.

Ein kalter und nach Rauch riechender Luftzug wehte unter Kathleens Shirt, als die Männer von draußen hereinkamen.

– Ich glaub, ich muss mir mal was anziehen.

Amreiter nickte.

– Kannst du den Sonntags und, wie heißt er nochmal, Bescheid sagen.

– Grozki.

– Ja, Grozki.

Amreiter versicherte sich mit einem Blick auf das Namensschild am Briefkasten, über dem auch noch ein anderer Name stand.

– Gorzkow. Grozki.

Kathleen überlegte kurz, ob sie die Spielzeugindianer gleich in den Müll entsorgen sollte, aber jetzt hatte sie sie gerade gerettet ... Sie zog sich eine Strickjacke über. Dann stellte sie die Janis-Joplin-Platte ans Fenster, daneben reihte sie die Spielzeugindianer auf, eine kleine Armee. Mit erhobener Axt und Pfeil und Bogen rannten die kleinen Männchen gegen einen unsichtbaren Feind hinter dem Fenster an. Die Bauarbeiter brachten weiter Sachen nach draußen und kippten sie in das geöffnete Maul der Schreddermaschine. Aber sie waren langsamer geworden. Vor allem der Kleine.

Vielleicht hätte Kathleen auch noch die Lego-Bausteine verbaut, aber ein mit Blaulicht vor das Haus fahrendes Polizeifahrzeug erinnerte sie daran, dass sie den Sonntags und Grozki Bescheid geben sollte.

Fünf Minuten später standen alle im engen Keller. Kathleen hatte ihre Arme um ihre Strickjacke gewickelt, als müsse sie sich daran festhalten, Herr und Frau Sonntag, beide in Filzhausschuhen mit Schafwolleinlage oder Schafwollimitat, versuchten, zu ihrem Kellerverschlag zu kommen, kamen aber an den beiden Polizeibeamten, einer jungen Frau mit Zopf und einem etwa 40-jährigen Mann mit Bauchansatz, nicht vorbei, auf die Amreiter einredete. Die beiden Bauarbeiter standen in einen der Verschläge gedrängt. Und Grozki, der mit einem großgeblümten Hemd, Schlaghosen und langen, offenen Haaren heute einen auf Hippie machte, stand auf der Treppe und beschallte mit seinem Smartphone die Szenerie mit Reggae, *Police in helicopter ... Police man in d streets*. Wahrscheinlich hätte es auch niemanden verwundert, wenn er sich noch einen Joint gedreht hätte.

Die Polizeibeamten versuchten, ein Protokoll aufzunehmen. Es ging darum, wem welche Keller gehörten. Amreiter bestand darauf, die Bauarbeiter des Diebstahls zu bezichtigen. Die Bauarbeiter wirkten auf einmal kleinlaut. Nur der Jeanstyp versuchte noch ein paarmal, mit Sprüchen und Zwischenrufen der Situation Herr zu werden. Kathleen musste das Protokoll unterschreiben und sollte eine Liste der Gegenstände, die sich im Keller befunden hatten, anfertigen und nachreichen. Die Beamten notierten die Namen der Anwesenden, ließen sich die Ausweise zeigen, was eine Weile dauerte, weil alle außer Amreiter nochmal nach oben mussten, um sie zu holen, notierten den Vorgang in einem Vordruck, was eine größere Ewigkeit dauerte. Irene Sonntag hatte sich inzwischen zu ihrem Keller vorgearbeitet, sie und ihr Mann waren darauf bedacht, sich nicht an den porösen Kellerwänden dreckig zu machen, und sie gaben auch den anderen diesbezüglich Zeichen, wenn sich einer von ihnen gedankenverloren anzulehnen versuchte. Nur Grozki wurde kein Zeichen gegeben, obwohl er, wie es schien, darauf erpicht war. Der Keller der Sonntags war unversehrt, das Schloss intakt. Etwas enttäuscht und so, dass alle, vor allem aber ihr Mann, es hören konnten, sagte Irene Sonntag:

– Schade, dass sie nicht mit unserem Keller angefangen haben.

Die Beamten sahen kurz auf von ihrem Protokoll. Es war nicht ganz klar, ob Frau Sonntags Aussage ironisch gemeint war oder nicht oder darauf anspielte, dass die Dinge finanziell ersetzt werden mussten. Irene Sonntag meinte es aber so, wie sie es sagte. Sie brachte die Dinge – meistens hatte Dieter die angeschleppt, er konnte sich nicht von dem alten Kram trennen – in den Keller, und von dort begannen die Dinge ihren Weg zu einer neuen Bestimmung, ohne dass ihr Mann es bemerkte. Grozki dachte dasselbe wie Irene. Er hatte gar nicht gewusst, welcher Keller zu seiner Wohnung gehörte, aber im Zuge des Protokolls, die Sonntags hatten alle Keller zuordnen können, hatte er seinen Verschlag, der chaotischste und vollste von allen, kein Vergleich mit den aufgeräumten Regalen der Sonntags, von Weitem, also aus einer Entfernung von drei Metern, in Augenschein genommen. Er fragte sich, was dort drin war. Er konnte sich nicht erinnern, jemals etwas hier heruntergebracht zu haben, ob dort noch Sachen von Kerstin lagerten, oder waren das Relikte der Untermieter?

Markus Amreiter machte sich nicht sehr viele Gedanken um die Sachen in seinem Keller, die ja noch alle da waren, aber es war eine Warnung, vielleicht sollte er mal einen Blick darauf werfen, ob da noch wichtige Dinge lagerten. Und er sollte auch in seiner Wohnung klar Schiff machen, wer weiß, was die sich als Nächstes einfallen ließen, Rohrbruch, Kabelbrand oder Ähnliches. Amreiter war zufrieden mit sich und wie er die Situation gelöst hatte, es gab nichts mehr zu tun. Er beobachtete Kathleen, die vielleicht

in ihrem Kopf die Liste zusammenstellte, den Blick auf den Kellerboden gerichtet, zeichnete sie mit der Schuhspitze kleine Quadrate in den Kellerstaub. Er versuchte, den Zauber von vorhin zu entdecken, aber sie sah ganz normal aus, unscheinbar, wie davor, der Zauber war verflogen, die Krähe war in den Winterhimmel eingetaucht – und verschwunden.
Im Protokoll wurde auch vermerkt, dass zwei der drei aufgebrochenen Verschläge ausgezogenen Mietparteien zuzuordnen waren. Plötzlich behaupteten die Bauarbeiter, dass die Räumung von Kathleens Keller, Fräulein Mauns Keller, sagte der bullige Typ, ein Versehen gewesen wäre. Kathleen und Amreiter bestanden allerdings darauf, auch ihre Version zu Protokoll zu geben. Grozki illustrierte das aus dem Hintergrund mit dem Sound *get up, stand up*. Die Beamten untersagten den Bauarbeitern vorerst, mit der Räumung der Keller fortzufahren, bis alles offiziell geklärt wäre, und geleiteten die Bauarbeiter aus dem Haus. Als sie Grozki passierten, winkte dieser sie mit einer großzügigen Handbewegung, die man schon fast als ironischen Kratzfuß bezeichnen konnte, und folgenden Worten durch:
– Bitte gehen Sie weiter, hier gibt es nichts zu sehen. Es gibt hier nichts zu sehen, bitte gehen Sie weiter. Weitergehen!
Die Beamten ließen sich nicht provozieren, der Bauarbeiter, der bullige Typ in Jeans, warf Grozki einen bösen Blick zu, während der Kleine im Blaumann mit gesenktem Blick hinter ihm herlief.
– Ende der Vorstellung.
Grozki stieg mit großen Schritten, immer zwei Stufen auf einmal nehmend, die Treppe nach oben, blieb aber am Absatz im ersten Stock stehen, um einen neuen Song auszuwählen. Er hielt Kathleen und Amreiter, der hinter ihr ging, mit einer großen Geste auf und nötigte sie zuzuhören. An der Stelle, wo Bob Marley *'cause all I ever have: Redemption songs* sang, stimmte Grozki mit seiner tiefen Stimme ein:

– Redemption songs. Bob ist der Größte. Hiermit vermache ich dir feierlich den Inhalt meines Kellers. Also keine Ahnung, was in meinem Keller drin ist. Aber du kannst alles haben. Möge er dir Glück und Segen bringen.
Damit drehte er sich auf seinen Turnschuhen, die er hinten heruntergetreten hatte und schon seit geraumer Zeit als Pantoffeln zu benutzen schien, um und ging, seinen Körper in den Reggae eintauchend, leicht wiegend, Kopf und Schultern schüttelnd, *get rhythm* – das war nicht von Bob, aber egal –, nach oben.
Kathleen musste tatsächlich das erste Mal an diesem Tag lächeln. Weil es so absurd war. Natürlich waren die Dinge, die in seinem Keller waren, nicht die Dinge, die ihr abhandengekommen waren, aber das machte den Witz aus.
– Wann kann ich den Schlüssel abholen?
Grozki stoppte in seiner Bewegung, drehte sich auf seinem Absatz wieder zurück. Er war überrascht, diesem blassen Gesicht hätte er das nicht zugetraut, ehrlich gesagt traute er keinem hier im Haus etwas zu. Er lachte, löste einen kleinen Schlüssel von seinem Bund und warf ihn nach unten.
– Mach dir einen schönen Tag damit.
Amreiter ging dieser Hippietyp auf die Nerven.
– Ich glaub, mit dem kommen wir nicht weit.
Er wartete auf eine Antwort von Kathleen, die aber nicht kam.
– Sagt mir meine innere Stimme.
Während Amreiter von Dieter Sonntag, der langsam die Treppe hinaufkam, in ein Gespräch verwickelt wurde, beobachtete er, wie Kathleen ihre Wohnung öffnete, er winkte ihr zu. Kathleen winkte kurz zurück. Dann schloss sich die Tür.
– Jetzt fangen sie an, sagte Dieter Sonntag.
Irene Sonntag war bereits in der Wohnung verschwunden und klapperte in der Küche. Auch wenn es stimmte, was sie gesagt hatte, dass sie froh gewesen wäre, wenn ihr Keller geräumt wor-

den wäre, machte ihr diese ganze Aktion seltsamerweise Angst. Irene spürte, dass da noch etwas auf sie zukam. Während Dieter das als sportliche Herausforderung betrachtete, spürte Irene bereits jetzt einen Druck in der Magengegend. Einerseits fand sie es in Ordnung, dass man sich gegen die Kündigung und diese ganze Gentrifizierung wehrte, aber mussten gerade sie das machen?

Kathleen legte den Schlüssel zu den Indianern und Janis Joplin aufs Fensterbrett, ein kleiner goldener Schlüssel, Messing. Mitten im Wuling, mit den anderen Mietern hatte Kathleen sich wohlgefühlt, diesmal hatte sie die Enge als angenehm empfunden und auch angenehm empfunden, dass Frau Sonntag sie auf die bröckeligen Wände aufmerksam gemacht hatte. Obwohl ihr der Dreck egal war, fand sie es nett, dass sich jemand um sie sorgte. Jetzt war sie wieder allein. Seit die meisten der Mieter ausgezogen waren, fühlte Kathleen sich verwundbar. Sie wollte jetzt nicht allein sein. Sie nahm den kleinen goldenen Schlüssel und drehte ihn in ihrer Hand, in diesem Moment klingelte es.
Amreiter hielt eine angebrochene Flasche Rotwein und eine Packung grüne Oliven in der Hand.
– Ich dachte, vielleicht willst du nicht allein sein. Heute. Nach diesem, diesem Mist.
Kathleen holte Gläser, und während Amreiter einschenkte, räumte sie den Sessel frei und setzte sich selbst aufs Bett. Ansonsten machte sie keine Anstalten, das Chaos, das Amreiter mit seinen Augen überflog, dann aber vollkommen ausblendete, zu beseitigen.
– Auf uns.
Amreiter zögerte kurz:
– Auf die Wohnung, auf das Haus. Wir halten durch.
Es ging erst auf 17 Uhr zu, vielleicht ein bisschen früh, um zu

trinken, aber was soll's, dachte Amreiter. Die Schneewolken waren verschwunden, es war aufgeklart. Die untergehende Sonne brach durch die Bäume, durch eine Lücke in der Bebauung, und schien für einen Augenblick direkt auf Kathleens Haar und das Weinglas, das sie in der Hand hielt. Das Weinglas warf einen rötlichen Schimmer in ihr Gesicht. Da war er wieder, dieser Glanz und der Ausdruck in ihren Augen. Für den kurzen Moment, da das Licht ins Zimmer strahlte, saßen sie beide still und in sich versunken. So plötzlich, wie die Sonne aufgetaucht war, so plötzlich war es wieder dunkel.
Kathleen war heute schon zum zweiten Mal froh, dass Amreiter aufgetaucht war. Hatte das etwas zu bedeuten? Sie betrachtete ihn, vermied aber, in sein Gesicht zu sehen. Er trug einen schwarzen Kaschmirpullover, mit drei Knöpfen auf der linken Schulter, in seiner linken Hosentasche seiner dunkelblauen Jeans steckte sein Handy, und er trug dieselben Turnschuhe wie beim letzten Mal. Das Jackett musste er oben gelassen haben.
– Hast du viel verloren?
– Meine ganze Kindheit.
– Soll ich dir bei der Liste helfen?
Ein leichtes abwesendes Kopfschütteln. Es war angenehm, dass jemand hier war, trotzdem wusste Kathleen nicht, was sie reden sollte. Über das Haus wollte sie nicht reden. Über sich auch nicht, und eigentlich wollte sie im Moment auch nichts von Amreiter erfahren. Sie wollte einfach nur so dasitzen. Amreiter riet ihr, Dinge von Wert aufzuschreiben, damit sie wenigstens ein bisschen was rausholen konnte, finanziell. Er würde ihr auch bestätigen, dass es da gewesen wäre, und die Handlanger würden kaum etwas dagegen sagen. Denen wäre es letztlich egal, die machten nur das, was man ihnen auftrug.
– Hast du einen Plattenspieler?
Wieder schüttelte Kathleen ihren Kopf, und die Spitzen ihres

kinnlangen Haares wippten von links nach rechts und wieder zurück.
– Wer hätte gedacht, dass Vinyl nochmal so auflebt. Wenn du willst, kannst du die Platte bei Gelegenheit mal bei mir hören.
Diesmal nickte Kathleen, und Amreiter nickte auch.

Als er gegangen war, stand Kathleen wieder am Fenster. Vom Schnee war nichts mehr übrig. Auf YouTube sang Janis Joplin: *Get it while you can.*

WERBUNG

Grozki war mit sich zufrieden, mit seinem Auftritt. Sie waren die Figuren in einer sich ständig wiederholenden Groteske. Aber er wollte sich herausnehmen, wann er auf- und abtrat. ›Ladies and Gentlemen‹, er verbeugte sich vor seinem Plattenspieler, der im Flur auf dem Polsterstuhl stand, auf Mariannes Polsterstuhl. Nahm die Platte aus der Hülle, drehte sie drei-, viermal zwischen den Fingern, als stünde er hier als DJ vor einem Publikum, pustete kurz darüber, bevor er sie sanft auf den Teller gleiten ließ. *Purify the colors, purify my mind.*
Die Boxen in Küche, Flur und Zimmer vibrierten. Er war sich nicht sicher, ob der Schlüssel passte. Aber wozu sonst sollte dieser Schlüssel gehören als zum Keller. Die Treppe hatte sich zum Kampfgebiet entwickelt. Zum unsichtbaren Kampfgebiet. Obwohl ›Kampf‹ nicht das richtige Wort war, zum Informationsgebiet. Informationen, von denen er nicht sicher war, ob er sie haben wollte. Er wurde hineingezogen. Es gab Direktiven. Er wurde befragt. Aber vielleicht hatten die anderen Recht mit ihrer Annahme, er war hier wieder eingezogen, also bezog er Stellung.

Dieter und Irene, er nannte die Sonntags für sich bei ihren Vornamen, die er am Briefkasten entdeckt hatte, Dr. Dieter und Dr. Irene. Er hatte kurz überlegt, ob er sich auch ein Namensschild zulegen sollte: Dr. Lasse Gorzkow. Was ihm gefallen hätte, nur der Aufwand, ein neues Namensschild machen zu lassen, war ihm lästig. Dieter und Irene passte zu den beiden schrulligen Rentnern, die ihn unabhängig voneinander auf der Treppe abgefangen hatten. Die Schlösser ihrer Tür hatten geklackert. Als er schon auf dem nächsten Treppenabschnitt war, kam eine Stimme von unten, als hätten sie hinter der Tür, jeder unabhängig vom anderen, auf sein Vorbeigehen gewartet:

– Herr Gorzkow?

Sie ähnelten sich in ihrem Habitus, wie alte Ehepaare sich oft ähnelten. Trotzdem war es Grozki so vorgekommen, als hätten sie ihn, so ganz nebenbei, über die Absichten des anderen ausgefragt. Amreiter kam immer von oben. Er mochte diesen Amreiter nicht. Dieses Nicht-Mögen beruhte, soweit Grozki das beurteilen konnte, auf Gegenseitigkeit. Er mochte nicht, dass Amreiter sich zum Helden des Hauses aufgeschwungen hatte. Vielleicht, weil er sich selbst gern dazu aufgeschwungen hätte. Grozki lachte, über sich, über Amreiter, über Dieter und Irene, über die Ausgezogenen. Nur das unscheinbare Wesen, die Schlüsselfrau, die Briefkastenfrau, er war ihr vor zwei Wochen das erste Mal begegnet, spätnachts vor den Briefkästen, war auf eine sehr eigentümliche Weise nicht lächerlich.

Er hatte den Briefkasten geöffnet, obwohl er wusste, dass in den letzten acht Stunden keine Post gekommen sein konnte, es war jetzt 4 Uhr morgens. Bevor die Haustür zufiel, war ein Schatten hindurchgeschlüpft. Überrascht hatte er sich umgedreht. *What have I become my sweetest friend everyone I know goes ...* hatte unwillkürlich auf Stop gedrückt, obwohl er sich gar nicht unterhalten wollte.

– Hallo, Kapuzenpullover.
Die Gestalt, die dann doch sehr zart und schmal ausgesehen hatte, hatte mit einem kaum vernehmbaren ›Mmhh‹ geantwortet. Sie hatte die Kapuze ihres dunklen Pullovers vom Kopf geschoben und war ebenfalls zu den Briefkästen gegangen. Den Werbeprospekt, der vorhin noch nicht im Kasten gewesen war, hatte Grozki nach unten fallen lassen, ohne einen Blick darauf zu werfen. Er hatte den Briefkasten etwas lauter zugewuchtet als beabsichtigt und war dann ein paar Stufen nach oben gegangen. Kathleen hatte sich gebückt, den weggeworfenen Flyer ›Umzüge aller Art‹ wieder aufgehoben und zurück in Grozkis Briefkasten gesteckt. Das war zwar bescheuert, zumal es Werbung für einen Umzug war und der Typ denken konnte, sie wolle ihn animieren auszuziehen. Aber wahrscheinlich würde er es sowieso nicht merken. Was war so schwer daran, unliebsame Werbung in den Karton, der extra dafür dastand, zu werfen? Die Schritte auf der Treppe waren stehen geblieben, und Kathleen hatte aufgeschaut. Er hatte sie beobachtet. Déjà-vu, dachte er. Aber es schien, als wäre es ihr peinlicher als ihm. Sie hatte an ihm vorbeigeschaut. Auch die Frage, die sie stellte, schien mehr an die Treppenstufe, auf der er stand, gerichtet als an ihn.
– Wohnen Sie hier?
– Seit 31 Jahren.
Ihre Augen hatten sich von der Stufe gelöst, und ein kurzer Hauch von Interesse streifte ihn. Er hatte weitere Fragen erwartet, die aber nicht kamen. Nicht in jener Nacht und auch sonst nicht, wenn er sie auf der Treppe traf. Kathleen war die Einzige, die ihn auf der Treppe nicht ansprach. Die Einzige, von der er sich wünschte, dass sie es täte.
Now the neighbors can dance!

Verena lächelte, dabei war der rechte Mundwinkel kaum merklich nach oben gebogen, der andere leicht nach unten, das gab diesem dünnen Mund eine faszinierende Unentschiedenheit. Windinger betrachtete die vom Make-up verdeckten Falten, die von Verenas Mundwinkeln zum Kinn führten.
– Na, haben wir's mal wieder geschafft.
Er hob sein Glas. Es war zur Tradition geworden, dass Windinger Verena zum Essen einlud, wenn zwei Drittel der Mieter ausgezogen waren. Wir. Windinger sagte tatsächlich ›wir‹. Aber Verena war nicht kleinlich.
– Diesmal läuft's doch wie am Schnürchen. In zwei Monaten sind wir durch, was?
Das Pierrotlächeln verschwand. Verena wusste nicht, warum Windingers Selbstsicherheit sie diesmal störte, sagte aber trotzdem:
– Sie können schon mal die Bagger bestellen. Herr Ober!
Sie tat so, als könne man die beim Kellner bestellen. Windinger sah von der Speisekarte auf und lachte.
– Verena, ich dachte, Sie sind mein Bulldozer.
Er war ein kleines bisschen zu weit gegangen, das spürte Windinger. Andererseits arbeiteten sie schon 17 Jahre zusammen. Da konnte einem schon mal eine Derbheit rausrutschen. Oder vielleicht auch gerade nicht. Er hoffte, Verena würde es gleich wieder vergessen, aber er ahnte, dass sie als Psychologin ihre Schlüsse zog. Die Annahme, dass Verena ihn durchschaute, machte ja auch den Reiz aus. Sich zu entschuldigen, würde die Sache größer machen, als sie war. Und überhaupt.
– Schöne Brosche.
Windingers Gesicht war glattrasiert und gut gepolstert – ›Man muss das Leben genießen‹. Windinger, den Verena ›Wolfgang‹

nennen durfte, sie sagten ›Wolfgang‹ und ›Verena‹, waren aber weiterhin per Sie, wenn Wolfgang, wenn Windinger mehr getrunken hatte, wenn die zweite Flasche Rotwein fast leer war und eine heitere Stimmung aufkam – er konnte witzig sein, charmant –, dann färbte sich sein Gesicht leicht rötlich. Vom Alkohol, vom Lachen, von den ›Säften, die in Wallung kamen‹, wie er das nannte. Das hatte Verena immer belustigt, dieses rote Gesicht, tatsächlich ein Rotgesichtaffe. Kai machte sich einen Spaß daraus. ›Ah, wieder ein Treffen mit dem Oberaffen.‹ Und ›Möchtest du drin sein oder draußen – also ich möchte lieber drin sein‹. Es war klar, was Kai damit meinte. ›Besser ein Rotgesichtaffe als ein Rotarschpavian.‹ Was Kai dazu veranlasst hatte, seine Hose herunterzuziehen und mit seinem Hintern zu wackeln. Windinger schob Verena den Umschlag hin, während Verena versuchte, den mit nacktem Arsch durch die Wohnung hüpfenden Kai aus dem Kopf zu kriegen.

– Zur Feier des Tages. Nicht aufmachen. Man muss sich ab und an etwas gönnen.

Windinger hatte diesen jovialen Tonfall. Was ist schlimm daran, ein Geschenk anzunehmen?, dachte Verena. Das hatte sie auch zu Kai gesagt. Sie nahm den Umschlag und steckte ihn in ihre gelbe Ledertasche.

– Danke.

– Na, Sie überlegen schon, was drin ist?

Tatsächlich überlegte Verena das. Aber sie war müde. Etwas ausgelaugt, sie glaubte nicht, dass Windinger diesmal richtig lag. In den Briefumschlägen, die Windinger immer persönlich bei ›einem kleinen Essen‹ überreichte, war meist ein Kurztrip, ein Wochenende in Paris inklusive Louvre und Musée d'Orsay, Barcelona mit Ausflug nach Figueres und Port Lligat, Wien, Prag, alles sehr ausgesuchte Geschenke. Und er erwartete einen kleinen Rapport; eine Woche nach dem Ausflug rief er an und ließ sich erzählen, holte diese kleinen Dinge aus Verena heraus mit seinen Fragen. Fast hatte es den Anschein, dass er an Verena interessiert war. Aber Verena kannte die einschlägigen Strategien, kleine Prämien erhöhten das Arbeitspensum. In den letzten Jahren hatte Windinger Ostdeutschland für sich entdeckt. Windinger hatte tatsächlich ein Gespür, wofür sie sich interessierte. ›Wir wollen Sie doch behalten.‹

Windinger stellte sich vor, wie Verena den Umschlag öffnete:

– Ich bin gespannt, ob es Ihnen gefallen wird.

Verena beschäftigte etwas, und er hätte gern gewusst, was. Da sie nicht antwortete, was Windinger aber nicht gelten ließ, sagte er:

– Ich fühle mich sehr geehrt, dass Sie diesen Rock angezogen haben.

– Danke, es ist aber ein Kleid.

Verena trug ein pflaumenfarbenes, ärmelloses Kleid mit ausgestelltem Rock.

– Rock oder Kleid, Sie sehen ...

Er machte eine kurze Pause.

– ... wundervoll aus. Klassisch, elegant. Ich mag diese dezente Schönheit.

Es war ein richtiges Kompliment, aber Windinger war nicht der richtige Mann für dieses Kompliment. Das Kleid, das sie heute trug, hatte sie nicht für Windinger angezogen. Auch nicht für Kai. Kai hatte dieses Kleid wahrgenommen, in seinen Augen war eine kurze Frage aufgetaucht, Verena in diesem Kleid, aber er hatte so getan, als wäre es ein Kleid wie jedes andere, Windinger war keine Gefahr. Verena trug dieses Kleid für jemanden, der nicht hier war und der ihr auch nicht über den Weg laufen würde. Zumindest war das sehr unwahrscheinlich, obwohl sie es Grozki auch zutrauen würde. Sie hatte jetzt schon den vierten Brief geschrieben. Verena war erschrocken über sich selbst.

– Kennen Sie die Band Nachtasyl?

– Ich fürchte, nein.
– Lasse Gorzkow. Grozki.
– Nein.
– 3. OG rechts.
Windinger, der gerade dabei gewesen war, mit seinem Kugelschreiber Nachtasyl auf die Serviette zu schreiben, hielt inne.
– Ah, und, lohnt es sich?
– Kommt drauf an.
Verena war der Name ›Gorzkow‹ auf der Liste sofort ins Auge gesprungen. Und sie hatte an Nachtasyl und Grozki gedacht. Hatte dann aber den Gedanken verdrängt, es konnte auch jemand anderes sein, es gibt viele Menschen mit gleichen Namen.
Das Essen verlief wie immer, Windinger erzählte von seiner Frau, von den Kindern und dass man die Dinge eben so nehmen müsste, wie sie waren. Verena nannte den einen oder anderen Namen der Mieter und schilderte in kurzen Zügen, wie es gelaufen war. Es war mehr ein Bericht. Nur wenn es angebracht war, wenn sie aufgrund der familiären Umstände kleine Zugeständnisse gemacht hatte, ließ sie die Notlagen der inzwischen ausgezogenen Mieter andeutungsweise durchblicken. Dann versicherten sie sich gegenseitig, wie menschlich sie waren. Wie hilfsbereit.
– Verena, wenn ich Sie nicht hätte.
Sie tranken noch eine weitere Flasche Wein und unterhielten sich über Kunst und Kultur. Windinger zeigte Fotos von seinen neuesten Errungenschaften, das waren Bilder von jungen Künstlern, die bald durch die Decke schießen würden, wie er sagte. Aber er kaufe die Bilder nur, weil sie ihm wirklich gefielen, sagte er. Die Fotos zeigten die Kunstwerke in den Privaträumen Windingers, er hatte ein Faible für große Formate. Verena hatte inzwischen eine gute Vorstellung von seinem ›kleinen Anwesen‹. Themen wie Politik und Gesellschaft wurden ausgespart, ›weil Kunst einfach ergiebiger ist‹. Im großen Ganzen ging Windinger aber

davon aus, dass Verena seine Ansichten diesbezüglich teilte. Verena hatte Geschmack. Sie hatte etwas, das hatte Windinger von Anfang an gespürt. Verena hatte diesen Biss. Sie konnte das tragen. Dabei hatte er mit keinem der Mieter gesprochen.

– Ach, Verena!

Jetzt war der Zeitpunkt erreicht, an dem Windingers Gesicht die rote Farbe angenommen hatte und seine Augen klein wurden und nach innen in den Schädel zu fallen schienen. Der merkliche Verwandtschaftsgrad zur Affenfamilie. Verena wartete jedes Mal darauf, dass Windinger gänzlich aus der Rolle fallen würde. Aber dieser Punkt wurde nie überschritten. Ein letztes Mal hob Windinger sein Glas:

– Auf Windinger und Wilke!

Dieser Spruch war wie immer das Zeichen zum Aufbruch.

Verenas Sprache war unzusammenhängender und härter geworden. Es gab Menschen, die machte der Alkohol lustiger, und andere, die wurden laut und aggressiv. Verena gehörte zu letzteren. Trotz seines Alkoholspiegels wollte er nicht, dass ihre Züge noch mehr entgleisten. Einer Frau über 40 durfte man nicht die Nacht aufhalsen. Das Make-up würde aufbrechen, und man bekam Dinge zu sehen, die jegliche Illusionen zunichtemachten. Denn danach gab es nur zwei Möglichkeiten.

Windinger half ihr in den Trenchcoat, er berührte ihre Schulter leicht, wie unabsichtlich. Sie verabschiedeten sich höflich. Ihre Schritte klapperten davon. Im Hall hörte sie den Satz ›Jeder findet seinen Meister‹. Aber sie wusste nicht, wer den Satz gesagt hatte und wann. Der Stoff ihres Kleides blieb an einem Poller kleben, an dem sie zu dicht vorübergegangen war, und der Poller zog einen Faden. Scheiß Kleid. Scheiß Grozki. Ich bin eine von den Guten. ›Du bist eine von den Guten‹, das hatte Grozki gesagt.

– Hab ich das gesagt? Ich kann mich nicht erinnern.

Er konnte sich nicht mal erinnern, Verena jemals begegnet zu sein. Grozki hatte Verena von oben bis unten betrachtet. Aber es blieb offen, welche Einschätzung er heute, nach mehr als 20 Jahren, gab. Vielleicht hatte er auch gar keine Meinung. Vielleicht waren Meinungen überbewertet.

– Der scheiß Tod sitzt überall. Überall. Verena. Du kannst dich dem nicht entziehn, selbst wenn du willst. Nicht in deinem Büro in Charlottenburg.
– Mein Büro ist in Lichtenberg. Herr Gorzkow.
– Das ist doch ein Fake.
Es war eine von den absurden Unterhaltungen Grozkis. Dann hatte er noch gesagt, dass er Verena ›Die Maske‹ nannte, ohne genau zu erklären, warum.
Verena musste sich kurz orientieren, welche Richtung? Zweimal rechts, das Auto stand in der Taubenstraße. Sie war betrunkener, als sie gedacht hatte.
Immer wurde einem suggeriert, dass es die eigene Entscheidung war. Verena verspürte Ekel. Was vom Wein kommen konnte. Sie hatte wie immer zu viel getrunken.
Plötzliche Fröhlichkeit kam in ihr auf. Sie stellte sich Windinger vor. Und die Rotgesichtaffen. ›Wollen Sie drin sein oder draußen.‹ Also sie, Verena, war definitiv drin. Bei ihrem ersten Gespräch, oh Gott, war sie damals noch schüchtern gewesen, eine von den Guten eben, wie Grozki gesagt hatte. Aber von nichts kommt nichts. Es war das achte Bewerbungsgespräch. Windinger hatte auf ihre Anzeige im Tagesspiegel geantwortet, das war so eine Aktion gewesen, man konnte kostenlos Stellengesuche aufgeben. Und Windinger hatte sich gemeldet. ›Ich brauche Sie. Sie sind die Richtige.‹ Er hatte ihr erklärt, dass sie die Mieter überzeugen sollte auszuziehen. ›Verstehen Sie, die Häuser müssen saniert werden. Ich brauche Ihre Hilfe, Sie kennen sich aus.

Sie kommen gut klar mit Menschen, das spüre ich. Sie haben einen Draht. Ich brauche jemanden, der die Mentalität der Leute hier versteht, der von hier ist. Der Zugang hat.‹

– Sie heißen also Brusowitsch. Wie ist denn Ihr Mädchenname?

– Wilke.

– Wilke, das ist gut. Für den offiziellen Teil bleiben wir bei Wilke. Es ist sowieso gut, wenn Ihre Identität ein bisschen im Hintergrund bleibt. Windinger & Wilke, das könnte ein Kanzleiname sein. Also: Auf Windinger und Wilke!

Er hatte von den Japanmakaken, den Rotgesichtmakaken, erzählt, diesen Affen, die in heißen Quellen badeten. Die Tiere mit dem höchsten Rang, mit dem höchsten Status, die sitzen im heißen Wasser. Und die anderen nicht.

– Sie müssen sich überlegen, wollen Sie im heißen Wasser sitzen oder draußen frieren. Es ist Ihre Entscheidung. Drinnen oder draußen.

Windinger hatte einen blauen, langen Mantel getragen. Er war damals vielleicht Mitte 40 gewesen. Windinger war in gewisser Weise alterslos. Für Verena schien er in den letzten 17 Jahren kaum gealtert zu sein. Er war glatt. Er war ihr damals alt vorgekommen, ein distinguierter, älterer Mann. Und er war jetzt immer noch ein älterer Mann. Nicht alt, nicht jung. Einfach nur glatt. Der Abstand schien zu schrumpfen. Verena hatte Zweifel geäußert, Windinger war darauf eingegangen:

– Ich verstehe Sie. Wenn man jung ist und man ist nicht links, hat man kein Herz, wenn man alt ist und immer noch links, dann hat man kein Hirn. Sie sind jung, aber Sie werden älter, und das meine ich jetzt nicht despektierlich. Verstehen Sie, man muss den Lauf der Dinge akzeptieren. Irgendwann haben Sie Familie, Kinder, Kinder kosten, nicht nur Nerven. Schlafen Sie drüber.

Kai hatte gesagt: ›Ausprobieren‹, es war ja auch gut, wenn wenigstens einer von ihnen Geld verdiente. Geld stinkt nicht. Verena hatte sich geschworen, das nur einmal zu machen und nie wieder. Aber als das Geld auf ihrem Konto eingegangen war und dann noch dieser Umschlag mit der Gratifikation, ›steuerfrei‹, wie Windinger gesagt hatte, da war es plötzlich doch nicht so schlimm. Und wie Kai aus dem Häuschen gewesen war. Irgendwann war es dann gar nicht mehr so schwer. Sie saß im heißen Wasser der Quelle. Sie war drin.

Verena fuhr vorsichtig. Durch ihr Gesichtsfeld zogen sich leichte Schlieren. Kai war noch wach, als sie nach Hause kam, von der Auffahrt aus sah sie ihn auf dem Sofa liegen. Auf der Wand boxte Rocky IV. Sie atmete die kühle, leicht modrige Luft, die vom Nikolassee herüberwehte.

Der Kellner im Guy säuberte die letzten Tische. Sekunden später fiel die Serviette, auf der ›Nacht‹ stand, in den Mülleimer.

ZU SPÄT

– Da waren's nur noch vier.

In dem Klang seiner Stimme spürte man die Zermürbung, die Enttäuschung, die Herrn Sonntag zusetzte. Es sah so aus, als wäre er in den letzten Wochen ein paar Zentimeter kleiner geworden. Geschrumpft. Dieter selbst kam sich auch geschrumpft vor. Sein Selbst war geschrumpft.

– Da waren's nur noch vier.

Amreiter wiederholte den Satz tonlos, ohne von der Zeitung, die er von Herrn Sonntags Schreibtisch genommen hatte, aufzusehen. Grozki amüsierte das, ihm schien, als würde erwartet, dass auch er den Satz wiederholte. Danach würde er auf Dr. Irene zeigen, und sie müsste den Satz ebenfalls wiederholen.

Es waren aber erst drei da. Herr und Frau Sonntag zählten als eins, als eine Mietpartei, Grozki war da, und Amreiter war da, sie waren in die Sessellandschaft eingesunken. Für eine Weile sagte keiner ein Wort. Grozki kam es so vor, als würde er immer weiter in diesen Sessel einsinken. Als würde er in einen Schacht fallen. Nur das Kaninchen, das vor sich hin murmelte ›zu spät, zu spät‹, fehlte. Alle vier, selbst der in die Zeitung vertiefte Amreiter, schauten nacheinander auf die Uhr, ein etwa 40 Zentimeter großes Monstrum aus dunklem Holz, das man scheinbar noch mit der Hand aufziehen musste und das sein leises Ticken in die Schrankwand übertrug. Kathleen war zu spät. Grozki war auch schon zu spät gewesen, und Amreiter genau genommen auch schon. Zwölf nach sieben. Sie lauschten auf das Ticken und auf Geräusche, die aus dem Hausflur hereindringen müssten. Amreiter faltete die Zeitung zusammen und legte sie wieder auf den Schreibtisch zurück. Einen nach dem anderen beschlich dieses komische Gefühl. Das Gefühl, dass sie hier vielleicht allein bleiben würden. Dass Kathleen nicht mehr kommen würde. Es war ein Gefühl von Verlassenwerden, Im-Stich-gelassen-werden. Die Uhr machte leise pling. Viertel acht. Keiner machte Anstalten, die Versammlung zu eröffnen oder bei Kathleen zu klingeln. Vielleicht hat sie es vergessen oder den Termin verwechselt. Dann dachte Dieter, dass nicht Kathleen alt und vergesslich war, sondern er, dass er derjenige war, der gelegentlich etwas vergaß oder verwechselte und nicht sie, die Hausversammlung würde er allerdings nicht vergessen. Der Teller mit den Schnittchen flog plötzlich wie ein Ufo durch den Raum. Dieter nahm halb abwesend die Fleischsalatschnitte, Amreiter schaute eine Weile, als könne er sich nicht entscheiden, und nahm dann Salami. Grozki sah Irene ins Gesicht, die ihn aber gar nicht anschaute, sondern ihren Mann, der irgendetwas beim Essen der Fleischsalatschnitte falsch zu machen schien. Grozki nahm nacheinan-

der alle Dekorationsgurken, *she say she want cucumber*, langsam, man musste das zelebrieren, bis Irene es endlich wahrnahm.
– Herr Gorzkow, wir haben noch mehr.
Irene lachte. Dieter schüttelte den Kopf und lachte über Irene.
– Wir brauchen mehr Aufmerksamkeit,
unterbrach Amreiter die allgemeine Heiterkeit. Grozki lehnte sich zurück und dachte: ›Du! Du brauchst mehr Aufmerksamkeit.‹ Amreiter erklärte sich bereit, einen großen Zeitungsartikel zu schreiben. Die Betonung lag auf ›groß‹. Bis jetzt waren zwei Artikel, in einem Kiezkäseblatt und in einer Anzeigenzeitung, erschienen. Amreiter malte aus, etwas zu ausführlich und etwas zu übertrieben, was man erreichen könne.
Grozki schielte erneut zur Uhr und setzte damit eine Polonaise der Augen in Gang. Auch Amreiter blickte auf die Zeiger. Für ein paar Sekunden war das Ticken erneut zu hören. Was war, verdammt nochmal, mit Kathleen? *I suppose you've heard about Alice?*
– Frau Maun kommt wohl nicht mehr, sagte Irene.
Aber niemand ging darauf ein. Amreiter machte sich Notizen, was alles in dem Artikel zu stehen hätte. Dieter ergänzte.
– Zeitungsartikel kann man machen. Aktionen wären besser, unterbrach Grozki die beiden.
– Wer liest heute noch Zeitung. Das ist, Entschuldigung, eine aussterbende Spezies.
– Dass du dagegen bist, war klar.
Amreiter und Grozki rutschten in das Klein-Klein der zwischenmenschlichen Kommunikation.
– Duzen wir uns?
– Was sollen das für Aktionen sein?
– Mir wird schon was einfallen.
Wieder hörte man das Ticken der Uhr. Frau Maun also auch, dachte Irene. Das hätte ich nicht gedacht. Aus irgendeinem

Grund hatte Irene diese junge Frau anders eingeschätzt. Sie hatte ein verschlossenes Gesicht. Kein Gesicht, in das man hineinschauen konnte, lesen konnte. Ich will hier auf jeden Fall nicht die Letzte sein, dachte Irene. Sie hätten schon lange ausziehen sollen. Aber Dieter wollte bleiben. Wegen der Nachbarn. Jetzt waren die Nachbarn weg, und er wollte immer noch bleiben. Jetzt aus Prinzip. Die Wohnung war so klein. Man konnte sich nirgendwo aus dem Weg gehen. Ich sollte Sascha anrufen. Ich möchte einen Balkon. Sie überlegte, welche Pflanzen darauf wachsen würden. Rankende Winden, es sollte wuchern. Ihr fiel der Name der orangen Blüten nicht ein. In diesem Moment klingelte es an der Tür. Kapuzinerkresse. Grozki sprang auf und öffnete.

– You don't seem to come around.

Kathleen schlüpfte an ihm vorbei und setzte sich in den Sessel, in dem eben noch er gesessen hatte. Leicht konsterniert betrachtete er die ihm verbleibenden Alternativen, sich zu den Sonntags aufs Sofa zu setzen oder zu Amreiter auf den Zweisitzer. Er stöhnte. Verdammt, die Sitzaufteilung war vorher besser gewesen. Amreiter wollte ebenso wenig wie er, dass er zu ihm auf den Zweisitzer kam, und machte keine Anstalten, seine Umhängetasche wegzunehmen, aber genau diese Abneigung Amreiters machte Grozki Spaß.

–BVG, sagte Kathleen. Und schob schnell ein ›Hab ich was verpasst?‹ nach.

Amreiter erklärte den Zeitungsartikel und fragte sie nach Ideen dafür. Sie versuchte, sich zu konzentrieren. Aber tatsächlich fragte sie sich, warum niemand weiter nachfragte. Das mit den Verkehrsbetrieben war eine Ausrede gewesen. Sie wunderte sich, dass niemand sie bei dieser Lüge ertappte, dass niemand sagte: ›Aber Sie sind doch in Ihrer Wohnung gewesen.‹ Es wäre schwierig gewesen zu sagen, dass sie vergessen hätte, dass heute die Versammlung war. Herr Sonntag hatte sie oft genug daran erinnert und auch Frau Sonntag und Amreiter, und selbst der Langhaarige hatte vorhin auf der Treppe gesagt: ›Bis später.‹ Die Sache mit dem Keller machte ihr zu schaffen. Sie wollte nicht ausziehen, aber sie wollte auch nichts unternehmen. Sie wollte den Kopf in den Sand stecken und warten, bis die Dinge entgegen allen Erwartungen von selbst eine positive Wendung nahmen. Kathleen starrte auf den benutzten Teller, der vor ihr stand, auf das benutzte Glas. Sie wischte die Krümel und einen Tropfen Bier vom Teller. Legte sich dann, bevor Irene aufspringen konnte, eine Schnittlauchschnitte darauf und goss in das Glas, welches noch zu einem Drittel gefüllt war, Bier nach. Grozki und Irene beobachteten sie entgeistert.

Grozki fragte sich, ob Kathleen Alice war und ob sie gleich eröffnen würde, dass sie auszieht. Als Dieter in seiner Hosentasche wühlte, war er sich sicher, dass dieser eine Taschenuhr hervorholen würde. Als er aber nur ein riesiges gebrauchtes Stofftaschentuch herauszog und hineintrompetete, war er sich wiederum sicher, dass nichts sicher war. Nicht mal die Kunst. Dann sah er auf den unbenutzten Teller und das unbenutzte Glas vor sich.

Grozki, Irene und Kathleen sahen Dieter und Amreiter zu, die, ohne die anderen miteinzubeziehen, ihre Liste vervollständigten.

– Erst geht die Genossenschaft pleite. Und plötzlich steht der Investor vor der Tür. Das ist doch ein abgekartetes Spiel.

– Könnten wir nicht ein paar Aktionen starten? Ich meine irgendetwas, etwas Ungewöhnliches, was die Leute aus der Alltagsstarre reißt?, fragte Kathleen.

Grozki wurde schlagartig munter.

– Genau.

Er verschränkte zufrieden die Hände auf seinem Bauch. Amreiter sah irritiert zu Kathleen. Sie wusste nicht, wieso sie das gesagt hatte. Sie hatte gar keine Lust auf Aktionen, sie hatte nicht einmal Lust auf diese Versammlung gehabt. Es war, als hätte ihr Kopf unabhängig von ihrem Willen das gedacht, und ihr Mund hatte es kundgetan. Vielleicht nur, weil sie die Scham wegen ihres Zuspätkommens, oder besser die Scham, dass sie in Erwägung gezogen hatte, gar nicht zu erscheinen, sich rauszuziehen, keine Verantwortung zu übernehmen, dass sie das aus ihrem Kopf nicht loswerden konnte, obwohl sie ja jetzt da war. Obwohl niemand ihr einen Vorwurf machte oder von ihren Gedanken wusste.

AUSBLICK

– Er lebt in der Vergangenheit.

Einer Welt, die irgendwann verendet war. Das Land war ein lahmes Tier gewesen, hatte einen Lauf nachgezogen, unaufmerksam, müde, ausgelaugt, verletzt, auch aggressiv, war es abgeschossen worden. Es war ein guter Schuss gewesen, aber kein Blattschuss. Das Tier hatte noch ein paarmal den Kopf gehoben. Verstört. So als könne es nicht fassen, was passieren würde, als könne es den Tod nicht verstehen. Trotzdem musste von dem toten Tier eine scheinbare Bedrohung ausgehen, anders konnte Sascha sich nicht erklären, dass alle so gelitten hatten. Die mussten in einem anderen Land gelebt haben. Nicht in dem Land, wo er aufgewachsen war. Ein bisschen kam es ihm vor wie bei diesem Fotokurs, den er sich aus was weiß für Gründen gegönnt hatte. Mit einem Kleinbus waren sie in dieses Kaff gefahren, vier Leute, in seinem Alter oder etwas älter, alle mit besten Ausrüstungen, mindestens drei Objektiven. Sie wurden in dieser Kleinstadt ausgesetzt. Zwanzigtausend Einwohner, vielleicht.

Hinterher wurden die Fotos nebeneinandergelegt. Sascha hatte das Gefühl gehabt, dass er in einer anderen Stadt gewesen sein musste, dabei hatte er versucht, alles zu sehen, mit seinen Augen, seiner Kamera zu erfassen, die Graffiti, die Einkaufstüten, die Müdigkeit, Busfahrer, gehetzte Kinder. Eigentlich gab es da nichts, nichts zu sehen. Was sollte man festhalten? Der sonnige Tag sah auf den Bildern seltsam grau aus.
Sascha betrachtete seine Mutter, wie sie die Wohnung betrachtete. Wie sie mit den Händen über die frisch geweißten Wände strich. Irene war anders als sein Vater. Pragmatischer.
– Die großen Räume werden Dieter nicht gefallen.
– Ihm wird nicht gefallen, dass wir hier sind.
– Er sperrt sich gegen alles.
– Er wird schon einziehen.
– So wie er immer alles macht, was ich sage.
Irene stieß einen hysterischen kleinen Lacher aus.
– Blick auf den Friedhof, das ist ein Ausblick. Ich kann genau hören, was dein Vater sagen wird.
– Es ist egal, was er sagt. Wenn du die Wohnung willst. Du musst dich entscheiden.
Dabei war Sascha klar, dass er sich entscheiden musste, er musste seine Mutter überreden, musste sich selbst überreden, dass das das Richtige war. Dass diese Wohnung die richtige war. Er wusste, dass er seinem Vater damit in den Rücken fiel. Aber Irene wurde langsam alt. Sie sollte endlich das haben, was sie sich wünschte.
Sie hatten sich noch ein Reihenhaus angeschaut, was aber schon wegen der Stockwerke nicht in Frage kam. Sascha hatte das Reihenhaus besser gefallen, aber der Name der Straße, ›Schöne neue Welt‹, war Sarkasmus pur. Er hatte die Maklerin gefragt, ob man wegen des Straßennamens Rabatt bekäme, aber sie hatte ihn nur verständnislos angeschaut. Die Häuser wären etwas

kostengünstiger, wegen des gegenüberliegenden Gewerbeareals. Sascha hatte sie bei dieser Wohnung gefragt, ob es wegen des Friedhofs Verhandlungsspielraum gäbe. Aber der Friedhof war laut ihrer Aussage ein verkaufswertsteigerndes Element, Natur, gute Luft. Kurze Entfernung, hatte sie hinterhergesetzt. Obwohl er gewusst hatte, dass sie die U-Bahn meinte, hatte er gefragt:
– Zum Friedhof?

HÄUSERSPIELE

– Willkommen!
Über die Anlage ging nur ›Kommen‹ und ein Knacken. Grozki war noch nicht ganz bei der Sache. Die beiden Techniker schauten nach oben und lächelten.
Auch Kathleen schaute nach oben, ihr Blick verharrte einen Moment dicht neben ihm, als wenn sie etwas Interessantes an der Hauswand entdeckt hätte, wanderte dann weiter an der Fassade und den Fenstern entlang und verlor sich irgendwo am Ende des Blockes. Das Publikum von Nachtasyl, hauptsächlich Freunde, Bekannte und langjährige Fans, stand in einzelnen Grüppchen auf der Wiese und dem Gehweg, vielleicht 50 bis 60 Leute, was für Nachtasyl in letzter Zeit schon etwas bedeutete, einige prosteten Grozki mit einem Nachmittagsbier anerkennend zu. Selbst ein paar Passanten ließen sich kurz aus dem Alltagsdrehkreuz herausschleudern und hoben die Köpfe.
Neben dem Trafokasten standen Herr und Frau Sonntag erwartungsvoll und gleichzeitig etwas verunsichert, sie wirkten deplatziert, sowohl in Bezug auf die Fans von Nachtasyl als auch deplatziert im Prenzlauer Berg, sie wirkten wie Überbleibsel einer längst untergegangenen Zeit. Grozki steckte das Mikro in seinen

Hosenbund, stemmte beide Arme gegen die Fensterseiten, Jesus ohne Kreuz. Einer der Techniker zeigte auf die anderen Fenster – in jedem stand ein Musiker –, fünf Gitarren heulten eine nach der anderen auf, zuletzt kam der Bass.

– Kommen!,

wiederholte Grozki leicht nach vorn gebeugt in seinen Hosenbund mit einer sonoren, tiefen Stimme. Einer Stimme, mit der man sich zudecken wollte.

Das Schlagzeug, das auf der Wiese aufgebaut war, quittierte Grozkis ›Kommen‹ mit einem zarten, ansteigenden Rhythmus. Ein paar johlende Rufe und Pfiffe leiteten das Konzert ein. Mit einem Anflug von Bedauern, dieses ›Kommen‹ nicht weiter ausführen zu können, und einem Schwenk über Kathleen folgte Grozkis Blick den letzten Blättern, die durch die Herbstsonne segelten. Aber sie veranstalteten diesen Zirkus ja nicht umsonst.

– Willkommen!

Er zog das Mikro aus seiner Hose, hielt es dicht vor seinen Mund.

– Willkommen bei: Die Tribute vom Prenzlauer Berg!

Seine Stimme hatte sich verändert, sie war jetzt laut und raumgreifend. Der weiche Ton war verschwunden. Zwei Gitarren drängten sich melodisch in die kurze Pause.

– Willkommen bei den Häuserspielen!

Das Publikum, das vorrangig in Grozkis Alter war, um die 50, grauhaarig und im Gegensatz zum shabby vintage chic des sonstigen Prenzlauer Bergs deutlich abgewrackter gekleidet, johlte erneut.

– Kaufen Sie, liebe Passanten, kaufen Sie! Gehen Sie nicht vorüber. Hier können Sie noch eine weitere Eigentumswohnung erwerben. Sie müssen nichts weiter tun, als uns aus dem Weg zu räumen. Der Konsum heiligt die Mittel. ... Sie tun das nicht nur für sich, Sie tun das auch für Ihre Kinder. Ja, liebe Kinder, eure Eltern sind geldgeile Ärsche. ... Die Wahl der Waffen liegt bei

Ihnen. Messer, Pistolen, Bagger, Anwälte. Greifen Sie zu Ihren Anwälten. Aber wisset, auch wir greifen zu unseren Anwälten. Möge der Heimtückischere gewinnen. Hiermit erkläre ich eine neue Runde der Häuserspiele für eröffnet. Einen Tusch, bitte.
Die Gitarren und das Schlagzeug hallten von den gegenüberliegenden Häuserwänden zurück, ein wabernder Klang, ein schwimmender Krach, der abrupt, auf einen Wink von Masse, dem Schlagzeuger, der vorher, wie es schien, versucht hatte, die Wiese kleinzuhauen, erstarb.
– Vera.
Fast hypnotisch fiel dieses Wort in einem sprechenden Singsang aus Grozki heraus und ins Publikum hinein. Die Menge, die auf einmal viel größer wirkte, kreischte, und selbst die Passanten, die vorher, von Grozkis Rede zum Teil unangenehm berührt, vorübergegangen waren, konnten nicht umhin, als stehenzubleiben und dem Schauspiel zu folgen. Auf der Wiese antworteten einzelne Stimmen ›Vera‹. Die Stimmen ploppten auf, verebbten, um an anderer Stelle erneut wieder aufzutauchen. Ein einzelner Fan schrie sich fast die Seele aus dem Leib: ›Vera!‹
Langsam begannen die Gitarren, in den Song einzusteigen, das Schlagzeug hämmerte einen drängenden Rhythmus, wie ein Zug, der zunehmend Fahrt aufnimmt. Nach und nach erreichten Gitarren, Bass und das Schlagzeug ihre Reisegeschwindigkeit, um dann noch einmal, abrupt, auszusetzen.

– vera! vera! vera kaputt!
es wird kalt. und bald noch kälter
du bist alt und bald noch älter
vera! vera! vera kaputt
nu schto, nu schto towarisch?
liebe kaputt, nadjeschda kaputt
und stina, frag mich nach stina
stina, stina auch kaputt

›Vera kaputt!‹ war der Durchbruch für Nachtasyl gewesen. Es hatte eine Singleauskopplung gegeben, mehrere Fernsehauftritte. ›Vera kaputt!‹ hatte sie herauskatapultiert aus den kleinen Läden, auf einmal spielten sie in der Oberliga mit. Nicht dass ihnen die kleinen Läden da schon über gewesen wären, die kleinen Läden waren in gewisser Weise ehrlicher, da kamen die wirklichen Fans.

›Vera kaputt‹ war der nachtasyligste Song von Nachtasyl, einer, der aus dem Entstehen der Band heraus entstanden war. Es entwickelte sich immer etwas, aber dieser Song war mit Nachtasyl verknüpft wie kein anderer. Vera war ihr Aufstieg und ihr Untergang. Wobei keiner von ihnen das Verbot je als Untergang angesehen hatte. Es war folgerichtig. Vera kaputt. Nachtasyl kaputt.

Angefangen hatte es in einer Kaschemme namens HO-Gaststätte, oder es hatte dort aufgehört. In einem Kaff zwischen Magdeburg und Halle, ausgestorben. Nichts regte sich in der tiefsten, tiefsten Öde. Triste, enge, staubige Straßen, deren einzige Zierde verbeulte Blechmülltonnen waren, hielten den Sommer fern, kein Baum und kein Balkonkasten, keine wehende Wäsche verunstaltete die Tristesse. Kein Fenster war geöffnet. Vereinzelte Trabbis vor den aneinandergedrängten, zweistöckigen Häusern wirkten wie hindrapiert, man konnte kaum glauben, dass es dazugehörige Menschen gab.

In der Mitte des Ortes, auf dem Weg zwischen Bahnhof und der Kaserne der russischen Waffenbrüder, war die HO-Gaststätte, an einer kaum merklichen Verbreiterung der Straße, die ›Marktplatz‹ genannt wurde. Eine Kaschemme, die von außen so zu aussah, wie ein Restaurant nur zu aussehen konnte. Und wenn nicht ans Fenster, innen, hinter einer bräunlich verfärbten Gardine, ein handgemalter, schon halb verblichener Zettel gelehnt hätte, auf den ›geöffnet‹ gekritzelt war, wären sie nie dort hineingeraten. Irgendjemand, vielleicht Grozki selbst, hatte Minuten vorher ›Durst‹ durch den Ello gerufen. Durst, wie man nur Durst haben kann nach einem Nachmittagskonzert in der 10. Panzerdivision Wladimir Majakowski, natürlich nicht Majakowski, aber so ähnlich. Die Hitze rauschte durch die runtergekurbelten Scheiben und klatschte die Haut mit einem klebrigen Film zu.

Es war genauso heiß wie bei ihrer Einstufung. Und wenn sie sich dort, vielleicht, etwas ›kooperativer‹ verhalten hätten und wenn der sowjetische Botschafter ihnen nicht aus irgendeinem Grunde wohlgesonnen gewesen wäre, dann wäre Nachtasyl nicht Nachtasyl, und sie hätten alle so wie Pjotr, der Gitarrist, in seinem Leben vor Nachtasyl, in irgendeinem staubigen Kabuff versuchen müssen, Fernseher und Radiogeräte zu reparieren, für die es keine Ersatzteile gab. Dann würde Grozki jetzt nicht hier oben stehen und ›Vera‹ über die Wiese brüllen.

Es gab diese Abzweigungen im Leben, und Grozki hatte versucht, dort entlangzugehen, wo andere nicht langgingen. Jetzt stand er hier oben und hatte das Gefühl, die Bühne zu rocken, ein Gefühl, das er schon lange nicht mehr gespürt hatte, wie auch, die Konzerte waren spärlich besucht. Dieses Haus war seine Bühne. Und es gab auch einen Grund, sich die Seele aus dem Leib zu schreien, und der stand da unten und hatte ein unerfindliches Interesse an der Fassade dieses Hauses entdeckt.

> ich bin hier, vera darling, kaputt
> prenzlauer berg kaputt
> kauf dich kaputt, sauf dich kaputt
> sanier dich kaputt, trainier dich kaputt

Das war das Gute an ›Vera kaputt‹ gewesen, auch wenn er es schon längere Zeit nicht mehr genutzt hatte, dass man Satzfetzen einbauen konnte, das, was ihm gerade einfiel. Aber the love interest war mit irgendetwas anderem beschäftigt, irgendetwas,

das in ihrem Kopf stattfand. Grozki fühlte sich plötzlich alt, die Zeilen ›du bist alt und bald noch älter‹, die er sonst auf die anderen bezogen hatte, trafen auf einmal ihn selbst. Er hüstelte. Dieses Mädchen, diese Topfschnittfrau, der Kapuzenpullover stand so verloren auf der Wiese und trotzdem so frohgemut. Die Verlorenheit glich der Verlorenheit von Pawel. Pawel, der an dem Tisch gesessen hatte in seiner Uniform. Und Vera, die gar nicht Vera hieß, brachte ihm eine Fassbrause nach der anderen, die allerdings auch keine Fassbrause war. Und der russische Leutnant, der kein Leutnant war, noch nicht, und es mit dieser Art von Fassbrause auch nicht dazu bringen würde, war irgendwie folgerichtig, nach einem Konzert in einer russischen Kaserne.
Wieso sich der Botschafter nach mehr als zwei Jahren an sie erinnert hatte, blieb eines der Mysterien, die nie geklärt werden würden. Es handele sich um einen gegenseitigen Gefallen, so hatte er es ausgedrückt. Grozki erinnerte sich, dass er diesem beim Abschied großzügig angeboten hatte, falls die Band ihm irgendwie mal behilflich sein könnte, sie würden ihm gern auch einen Gefallen tun. Eine übliche Floskel, und dass gerade der Botschafter darauf zurückgekommen war, zeigte die Absurdität des Lebens. Das waren die Dinge, die Grozki Spaß machten, deshalb hatte er – natürlich auch, weil es ein Gaudi war, in einer russischen Kaserne zu spielen – zugesagt.
Grozki schien es, als hätten alle wichtigen Ereignisse seines Lebens in Hitze stattgefunden. Ein sommerheißer Augusttag. So heiß, dass die Kastanien ihre Blätter an den Rändern leicht einrollten. Die Einstufung für ihre Spielerlaubnis, die Pappe, die man bekam, die tatsächlich aussah wie eine Fahrerlaubnis mit Lichtbild, ohne die keine Band offiziell spielen durfte, die man brauchte, um in die Clubs und an Kohle zu kommen. Er sah sich selbst im Franz-Club, mittags. Der aufdringliche Geruch nach Schweiß, nach Bierausdünstungen, kaltem Rauch und Toilet-

ten. Der langgezogene Raum, in dem sonst Lärm und Gedränge herrschte, wirkte im Tageslicht abgestanden, bedrohlich leer, dieser Raum war ihm damals wie ein Sinnbild vorgekommen, zum Bersten voll und eng, und dann wieder leer und muffig. Langeweile atmete aus der Leere, aus den Wänden, da blieb einem nichts anderes übrig, als auf das Schlagzeug einzudreschen. Und das hatte er auch gemacht, bis Masse ihm die Stöcke aus der Hand genommen hatte. Die Kommission, drei Leute, es gab für alles Kommissionen, saß in der Mitte des Raums. Der Kulturfunktionär, ein kleiner Dicker, in einem gestreiften Hemd mit waschlappengroßen Schweißflecken unter den Achseln, saß auf einem gepolsterten Stuhl, die anderen beiden saßen auf zwei übereinanderstehenden, umgedrehten Bierkästen. Der Musiker, Glatze, Hut, war ihnen, wie man merkte, von Anfang an wohlgesonnen. An den dritten konnte sich Grozki beim besten Willen nicht erinnern.

die armee der flüsterer
der eckensteher, whisperer
däumchendreher, schreibt des nachts
des tags an einem langgedicht
nu schto, nu schto towarisch?
da, im lada brennt noch licht
stina, stina, stina kaputt

Wie bei der Fahrprüfung musste man Regeln beachten, die 60-zu-40-Regel zum Beispiel. Maximal 40 Prozent der nachgespielten Songs durften aus dem kapitalistischen Ausland stammen. Dagegen gab es nur eine Regel, eine von Grozki selbst aufgestellte: Um eine Regel ad absurdum zu führen, musste man sie befolgen und gleichzeitig nicht befolgen. Also standen auf der Liste, die mindestens 25 Titel aufweisen musste, neben den zwölf eigenen nur englischsprachige Songs. Der Dicke hatte sie auch gleich entdeckt und nachgezählt.

– Können Sie noch mehr, oder nur das, was auf der Liste steht?
– Wir können noch mehr, aber bezüglich der Songs spielen wir nur das, was auf der Liste steht.
Eine selbstgefällige Ansprache des Dicken, der von ›vergeudeter Zeit‹, ›Arbeitsmoral‹ und so weiter faselte und der sich umso mehr echauffierte, als die Band nicht, wie erwartet, Buße zeigte, den Fehler einsah, sondern mit freundlichem Lächeln zuhörte, kühlte die Raumtemperatur etwas herunter. Der Hut hatte leise gelacht und gewartet, bis der Dicke seine Rede mit ›Wir müssen uns da an die Formalien halten‹ beendet hatte, und ihm dann sehr höflich zugeflüstert:
– Die englischen Titel stammen von einer polnischen Band.
– Wir würden dann jetzt gern anfangen, wegen der Zeit und so, die kostbar ist.
Grozki konnte es nicht lassen, immer noch eins draufzusetzen. Ab dem Moment hatte der Funktionär ihnen gern beweisen wollen, dass sie unfähig waren. Was ihm aber nicht gelang. Auch wenn es beinahe darauf hinausgelaufen war, dass sie alle 25 Titel ›nur der Kontrolle wegen‹ hatten vorspielen müssen. Da der Funktionär fürs Musikalische nicht zuständig war, musste er sich auf etwas anderes verlegen:
– Warum Nachtasyl?
– Nachtasyl ist ein Theaterstück von Gorki.
– Das wissen wir. Warum dieser Name? Was hat Ihre Band mit Nachtasyl zu tun? Könnte es nicht sein, dass das falsch gedeutet würde?
– Was sollte daran falsch gedeutet werden?
– Nicht so spitzfindig, Jugendfreund.
– Könnte es sein, dass Sie uns etwas unterstellen wollen? Wir haben diesen Namen gewählt, weil er, auch wegen seines literarischen Gehalts, zu uns passt, mir scheint es, Sie wollen diesen Namen pejorativ deuten.

– Pejorativ?
– Pejorativ.
Es entstand eine kleine Pause, der Dicke schaute kurz fragend nach rechts und links zu seinen Mitstreitern, aber keiner der beiden wollte ihm helfen. Der Hut lehnte sich zurück und verschränkte amüsiert die Arme:
– Also musikalisch gibt es nichts auszusetzen.
Und wenn es nach ihm gegangen wäre, hätten sie sofort eine Sonderstufe bekommen, so bekamen sie nur die Oberstufe, allerdings nicht sofort.
– Warum suchen Sie sich nicht einen anderen Namen?
Der Dicke hatte sich wieder gefangen.
– Gorki war ein russischer Autor, was ist schlecht an Nachtasyl?
– Darum geht es, Gorki ist ein großer, russischer Autor. Wir können es uns nicht leisten, es uns mit unseren russischen Freunden zu verscherzen. Also, suchen Sie sich einen anderen Namen. Dann kommen Sie wieder.
– Verstehe ich Sie richtig, es liegt also nur am Namen. Wenn wir einen Namen wählen, einen, den unsere russischen Freunde, unser Bruderstaat, also wenn wir einen Namen wählen, mit dem unsere russischen Freunde einverstanden sind, bekommen wir die Spielerlaubnis.
– So ist es.
Es war klar, dass es dem Funktionär nur darum ging, sie in ihre Schranken zu weisen, und es war auch klar, dass die Band den Namen, an dem sie so krass auch nicht gehangen hatte, der aus einer Laune heraus entstanden war, nun nicht mehr ändern konnte. Aus Prinzip. Es ging ums Prinzip.
Also hatten die Bandmitglieder geraume Zeit später um 9 Uhr morgens Unter den Linden vor der sowjetischen Botschaft gestanden. Ein Wunder, dass alle fünf es um diese Zeit geschafft hatten, etwas zerknautscht und in vollkommener Verkleidung

standen sie da. Die geborgten Anzüge saßen so schlecht, dass es schon wieder schön war. Sie klopften sich gegenseitig nicht vorhandene Fussel und die Nervosität von der Kleidung. Es ging um ihre Existenz, und ihre Existenz als Band, es war eine Frage der Ehre, nicht klein beizugeben. Wenn sie das täten, dann stünde die ganze Unternehmung in Frage. Es ging nicht nur darum, Songs zu spielen, vor einem Publikum aufzutreten, es ging um etwas anderes, etwas nicht genau zu Definierendes, etwas, das jenseits des erstickenden, kleinbürgerlichen Miefs existierte, jenseits vorgegebener Normen, die vielleicht noch nicht mal das Schlimmste waren. Am schlimmsten waren die Erfüllungsgehilfen, die, wie der Funktionär, der Dicke, selbst zu nichts anderem fähig waren, als andere zu drangsalieren, jeden Keim von Kreativität und Eigeninitiative zu ersticken, weil sie selbst nicht mal einen Gedanken außerhalb der vorgegebenen Wege denken konnten. Genau an solchen Leuten würde das System kaputtgehen.

Grozki glaubte sich zu erinnern, dass am Gebäude der Botschaft oben ein riesiger roter Stern prangte, der nachts leuchtete, aber vielleicht verwechselte er das mit der Kaserne, oder mit diesen unerträglichen, blinkenden Weihnachtsfensterdekorationen.

Der Mann mit der Waffe, der einen Schritt aus seinem kleinen Wachhäuschen heraustrat, ließ sie nach Einsicht des Schriftstückes anstandslos passieren. Grozki hatte noch am gleichen Tag, direkt nachdem die Kommission sich verabschiedet hatte, noch im Franz-Club einen Brief aufgesetzt, ›An den Botschafter der Union der Sozialistischen Sowjetrepubliken‹.

– Dann halten wir uns mal an die Formalien,

hatte Grozki gesagt. Und jetzt waren sie da. Das war sein Talent, Dinge zu organisieren, Menschen zu überzeugen, die richtigen Worte zu finden. Man wunderte sich, und man wunderte sich nicht. Auf den wenigen Schritten vom Tor bis zur verschnörkelten Tür knöpfte er die Knöpfe seines Hemdes auf, die Manja, oder wie auch immer die Frau in seinem Bett damals gerade geheißen hatte, ihm bis oben hin zugeknöpft hatte, für den Anschein, er brauchte Luft und keinen Anschein, er brauchte das Gegenteil von Anschein, was in diesem Moment kein anderer bemerkte und später nicht mehr verhindert werden konnte. Er brauchte viel Luft, das Hemd war bis zum Bauchnabel aufgeknöpft, und er präsentierte seine haarige Brust. Er musste etwas entgegensetzen, das lag in seinem Naturell. Manchmal schien es, als würde das seinem raumgreifenden Charme zuwiderlaufen, aber vielleicht war auch das Gegenteil der Fall. Vielleicht ging von diesem Widerspruch, von den kleinen zerstörerischen Gesten, von dieser Irritation die Faszination aus, die er auf andere ausstrahlte. Grozki überreichte einen Probenmitschnitt auf Kassette, die der Botschafter kurz unschlüssig hin- und herdrehte, bevor er sich von seiner Sekretärin, einer jungen, wunderschönen Frau, der alle Bandmitglieder hinterherblickten, einen Kassettenrekorder bringen ließ, der wahrscheinlich sonst als Diktafon gebraucht wurde. Ein Mono-Kassettenrekorder. Schwarz, flach, scheppernd. Der Rekorder leierte etwas, und das Laufwerk machte ein ratterndes Geräusch, ratterte vollkommen unrhythmisch zu ihrer Aufnahme. Ein Gedanke von Irrsinn, Irrsinn, hier zu sitzen, schien nicht nur Grozki, sondern auch die anderen Bandmitglieder zu befallen. Ein Gedanke, aus dem sie jäh herausgerissen wurden, als die Play-Taste von selbst und mit einem lauten, schnurbsenden Geräusch heraussprang und dem Rattern ein Ende bereitete. Was den Botschafter gleichermaßen überraschte und amüsierte. Die Sekretärin kam aus dem Nebenzimmer geschossen und drückte, ohne zu fragen, erneut den Play-Knopf.

– Kaputt,

sagte sie mit einem Lächeln und blieb, den Zeigefinger auf der

Taste haltend, sich dabei leicht verrenkend, neben dem Schreibtisch stehen. Was darauf hinauslief, dass sich alle Augen auf sie richteten, bis sie es bemerkte, sich straffte, so gut es mit dem Finger auf der Taste ging, bis der Botschafter sie aus dieser Schräglage befreite:

– Spasibo.

Und während sie sich lautlos entfernte, fragte der Botschafter:

– Was kann ich für Sie tun?

Grozki, der sonst immer lange ausholte, sagte nur kurz:

– Wir möchten unsere Band ›Nachtasyl‹ nennen, nach dem Stück von Gorki.

– Ja.

– Also es gab da von, sagen wir, es gab da von einer Seite Bedenken, ob das in Ordnung geht, wegen Gorki.

– Bedenken? Jemand hatte Bedenken bezüglich Gorki? Was ist an Gorki nicht in Ordnung?

– Ja, das haben wir uns auch gefragt. Also von Ihrer Seite, von Seiten der Sowjetunion hätten Sie nichts dagegen, dass wir uns ›Nachtasyl‹ nennen?

Der Botschafter sah jeden Einzelnen ein paar Sekunden an. Lange genug, um Panik aufkommen zu lassen, eine innere Panik, die man sich nicht ansehen lassen durfte. Niemals. Der Botschafter drückte noch einmal auf Play. Auf den Gesichtern der Band spiegelte sich die Absurdität ihres Vorhabens. Auch die Gründung einer Band, die eine Musik spielte, die jetzt wieder zwischen den schwarzen Plastikstreben des Lautsprechers hervorschepperte, schien auf einmal absurd. Am liebsten wäre Grozki aufgesprungen, aber der weiche Sessel erzeugte eine lähmende Müdigkeit. Es musste an der Perestroika gelegen haben, an Glasnost, an Gorbatschow. Grozki konnte sich nicht erinnern, wann genau und wie lange Gorbatschow zu dem Zeitpunkt den Umbau schon betrieb, er hätte es nachschauen können. Jedenfalls

war der Play-Button wieder herausgesprungen. Der Botschafter hatte Grozki noch einmal gemustert, das offenstehende Hemd gemustert und hatte dann selbst seinen Schlips gelockert.
– Sie haben Recht, die Wärme ist kaum auszuhalten.
Und lapidar hinzugefügt:
– Ich wüsste nicht, was dagegensprechen sollte.
– Da sind wir sehr erleichtert.
Grozki hatte zu den anderen hinübergesehen, alle nickten und grinsten. Es war gleichzeitig ein erleichtertes Lächeln und ein in Zügen dümmliches, ungläubiges Lächeln.
– Das war alles?
– Ja, das war alles.
Grozki zögerte einen Moment.
– Könnten Sie uns das eventuell schriftlich geben?
– Vera?
Das zarte Wesen mit dem überdimensionierten Dutt schwebte lautlos über den Teppich. Es schien schwierig, sich in ihrer Gegenwart auf irgendetwas anderes zu konzentrieren, als sie anzusehen.
– An wen soll das Schreiben adressiert werden?
In dem Blick des Botschafters lag eine gewisse Herausforderung. Grozki überlegte kurz, ob das eine Falle sein könnte, aber wennschon, dennschon:
– An den Kulturfunktionär des Bezirkes Prenzlauer Berg. Die Adresse hab ich jetzt nicht parat.
Der Botschafter nickte.
– Vera kümmert sich darum.
Und auch Vera nickte. Der Botschafter diktierte:
– Genosse ...! Aus unserer Sicht steht der Namensgebung der Band ›Nachtasyl‹, bestehend aus ... nichts entgegen. Mit kommunistischem Gruß
In den Stasiunterlagen hatte später gestanden: ›Dem Schreiben

lag eine Flasche Wodka bei‹, was Grozki als seltsame Formulierung in Erinnerung geblieben war.
– Ihre Musik.
Der Botschafter winkte mit der Kassette.
– Betrachten Sie es als Gastgeschenk.
– Danke.
– Keine Ursache. Wenn wir mal etwas für Sie tun können, einen Gefallen, oder Ähnliches, sagen Sie Bescheid.
Die russische Kaserne hatte ein eigenes Dom Kulturi, ein riesiger Saal mit Bühne, größer als jeder Club, in dem sie bis dahin gespielt hatten. Ein Saal mit fester Bestuhlung. Und in der festen Bestuhlung hatten hunderte sehr, sehr junge Männer gesessen, das Haar so kurz geschoren, dass Grozki das Gefühl hatte, blaue Adern darunter pulsieren zu sehen. Noch bevor das Konzert begonnen hatte, bevor der erste Gitarrenton durch den Raum geschossen war, hatte er die sehnsuchtsvollen Blicke gesehen. Ganz geordnet waren die einzelnen Abteilungen in die Reihen eingerückt, das hatte bei Grozki eine gewisse Düsternis erzeugt. ›Artig‹, das Wort schwirrte durch seinen Kopf und machte ihn unterschwellig aggressiv. Im Zeichen der Deutsch-Sowjetischen Freundschaft sang ein russischer Männerchor traurige, russische Lieder als Begrüßung. Der Unterschied zu ihrem Programm hätte krasser nicht sein können. Der Sound von Nachtasyl war hart, dreckig, schnell. Und laut! Kleine Ungereimtheiten in der Virtuosität wurden mit Lautstärke ausgeglichen. Der Saal war explodiert, nicht im wirklichen Sinn, wie auf anderen Gigs, die Soldaten verharrten in der Holzbestuhlung, aber ihre Gesichter explodierten, explodierten in verschiedene Richtungen, erschüttert, verstört, erstaunt, befreit. Hatten die russischen Lieder einen kleinen Zugang zur Seele geöffnet, öffneten sich mit Nachtasyl Tore. Auch wenn dieser Vergleich in höchstem Maße kitschig war. Selbst nach dem Konzert, als die Abteilungen

sich wieder geordnet aus den Reihen entfernten, war die Energie noch zu spüren. Die Körper schienen gestraffter. Blicke voller Dankbarkeit wühlten Grozki auf. Aber statt wie nach anderen Konzerten mit den Fans zu trinken und auf der Stimmung zu treiben, wurden sie mit ihrem LO-Bus aus dem Kasernentor in eine vollkommen surreale Nachmittagshitze entlassen und waren in dieser HO-Gaststätte gelandet, eine dunkle, diesige Höhle, nur minimal kühler als die ausgedörrte Ausgestorbenheit auf der anderen Seite der Fenster. Eine kleine, unruhige, für ihr Alter viel zu alt aussehende, ausgezehrte Angestellte, die in ihrem Auftreten zwischen verhuscht und aufdringlich wechselte, wuselte zwischen Theke und den Tischen. Am zweiten Tisch von vorn saß Pawel in seiner russischen Uniform. Gleich als sie die Kneipe betreten hatten, hatte er als Erstes und ungefragt ›Pawel‹ gesagt und die Hand ausgestreckt. Der leicht aggressive Ton ließ keine Widerrede zu, also setzten sie sich zu Pawel. Und irgendjemand hatte auf die hagere Frau, die Angestellte, die mit einer Zigarette zwischen den Lippen hinterm Tresen stand, gezeigt und gefragt:

– Und wer ist das?

Die Frau, vielleicht 40, aber unglaublich verbraucht, verzog leicht den Mund, schnippte Asche ins Abwaschwasser und hatte keine Lust zu antworten. Pawel betrachtete sie verwundert, so als würde er sie das erste Mal überhaupt wahrnehmen, und zuckte mit den Schultern. Wer hatte es als Erstes gesagt?

– Vera.

– Vera?

Der junge Leutnant nickte, als wäre er mit dem Namen zufrieden. Nickte dann nochmal in sein Glas:

– Vera kaputt.

Und wer bis hierhin noch nicht an Vera gedacht hatte, die russische Fee, die die Play-Taste gedrückt hatte, dem war nicht zu

helfen. Die Bandmitglieder seufzten ›Vera‹. Die Frau hinter dem Tresen konnte nur eine verwandelte Vera sein, verwunschen, verzaubert. Wie in einem russischen Märchen müsste man nur das Richtige tun, und diese Vera würde sich wieder in das leichtfüßige Mädchen mit den hochgesteckten Haaren verwandeln. Veruschka, das schönste Omen ihrer Bandgründung. Die Vera hier wuchtete ungerührt von ihren Seufzern sechs Fassbrause in großen Gläsern auf den Tisch, die sie nicht bestellt hatten.
– Das ist Fassbrause. Spezial! Sto Gramm.
Wieder nickte der russische Soldat.
– Sto Gramm.
– Der darf ja nichts anderes.
Vera entfernte sich. Auf dem Tresen drückte sie ihre Zigarette auf einem tiefen Teller aus und zündete sich sofort erneut eine Kippe an. Ohne Zusammenhang rief sie herüber:
– Ich bin die Mama.
Etwas leiser, so dass Vera es nicht hören konnte, sagte Pawel:
– Mama kaputt. Vera kaputt.
Hob sein Glas, und auch die Band hob ihre Gläser, und sie kippten das Korngemisch hinter. Sie waren durstig.
– Vera kaputt.
– Vera kaputt.
– Vera kaputt.
– Ach, Vera.
– Ljubow kaputt.
Der Soldat setzte das Glas wieder an die Lippen, und Grozki erwiderte:
– Die Liebe, ja, die Liebe ist auch kaputt.
– Ach, Vera.
– Nadjeschda kaputt.
– Und Nadjeschda, Nadjeschda ist auch kaputt.
– Istina tosche. Istina kaputt.

– Stina auch.
Und so saßen sie und tranken lauwarme Fassbrause. Und alles war kaputt, im Sommer 1988, und Grozki hatte den Tag so heiß in Erinnerung. So verschwitzt. Und wann Istina kaputtgegangen war, konnte er nicht sagen. Weil der Leutnant kein Deutsch sprach und die Band, bis auf Grozki, der aber keine Lust darauf verspürte zu reden, Russisch nur radebrechte, deshalb beschränkte sich die Konversation auf einzelne Worte und Gesten. Manchmal, so schien es Grozki, wiesen Unterhaltungen jenseits von Smalltalk, jenseits von Worten eine höhere Bestimmung auf.

reiß das hemd auf – vera kaputt
schlange stehn – vera kaputt
rasier dich kahl – vera kaputt
sto gramm – vera kaputt

Grozki mochte das, verschwurbelte Zusammenhänge herstellen, Bezüge. Ein großes Ganzes. Sinnzusammenhänge, die man, wenn man wollte, jederzeit wieder auseinanderreißen konnte. Vielleicht war Vera nicht Vera, und vielleicht hatte der Leutnant nicht in der Kneipe gesessen. Zumindest glaubten einige, dass das ein Mythos war, ein Mythos, der von Grozki verbreitet und von seinen Fans kolportiert wurde. Der Leutnant – der vielleicht doch ein Leutnant gewesen war, ein sehr junger Leutnant, mit einem traurigen Gesicht – blickte durch die Gardinen auf die trostlosen Pflastersteine des Marktplatzes.
– Puschkin.
– Puschkin kaputt.
– Njet, Puschkin nix kaputt.
– Puschkin.
– Puschkin.
Er hob das große Saftglas.
– Na welikije poeta Puschkina.
Und Grozki sagte:

– Auf Puschkin.
Alle hoben ihr Glas. Je länger sich der Nachmittag hinzog und je mehr die orangen Tischdecken mit den braunen Blumen näher rückten, desto häufiger hoben sie ihr Glas. An Puschkin reihten sich Dostojewski, Tolstoj, Tschechow, Majakowski, Bulgakow, Zwetajewa. Gorki nicht zu vergessen. Auf Gorki wurde getrunken und auf Nachtasyl, obwohl niemand den Titel übersetzen konnte. Aitmatow, Jewtuschenko, Lermontow. Zwischen die Russen schob Pawel immer wieder ›Gete‹. Es brauchte eine Weile, bis Grozki verstand, ›Kehre dich um von den Höhn nach der Stadt hinab zu sehn‹. Und Vera brachte neue Fassbrause spezial, weil Bier erst morgen kommen würde, oder übermorgen, Fassbrause, die nur beim allerersten Schluck etwas Kühle in den Hals brachte, dann immer saurer und wärmer schmeckte. Nach Valentina Tereschkowa, auf die der Bassist sein Glas erhob, folgte Gagarin. Und auf Gagarin folgte:
– Gagarin kaputt.
Und irgendwann gingen die Namen aus, der Kopf des Leutnants war der Tischdecke so nahegekommen, dass kein Muster mehr zu erkennen war, sein Rücken zuckte wie die Flanke eines Pferdes, und als er wieder auftauchte aus der Stille des Waldes, waren seine Augen feucht vom Tau oder vom Gegenwind. Irgendwann war es genug Fassbrause, irgendwann war es Zeit zu gehen, Zeit zu fahren. Alle erhoben sich – Pawel ließ es sich nicht nehmen, für alle zu bezahlen –, sie traten auf den Marktplatz, der ihnen wie ein lauwarmes Schwimmbecken vorkam, und mit schwankenden Schritten kämpften sie sich durchs Wasser zu ihrem Robur LO 3000. Irgendjemand hatte sich ans Steuer gesetzt, war an diesem Nachmittag, in diesem Zustand noch gefahren. Irgendwie waren sie in Berlin angekommen. Niemand hatte sie angehalten, auch außerhalb der ausgestorbenen Kleinstadt waren die Straßen unendlich leer und staubig. Auf dem

Marktplatz hatte Pawel, der noch mehr Schwierigkeiten hatte, sich durch das nichtvorhandene Schwimmbecken zu bewegen, gerufen und gewunken.
– Puschkin.
Und Vera, die verzauberte Vera hatte in der Tür gestanden und auch gewunken.
– Vera.
Der junge Leutnant hatte fast gesungen.
– Gorkaja Istina. Istina kaputt.
– Stina kaputt.
Die Tür des LOs hatte sich durch die Hitze verklemmt, oder weil er mit vom Schwimmbad feuchten Händen immer abrutschte, hatte Grozki die Tür kaum aufbekommen. Einer von der Band hatte sich auf die Pflastersteine gelegt, vielleicht, weil er sich nach dem Bad sonnen wollte.
– Vera, Vera, Vera kaputt.
– Ja, ja, ihr auch kaputt.
Vera lehnte an der Tür und lachte wie ein junges Mädchen, und diesem Lächeln fehlten zwei Backenzähne. Trotzdem hatte sie schön ausgesehen. Schön wie Vera. Wie Nadjeschda, wie Istina und Ljubow. Und wie all die anderen.
In der Fassbrause war so viel Spezial gewesen, dass sie sich am nächsten Tag nur an einzelne Bilder, einzelne Worte erinnern konnten. Grozki erinnerte sich an ein lauwarmes Schwimmbad und Fassbrause, und an einen Kiosk ›Dom Kulturi‹. Masse erinnerte sich, dass jemand auf dem Autobahnparkplatz gekotzt hatte, in seinen Schoß, und dass er die versiffte Hose in einem Anfall von Umnachtung, ›die gute West-Jeans‹, aus dem Fenster geworfen hatte. Kurti erinnerte sich an russische Uniformen und Sterne und Orden. Und Pjotr, der Gitarrist, der erst ab da Pjotr hieß, erinnerte sich an Bockwurst mit Labberbrötchen, stritt sich mit Masse über deren Anzahl und die Farbe der Tischdecke und

behauptete, dass Pawel Pjotr geheißen habe mit einer unverbesserlichen Rechthaberei, dass sie ihn ab da nur noch Pjotr nennen konnten. Aber alle erinnerten sich an Vera. Vera kaputt.
Manchmal hatten die Fans am Ende des Songs, wenn die Instrumente in eine ruhige, trübe Gleichförmigkeit, in eine Tangerine Dream ähnliche Sehnsucht glitten und Grozki, der das Instrumental und den Song mit einem letzten ›Vera kaputt‹ beenden musste, die Zeit dehnte, so dass es selbst für die anderen Bandmitglieder kaum zum Aushalten war, dann hatten einige der Fans Namen gerufen, Birgit kaputt, Elke kaputt, Marina kaputt, René kaputt, Uwe kaputt, Katrin kaputt.
Auf der Wiese war der Journalismusheini neben Kathleen aufgetaucht und redete auf sie ein, aber sie fixierte noch immer die Fassade des Hauses, oder einen der Gitarristen. Was Grozki aus dem Konzept brachte, noch bevor die Gitarren richtig in Schwung gekommen waren, war ›Vera kaputt‹.
Die leeren Fenster, die toten Augen. An manchen waren die Gardinen abgenommen, an anderen waren sie halb geöffnet zurückgeblieben, als würden die ehemaligen Bewohner einen Blick auf diesen Zirkus, auf diese Kulisse wagen. Als wäre das alles nur vorübergehend, ein Spektakel, das vorbeigehen würde. Jalousien waren heruntergerissen worden, zerfetzte Münder, schreiender Verfall. Kathleen wollte dieses Bild ›Die toten Augen von Berlin‹ nennen, nur Grozki und die Gitarren passten nicht. Sie standen in den Fenstern, und der Sound hörte sich an wie Propeller, die leicht durchdrehten, gleich würde das Haus, der ganze Block abheben. Was ihr als Vorstellung unpassend vorkam. Sie musste ein besseres Bild finden, einen besseren Titel.
Das Konzert, das so gut angefangen hatte, wurde auf einmal träge. Es lag nicht an den Instrumenten. Es lag an Grozki. Er leierte die Texte herunter, setzte zu spät ein oder zu früh. Sie steckten im Stau. Mal ging es kurz vorwärts, dann wieder gar nicht. Und

auch die Landschaft war nicht interessant genug. Grozki hatte eine Langeweile befallen, alles war abgestanden, die Songs, die Proteste. Die Lethargie des Prenzlauer Berges senkte sich auf ihn herab. Unzufriedenheit, eine latente Aggression. Aggression war gut, die konnte man rausschreien, in die Performance legen. Aber das war Grozki zu billig, zu gewöhnlich, zu naheliegend, zu erwartbar. Allerdings war die Performance der Langeweile und der Publikumsmissachtung auch nicht mehr neu. Jetzt hätte etwas passieren müssen. Aber niemand kam. Nicht die Polizei, kein Nachbar beschwerte sich über zu lauten Gesang, und schon gar nicht tauchte jemand vom Immobilienbüro auf. Aber wahrscheinlich waren sie da.

›Abgesang‹ war der Titel des Bildes. Aber das durfte nicht sein. Kathleen wollte sich dagegenstemmen. Gegen den Abgesang. Grozki das Mikro aus der Hand reißen. Aber sie fühlte sich wie festgewachsen auf dem oder zwischen dem Gras. War selbst Gras. Die Zuschauergrüppchen zerfaserten in Plaudereien. Fielen auseinander. Die ersten machten sich auf. Wohin? Markus war zu den Sonntags hinübergegangen und machte ihr ein Zeichen, dass sie jetzt reingehen würden. Ohne zu reagieren, drehte sie sich wieder zur Musik. Kathleen schaute zu Grozki, der im Fenster lungerte, seinen Gesang, seine Worte nirgendwohin richtete. Sein Körper, sonst sehnig und muskulös, erschien wie eine Marionette, der linke Arm baumelte herunter. Das machte sie wütend, dieses Gehenlassen machte sie wütend. Sie starrte ihn an. Fixierte ihn.

Irgendetwas traf Grozki, traf ihn in seiner Lethargie, er schaute sich um. Zwischen den sich auflösenden Grüppchen sah er Kathleen auf der Wiese, unbeweglich und mit dem Blick auf ihn gerichtet. Der Journalist, der Haarlose, haarlos assoziierte Grozki mit zahnlos, war verschwunden. Die Frau im Kapuzenpullover schaute ihn an. Grozki straffte sich, raffte sich nochmal auf.

– Dieses ist der Abgesang.
Eine Welle flutete die Wiese erneut. Und die, die sich bereits zum Gehen gewandt hatten, blieben noch einmal stehen oder drehten sich um. Es war, als wäre die Band zu einer Zugabe zurückgekommen, obwohl das Konzert noch gar nicht aus gewesen war. Die letzten drei Lieder blieb die Spannung in der Luft. Das war aus psychologisch-taktischen Gründen gut, ein guter Anfang und ein gutes Ende. Er behielt Kathleen im Auge, und es schien ihm, als wäre auch ihr Blick diesmal von der Wand abgekommen und auf ihn gerichtet. Er wollte ihr all die Geschichten ins Ohr flüstern, er wollte mit ihr in einem Zug durch die Taiga fahren. Man musste dort anfangen, wo man aufgehört hatte.
– Vera, Ljubow, Nadjeschda ...
Er machte eine Pause und setzte ...
– Istina
hinterher.
Auch das Publikum hatte sich noch einmal zusammengerafft zu einem ordentlichen Applaus. Pfiffe ertönten.
Oder man musste dort aufhören, wo man angefangen hatte.
– Kommen.

GEBURTSTAG

– Darf ich mal kurz rein.
Kathleen schlüpfte an ihm vorbei. Die Déjà-vus häuften sich. Er fragte sich, ob es langsam aufs Ende zuging, ob das ein Anzeichen beginnender Demenz war, oder, was ihm noch schlimmer erschien, ob sein Leben so langweilig geworden war, dass die Ereignisse sich glichen.
Grozki hielt die Tür offen, wer weiß, was auf ihn zukam. Kath-

leen drückte den Zeigefinger auf ihren Mund und horchte ins Treppenhaus. Im Haus waren Schritte von zwei Personen zu hören, die etwas mühselig hinaufkamen, sie blieben stehen, jemand klingelte. Eine Frauenstimme rief etwas hilflos ›Kathleen‹. Kathleen nahm Grozki die Tür aus der Hand, nachdrücklich und bestimmt, wie einem Kleinkind ein Messer, und schloss sie.
– Steuerfahndung?
Das Kapuzenpullovermädchen, das heute allerdings keinen Kapuzenpullover trug, ließ sich auf den Stuhl fallen, der im Flur stand, auf dem eigentlich der Plattenspieler seinen angestammten Platz gefunden hatte, welcher aber jetzt noch im Heizungskeller, dem Club in dem Grozki gestern aufgelegt hatte, auf seine Abholung wartete. Ohne den Plattenspieler fühlte er sich etwas hilflos, unillustriert.
Das Mädchen, die junge Frau, jung zumindest aus seiner Sicht, saß erschöpft und etwas zusammengesunken auf dem Stuhl. Ihre Haltung, obwohl sie ganz bei sich war, oder gerade deshalb, strahlte Anziehung aus. Zog die Aufmerksamkeit auf sich. Vielleicht lag es am in die Ferne gerichteten Blick, der wohl zu ihr gehörte, obwohl es im engen Flur keine Ferne gab (oder doch?), oder es war der Stuhl, auf dem sie saß, dass Grozki der Gedanke kam: Hier spielt die Musik. Was ihm dann aber wieder banal vorkam.
– Es passt grad nicht.
– Ich kann jetzt nicht gehen.
– Warum nicht?
Statt einer Antwort stand sie auf, ging durchs Zimmer, durch sein Zimmer, ›was machte sie hier?‹, zum Fenster.
Grozkis Wohnung, die über ihrer lag und gleich geschnitten war, wirkte auf Kathleen einerseits größer, andererseits kleiner. Größer, weil Grozki weniger Mobiliar zu haben schien, weniger Krimskrams. Kleiner, weil im Zimmer ein riesiger Kasten, ein

Zimmer im Zimmer, stand, der den Raum verdunkelte und der im Inneren noch dunkler war. Heimat der Dunkelheit. Sie hatte das Bedürfnis zu fragen, was es damit auf sich hatte, aber erst mussten die weg sein. Sonst konnte sie sich nicht konzentrieren.
Nicht dass er nicht schon darüber nachgedacht hatte, dass sie hier sein sollte. Aber nicht jetzt. Er war darauf nicht vorbereitet. Verrauchte, verschwitzte Sachen lagen verstreut im Zimmer. Auch Unterhose und Socken hatte er letzte Nacht einfach abgestreift und heute Morgen keine Veranlassung darin gesehen, sie wegzuräumen. Er war verkatert, obwohl er nicht getrunken hatte. Wahrscheinlich lag es am Rauch. Er hatte Bock, das Fenster zu öffnen.
Sie hielt seine Hand, die schon den Fenstergriff umschloss, fest und schaute weiter nach unten. Dort standen zwei Menschen, die man als älteres, etwas verlorenes Ehepaar bezeichnen konnte. Sie beobachteten die Fenster – Kathleen trat einen Schritt zurück, um nicht gesehen zu werden –, sprachen miteinander, aber es war nicht zu verstehen, was sie sagten, weil die Bauarbeiter draußen den Weltuntergang vorbereiteten. Grozki zog seine Hand unter ihrer weg.
– Ist Amreiter nicht da?
– Amreiter? Markus? Weiß nicht. Dein Stockwerk war näher.
Das war nicht die Antwort, die er erhofft hatte, wenn er überhaupt eine Antwort erhofft hatte.
– Mach's dir bequem.
Der Ton seiner Stimme machte deutlich, dass es ihm nicht recht war, dass sie hier war.
– Ich hab heute Geburtstag.
– Geburtstage sind überbewertet.
Die Konversation fühlte sich an wie ein Kampf. Er teilte aus, und sie reagierte.
Über die Wiese ratterte ein Bagger und schlug tiefe Löcher ins

Gras. Ein Mann mit Kettensäge und zwei weitere Männer ohne Kettensäge sägten einen Baum nach dem anderen ab. Das ältere Ehepaar wendete sich den Arbeitern zu. Die Frau sprach den, der am wenigsten beschäftigt schien, an, er zuckte mit den Schultern und ging zum nächsten Baum.
Grozki fläzte sich auf den Sessel, der zwischen der Box und der Wand klemmte. Die Fensterfrau nahm keine Notiz von Grozki. Wieder vermisste er den Plattenspieler. Vinyl war stylisch. Er hätte auch die Mini-Lautsprecher an sein Handy anschließen können. Aber er wollte sich über den fehlenden Plattenspieler ärgern. So wie er sich über die Frau ärgern wollte, die nicht nach seinen Erwartungen agierte. Kathleen wandte sich vom Fenster ab und setzte sich auf den zweiten Sessel, der halb in der Tür stand. Auf dem Sessel lagen mehrere T-Shirts von ihm, sie setzte sich einfach darauf. Sie sagte nichts.
– Sind sie weg?, fragte Grozki.
Keine Antwort.
– Willst du darüber reden?
Sich so einen Satz sagen zu hören, hatte etwas Groteskes. Aber er hatte Lust herumzustochern. Ihm war klar, dass sie nicht reden würde. Neben der Lust herumzustochern, gab es in ihm eine unbestimmte Neugier zu erfahren, wovor sie sich versteckte.
– Wiese kaputt.
– Wer ist Wiese?
– Die Wiese, draußen.
Sie zeigte hinaus.
– Da fehlt die Poesie.
– Ja.
Kathleen wollte hierbleiben. Wollte unsichtbar bleiben. Verschwunden. Nicht auffindbar. Auch wenn die Baugeräusche sie sonst verrückt machten, kamen sie ihr in diesem Moment passend vor, weil sie das Schweigen überbrückten. Das Schweigen

stand im Raum. Ihr Professor würde jetzt sagen: ›Ein Schweigen kann nicht stehen.‹ Aber Schweigen war ein schwarzer, rechtwinkliger Monolith. Kathleen sah die Anfangsszene von ›2001‹ vor sich: ein schwarzer, rechtwinkliger Monolith, und der konnte stehen. Hier, draußen, überall. Und es wunderte sie nicht, dass das Schweigen die Affen wild machte. Schweigen konnte auch dieser Kasten sein, der im Raum stand. Das Zimmer im Zimmer.

– Was ist das?

– Eine Studiobox. Schallschutz.

Die Box bestand aus etwa 60 Zentimeter breiten, mannshohen Elementen, die außen mit Pressspan verkleidet waren. Grozki kam in einen Redefluss, und Kathleen registrierte, dass er, wenn er erstmal redete, nicht wieder aufhörte. Sein Reden fühlte sich für Kathleen an wie eine Maschine, ein Schwungrad, das, wenn es in Bewegung gebracht war, von alleine weiterlief. Den Anfang bildete ein kleiner Vortrag über die Studiobox an sich. Die Außengeräusche mussten abgeschirmt werden, damit man keine vorbeifahrenden Autos oder Bagger (sic!) auf den Aufnahmen hatte. Dann erzählte er, wann die Box angeschafft worden war, von welchem Geld, wobei er geflissentlich wegließ, dass Ina fast die Hälfte des Geldes zugeschossen hatte und dass er es noch immer nicht zurückgezahlt hatte und wahrscheinlich auch nie tun würde.

Vor Kathleen breitete sich das Leben der Box aus. Wo die Box die letzten Jahre gestanden hatte. Welche Songs, welche Tonspuren hier drin aufgenommen worden waren, Grozki zählte die letzten drei Alben auf, die sie mit Nachtasyl veröffentlicht hatten, zerrte sie aus dem Plattenregal, suchte den Plattenspieler. Sah den leeren Stuhl. Nannte sich selbst in Gedanken einen ›scheiß Loser‹, weil er gestern Nacht zu schlaff gewesen war, beides, die Platten und den Spieler, nach Hause zu tragen, vielleicht auch weil er da-

durch heute einen Grund gehabt hätte, nochmal da hinzugehen. Was sich nun aber als Fehlentscheidung entpuppte.
Das Mädchen, jetzt kam ihm Kathleen wie ein Mädchen vor, saß da und hörte zu und hörte gleichzeitig nicht zu. Aber das war es, was sie anziehend machte. Die Unentschlossenheit, das Fehlen von Bewunderung. Das Dasitzen, das Zuhören. Die Irritierung, eine gewisse Unberechenbarkeit.
Unberechenbarkeit. Aus einem unerfindlichen Grund drängte plötzlich das Bild des Neustädter Bahnhofs in Dresden in seine Gedanken. Und ohne Überleitung ließ er Kathleen daran teilhaben. Er beschrieb einen monströsen Bau, schwarze, wuchtige Steine, den der Geruch nach Urin durchzog. ›Einen Kaffee, bitte.‹ Was auch immer sie dort hingetrieben hatte, wahrscheinlich wollten sie, bevor sie auf die Autobahn fuhren, noch schnell pissen, weil sonst nichts aufhatte mitten in der Nacht. Weil sie das Bier, was sie im Club eingefüllt hatten, ablassen mussten. Es musste einer ihrer ersten Gigs gewesen sein.
Im riesigen, fast leeren Mitropasaal hatten sie einen fünften Stuhl an den kleinen quadratischen Tisch gerückt. Und gewartet. Der Kellner, der im schwarzen Anzug neben dem verglasten Tresen gelehnt hatte, hatte keine Notiz von ihnen genommen. Inzwischen hatten alle nacheinander die etwas unerfreuliche Bekanntschaft mit der Toilette gemacht. Sie saßen da und warteten, warteten auf den Kellner. Denn Grabenheinrich, der fahren musste, wollte Kaffee. Der Kellner hatte sie so lange ignoriert, bis Grozki laut gebrüllt hatte: ›Herr Ober!‹ Langsam, beinahe in Zeitlupe war der Kellner an ihren Tisch geschlendert, hatte ein schmuddelig weißes Geschirrtuch über seinen Arm geworfen. ›Was darf's denn sein, die Herrn?‹ ›Einen Kaffee, bitte‹, hatte Grabenheinrich höflich geflüstert. Und der Kellner hatte gedehnt und sehr akzentuiert geantwortet: ›Nu, das kotzt misch do glei an‹, als wäre dies die adäquate Erwiderung. Alle, selbst Grozki, starrten den Kellner

entgeistert an und hatten plötzlich vergessen, dass sie etwas bestellen wollten. Der Kellner, der einen Zettelblock für die Bestellung bereitgehalten hatte, ließ diesen sinken, schaute triumphierend in die Runde, da aber niemand etwas zu sagen wagte, drehte er sich sehr elegant auf seinen schwarzen, gewachsten Schuhen und entfernte sich. Zehn Minuten später brachte er eine kleine Tasse kalten Kaffee, die Grabenheinrich in einem Zug leerte. Der Kellner berechnete neben den 50 Pfennig für den Kaffee noch 20 Pfennig pro Person für die Toilettenbenutzung, da nichts verzehrt worden war. In den Gesichtern breitete sich ein Brodeln aus. Aber die Anwesenheit von drei Transportpolizisten zwei Tische weiter, auf die der Kellner mit einem Blick voller Genugtuung verwies, und Grabenheinrichs Einsatz verhinderte einen Ausbruch. Grabenheinrich, der durch den Kaffee gestärkt schien, war plötzlich aufgesprungen und hatte in größter Freude, als wenn er dem Kellner zu einer Auszeichnung gratulieren wollte, seinerseits erwidert: ›Nu, das kotzt mich do glei an‹, und ein Zwei-Mark-Stück auf den Tisch geknallt, was alle, selbst den Kellner, in Lachen hatte ausbrechen lassen und die Transportpolizisten zu argwöhnischen Blicken veranlasst hatte.

Kathleen lachte nicht, aber ihre Mundwinkel hoben sich zu einem angedeuteten Lächeln. Was nach Verheißung aussah. Grozki wiederholte noch ein paarmal ›Nu, das kotzt misch do glei an‹. Dabei immer schneller und lustiger werdend. Grozki sah den Kellner kopfschüttelnd, aber erheitert wieder zurück zu seinem Tresen schlendern. Als er sich am Ausgang nochmal umgedreht hatte, hatte er gesehen, dass der Kellner immer noch vor sich hin lachte. ›Nu, das kotzt mich do glei an‹ hatte sich danach zum Running Gag entwickelt. Immer, wenn etwas nicht so lief wie vorausgesehen, sich Schwierigkeiten andeuteten, brachte dieser Satz Erleichterung. Über die Jahre hatte sich diese Marotte allerdings verloren. Grozki kam zurück auf die Studiobox, die ein mobiles, nicht

wirklich mobil, aber transportables Tonstudio war, beschrieb die Orte ihres Daseins, ein aufgegebenes Fabrikgebäude, ein verlassenes Bürohaus, eine ehemalige Betriebskantine. Die Räume waren mit den Jahren kleiner geworden, schäbiger. Immer gab es irgendwann einen Investor. Oder Betriebskosten, die ins Unermessliche schossen. Sie zogen ein, sie zogen aus. Zuletzt hatte die Studiobox im Keller einer ehemaligen Druckerei gestanden, liebevoll ›Souterrain‹ genannt. Aber der Vermieter hatte den düsteren Raum für mehr Geld an eine Grafikagentur losgeschlagen. Grozki hatte es ewig vor sich hergeschoben, die Box abzuholen. Wohin damit? Auch die anderen Bandmitglieder wussten nicht, wohin. Der letzte Tag war also überraschend gekommen, wo hätte er damit hinsollen als hierher. Für Kathleen adaptierte er die Geschichte etwas. Man musste den Dingen eine gewisse Richtung geben. Das Glas war halbvoll. Also hatte er in dieser Version die Studiobox extra hierherbringen lassen, damit sie ihn vor dem Baulärm abschirmte.
– Und da drin ist es still?
– Absolut still.
– Ich liebe Stille.
Stille war etwas komplett Verschiedenes von Schweigen. Schweigen war etwas Aggressives, hatte etwas Verborgenes, Bedrohliches. Etwas, das hervorbrechen konnte. Noch einmal sagte sie:
– Ich liebe Stille.
Wer konnte einem Satz, der mit ›ich liebe‹ begann, widerstehen.
– Bitte, die Stille steht dir offen.
Die Konfrontation hatte sich aufgelöst wie Nebel am Meer. Er stand auf und machte Licht in der Kabine.
Ganz an die Seite gerückt stand ein Keyboard, auf dem ein Gerät mit zahllosen Drehreglern abgestellt war. Auf der anderen Seite lag eine Matratze mit Bettzeug. Kathleen klimperte auf dem Keyboard, aber es kam kein Ton.

– Ist nicht angeschlossen.
Auch das Mischpult war nicht angeschlossen. Grozki hatte die Bandmitglieder überzeugt, die Box auch noch aufzustellen, nachdem sie die schweren Teilstücke der Studiobox morgens um 7 Uhr – sie wären sonst im einsetzenden Regen, in den der Vermieter sie gestellt hatte, verrottet – transportiert und in den dritten Stock getragen hatten. Was nicht einfach gewesen war. Er war danach einfach so kaputt und müde gewesen, dass er nur die Matratze hineingehievt hatte. Sie klemmte und wellte sich am Fußende ein Stück nach oben, weil die Box nicht lang genug war. Seitdem hatte er keine Energie aufbringen können, die Geräte anzuschließen. Erstaunlicherweise hatte er geschlafen wie ein Baby. Es hatte alles sein Gutes. Das Glas war halbvoll.
Grozki schloss die Tür, die Stille legte sich über Kathleen wie ein weiches Tuch. Sie fühlte sich wie in einem Aquarium, seltsam schwebend in der Stille. Grozki bewegte sich nicht, und auch sie bewegte sich nicht, ihre Atem gingen lautlos. Kathleen wollte sich auf dieses Bett legen und die Augen schließen. Von innen mutete die Box wie eine Sauna an. Nur dass es nicht heiß war. Es roch ein bisschen nach abgestandenem Mann. Auf einmal wurde Kathleen Grozkis Nähe bewusst. Sie öffnete die Tür, der Weltuntergang drängte herein. Sie zog die Tür seltsam erschrocken wieder zu. Die Stille hatte etwas Sakrales. Auf einmal fühlte sich dieser kleine Raum an wie eine Kathedrale. Sie öffnete und schloss die Tür. Jedes Mal, wenn sie sie schloss, hatte sie das Gefühl, unter Wasser zu tauchen.
– Hier könnte man gut schreiben.
›Neue Sachlichkeit im Innenraum einer Studiobox‹, dachte Kathleen. Sie öffnete die Tür erneut, aber diesmal war der Lärm verschwunden. Einen Moment kam es Kathleen vor, als hätte sie ihr Spielzeug kaputtgemacht. Zu lange dieselben Bewegungen ausgeführt. Dann wurde ihr klar, dass von draußen keine Ge-

räusche mehr kamen. Sie trat aus der Box, und Grozki folgte ihr zum Fenster. Die Wiese war ein Schlachtfeld, alle Bäume auf der Wiese waren gefällt, lagen hilflos, ungeordnet, zurückgelassen auf einem Feld mit riesigen Löchern. Die Ketten des Baggers hatten tiefe Narben in die Wiese gefressen. Wo vorher eine grüne Fläche mit Bäumen gewesen war, waren jetzt nur noch einzelne Fetzen grün, die an den Erdschollen klebten wie verwehte Plastiktüten.

– Arbor iacta est.

– Was?

– Die Bäume sind gefallen.

– Was?

– Arboribus.

JETZT GEHT'S LOS

Es war Zeit, eine Rede zu halten. Die Kreuze waren aufgestellt und leuchteten weiß in die Nacht. Die Fläche zwischen den Wohnblöcken hatte sich in ein Gräberfeld verwandelt. Dort, wo vor 16 Stunden noch eine eintönige, unversehrte Wiese gewesen war mit Bäumen, phlegmatisch, winterkahl, standen jetzt größere und kleinere Kreuze, je nachdem, was die Latten der zerstörten Kellerverschläge hergegeben hatten. Alles in allem mehr als 30 Kreuze. Die kleineren hatten sie nach hinten gestellt, das gab dem angelegten Friedhof durch die optische Täuschung ein bedrohliches Ausmaß. Grozki fühlte sich an die Gräberfelder des Ersten Weltkrieges erinnert. Krieg. Krieg um die Ressource Wohnung. Nur einen Baum, dicht an der Straße, hatten sie aus was weiß für Gründen stehen gelassen.

Als wäre es eine Inszenierung, rissen in diesem Moment die

Wolken auf, und der Mond überzog die Szenerie mit einem gespenstischen Glanz. Die Schleifen der halb verrotteten Grabgebinde reflektierten das Licht.
– Oh, moon of Alabama.
In den Spiegelungen der Fenster, in den toten Augen der verlassenen Wohnungen entzündete das Mondlicht Scheinwerfer und richtete sie auf Grozki. Auf seinen Auftritt. Es war ein Zusammentreffen von Kitsch und Pathos. Aber Grozki schwamm sich frei. Der Mond von Alabama ging auf und unter. Am gegenüberliegenden Haus öffneten sich ein paar Fenster, aber niemand schien Anstoß zu nehmen an Grozkis Grabgesang für die Bäume. Grozki sang etwas zu laut, ihm fehlte ein Mikro, er brauchte eine gewisse Lautstärke. Er hätte hier auch allein gesungen. Aber mit dem Mädchen, das im Mondlicht erschöpft auf einem Friedhof kauerte mit einem verblühten Trauerstrauß in den klammen Fingern, so faszinierend schön, frierend schön, machte es Sinn.
– Show me the way to the next little girl. Oh, don't ask why.
Die Kälte legte sich auch auf Grozkis Stimme. Nein, es stimmte nicht, er war in der Lage, hier allein zu singen, aber er brauchte ein Publikum. Wenigstens eine Person. Oder gerade diese Person. Ihre Anwesenheit hatte ihn zu all dem veranlasst. Eins gab das andere. Sie hatten sich gegenseitig die Bälle zugeworfen. Nur aus einer Laune heraus hatte er gesagt: ›Wir müssen die Bäume beerdigen.‹ Sie hatte das aufgegriffen, hatte ein Bild entworfen. Im Keller hatte sich neben den Latten, die zertrümmerten Holzverschläge hatten jetzt eine Funktion, ›das Glas war halbvoll‹, auch noch ein halber Eimer weiße Wandfarbe gefunden. Damit hatten sie die Kreuze gestrichen. Sie hatte noch eins draufgesetzt. So stachen sie heraus aus der Nacht und würden sich auch am Tag aus dem Grau und Matsch, aus der zerfahrenen Wiese und zerfahrenen Gedanken, hervorheben. Es war ihre Idee gewesen,

Grabschmuck zu besorgen. Der große, blaue Ikeabeutel schlenkerte am Fahrradlenker, während sie zum nächstgelegenen Friedhof, der gar nicht so nächstgelegen war, radelten. Sie hatten über die Mauer klettern müssen. Am hinteren Ende waren sie fündig geworden. Hier lagen zwischen Pflanzenresten die Überbleibsel der abgeschmückten Gräber. Kathleen hatte die Namen von den Schleifen geschnitten, mit einer Schere, die sie vorausschauend eingesteckt zu haben schien oder die sie möglicherweise immer dabeihatte. Er hatte die prallvolle, blaue Plastiktasche, die den Geruch nach Kompost verströmte, über den nächtlichen Friedhof getragen. Als Kathleen Blumen von zwei Gräbern genommen hatte, war er drauf und dran zu rufen: ›Das kannst du nicht machen.‹
– Die sind sowieso schon hinüber.
Das wäre sein Satz gewesen. Er wunderte sich über das Mädchen, und wunderte sich zugleich nicht.
Jetzt standen sie vor den Kreuzen, Kathleen zog einen schwarzen Edding aus der Tasche, den sie ebenfalls immer bei sich zu haben schien, vorausahnend, ihn gebrauchen zu können. Sie beschriftete die Kreuze: ›In Gedenken an die Gefallenen‹, ›Opfer der Rendite‹, ›Erst die Bäume, dann die Menschen‹. Und Grozki schaute ihr zu, er fror. Auf die restlichen schrieb sie ›don't ask why‹ oder nur ›don't ask‹ oder ›why‹ oder ›don't‹ oder ›ask‹. Und Grozki fragte sich, warum es manchmal einfacher war, sich des Englischen zu bedienen. Warum das mehr Wirkung hatte als ein einfaches ›Warum?‹. Als sie fertig war, kam sie auf ihn zu und versuchte, ihre Hände warm zu reiben.
– Scheiß Kälte.
– Sind wir fertig?
– Lass uns reingehen.
Es gab nichts mehr zu tun.
– Show me the way to the next whisky bar.
Im Haus war es wärmer, aber seltsamerweise fing sie gerade

jetzt an, zu zittern und jämmerlich mit den Zähnen zu klappern. Grozki nahm sie in die Arme und rieb ihren Rücken, bis das Klappern nachließ.
– Danke.
Sie machte sich frei. Ohne ein Wort zu sagen, ging sie die Treppen hinauf. Grozki folgte ihr.
– Bis zum nächsten Mal.
Sie verschwand durch die Tür so unvermittelt, wie sie in seine Wohnung hineingeschlüpft war. Er stand allein im Treppenhaus. Mit einem Blick aus dem Treppenfenster vergewisserte er sich, dass er sich nicht alles eingebildet hatte. Die Kreuze standen. Sie hatten die Kreuze aufgestellt. Kathleen und er. Mit einem Klicken ging die Treppenbeleuchtung aus. Grozki summte ›Moon of Alabama‹ und stieg im Mondlicht ein Stockwerk höher. Die Bäume waren gefallen. Aber das Glas war halbvoll.

ZWEIFEL

Aber das Glas war halbvoll. Das war gut, und das war schlecht. Schlecht, weil er das dringende Bedürfnis verspürte, Alkohol oder Drogen oder beides in sich hineinzuschütten. Das dringende Bedürfnis, in die letzte Kaschemme einzukehren. Den Kopf auf den Tresen zu hauen.
Das war das Schreckliche, diese Lust, diese berstende Lust auf Stimulanzien jeglicher Art, diese Lust, selbst wenn der Ausschlag nach oben ging. Auf jeder Stufe der dunklen, einsamen Treppe schienen schlangenartige, weibliche Wesen zu sitzen und ihm Getränke hinzuhalten: ›Trink mich‹, ›Trink mich‹, ›Trink mich.‹ Die ganze Treppe war wie der Aufgang oder Abgang zu einer Location, voller Clubgänger, voller Biertrinker. Und jeder und

jede hielten ihm Bierflaschen hin, prosteten ihm zu. Er war der Star. Gleich würde er seinen Auftritt haben. Gleich würde Backstage eine Batterie Spirituosen stehen. Gleich würde eine fahrige, schmierige Gestalt an ihn herantreten und ihm zuflüstern: ›Brauchst du was? Ich kann dir was besorgen.‹

Grozki kämpfte sich durch die Menge die Treppe hinauf, dieses eine Stockwerk, diese zwei Treppenabsätze. Kämpfte gegen das Bedürfnis hinabzusteigen. In die Dunkelheit. An den Zapfhahn der Nacht. Kämpfte sich in seine Wohnung hinein. Hinein in die Studiobox, sperrte die Geräusche, die nicht da waren, aus und ließ sich in die Stille fallen. Aber auch die Träume ließen ihm keine Ruhe. Jemand leerte von oben Getränkekisten in die Studiobox, als wollte er aus Grozkis Schlafkoje eine Bowle machen. Die klebrige Flüssigkeit schwappte über den Rand der Matratze, stieg weiter in der verschlossenen Studiobox. Stieg Grozki bis ans Kinn, bis an die Stirn, stieg bis an die Decke. Und Grozki sah sich selbst von außen durchs Fenster, wie ein Fisch im Aquarium, sah sich um Luft ringen, sah sich verzweifelt gegen die Tür und die Paneele stemmen. Hörte sich Unverständliches durchs Wasser murmeln. Er ruderte mit den Armen und Beinen.

Mit einem Schlag gegen die Paneelwand wachte er aus dem Albtraum auf. Noch halb benommen riss er die Tür auf. Licht und das Stampfen von Presslufthämmern oder ähnlichen Maschinen drang in Grozki hinein, das Haus vibrierte, die Studiobox vibrierte. So stellte er sich ein Erdbeben vor. Nichts lag näher, als nackt auf die Straße zu rennen.

Stattdessen machte er, nackt, Kaffee und ein paar Kontakte.

– Aus A folgt B, war das Nächste, was er sagte.

Jemand hielt ihm ein logobedrucktes Mikro vor den Mund. Mit einem kurzen Blick an sich hinunter registrierte er erleichtert, dass er sich zwischenzeitlich angezogen haben musste.

Später in den Nachrichten war ein alter, klappriger Mann zu sehen, der erzählte, die Bäume selbst gepflanzt zu haben. Und Grozki war froh, dass nicht er der alte Mann war. Dieter sagte mürrisch und resigniert:
– 50 Jahre wohnen wir hier. Und jetzt sollen wir raus. Um jeden Preis. Sie zerstören jedes Stückchen Lebensqualität. Das ist ja kein Einzelfall. Hinter diesem Investor steht ein System.
Die Reporterin, die mit Grozki nach dem Interview noch in die Kneipe eingekehrt war und sich an jedes Detail ihrer früheren Begegnung und des vorangegangenen Auftritts von Nachtasyl zu erinnern schien, im Gegensatz zu Grozki, der sich weder an das Konzert noch an die Nacht und, wenn er ehrlich war, auch nicht an die Frau erinnern konnte, deren Kontakt aber in seinem Handy gespeichert war, die Reporterin hatte Grozki herausgeschnitten oder nicht hineingeschnitten. Aber Dieter hatte seine Sache gut gemacht. Und das war das, was zählte.
Mit einem Schwenk auf die gefällten Bäume hatte der Bericht geendet.
– Einen alten Baum verpflanzt man nicht.

Auf A folgt B, und auf B folgt C. Und wenn die Nachrichten erst einmal Gefallen an einem gefunden haben ... Also purzelten jetzt Fernseher aus den Fenstern, zersplitterten krachend am Fuße des Hauses.
– Der Konsum heiligt die Mittel, murmelte Grozki.
Eigentlich hätte das zu jedem fallenden Fernseher gebrüllt werden sollen. Aber so brüllten sie nur: ›Achtung‹, um niemanden zu verletzen, obwohl alle Umstehenden instruiert waren. Das Bedürfnis zur Artikulation konnte er nicht unterdrücken, also sagte Grozki über den Verstärker in seiner sonoren, tiefen Stimme:
– Asche zu Asche, Staub zu Staub, Fernseher zu Fernseher.
Grozki wusste nicht mehr, ob es seine Idee gewesen war oder

Kathleens, aber erinnerte sich, dass sie im Sessel neben der Tür gesessen hatte. Ein Bein über die Armlehne geschwungen. Aus irgendeinem Grund sah er sie dort in kurzen Hosen sitzen, was ihm jetzt ob der Jahreszeit unwahrscheinlich erschien.

Es waren genügend kaputte Röhren- und sogar Flachbildschirme und auch Leute zusammengekommen. Und jetzt fielen die Fernseher aus den Fenstern. Frau Holle schüttelte die Gehirne aus.

Absurd war, dass er, Grozki, wie ein Zaubermeister durch ebensolche, nur funktionierende Apparate etwas zeitverzögert dann wieder in die Wohnzimmer trat. Die Zerstörung des Selbstreferenziellen ist selbstreferenziell oder so ähnlich. Diesmal hielt ihm ein Mann ein Mikrofon vor den Mund, wollte ihn zu Erklärungen veranlassen. Aber er war noch nie ein Freund von Erklärungen gewesen. Der Wind zerrte am Mikro, Staub wirbelte über das Kopfsteinpflaster. Es war ein kalter Tag.

– Was wir hier machen, ist ein Symbol. Denken Sie darüber nach, wenn Sie das Denken noch nicht verlernt haben.

Als er sich das später sagen hörte, hätte er die letzten beiden Sätze gern gestrichen, zu schulmeisterhaft. Vielleicht war zwischen Ausführung und Idee zu viel Zeit vergangen. Drei Tage können lang sein. Lang, wenn man sich nach jemandem sehnt, verzehrt. Die Gefühle kochen hoch, schwappen über, und ab einem bestimmten Punkt werden sie schal.

Dieser Aktion fehlte der Drive, was das Fernsehteam nicht zu merken schien. Aber er merkte es, und Kathleen ebenfalls. Kathleen sagte nie etwas in die Mikros, hielt sich zurück, stand im Hintergrund, war da und war nicht da. Beobachtete. Und er beobachtete, wie sie beobachtete.

Der Kameramann hatte gute Arbeit geleistet, und der Redakteur hatte einen Text unterlegt, der von der Wegwerfgesellschaft überleitete zu weggeworfenen Mietern. Vermieter konsumierten Mieter und warfen sie weg, wenn sie ihnen ›nicht mehr zeitge-

mäß‹ erschienen. Im Duktus hörte es sich an wie eine Monitor-Sendung aus den 80ern. Aber sie hatten, was sie brauchten.
Aus C folgt D, folgt E, folgt X und Y und Z.
D war ein anwaltliches Schreiben, den Müll zu entsorgen, inklusive einer Androhung, eine nicht benannte finanzielle Summe für die Entsorgung zahlen zu müssen. Die Haufen Elektronikschrott unter den Fenstern, die ohne ihr Zutun gewachsen waren – auf Newton konnte man sich verlassen, jede Masse wirkt anziehend auf eine andere.
Und wenn schon Newton, dann auch Actio gleich Reactio. Wieder war das Fernsehen da, ein überdimensionierter Mund über einem überdimensionierten Schlips stellte die obligatorische Frage: ›Ist das Kunst, oder kann das weg?‹ Grozki saß auf Mariannes Polsterstuhl mitten im Schneeregen mitten auf dem Berg von Fernsehern und Elektrogeräten, daruntergemischt Rührgeräte und Kaffeemaschinen. Saß da, hielt einen Mixer in der Hand und starrte in eine tote Mattscheibe. Schneeregen klatschte ihm die Haare an den Schädel. Kathleen war nicht da. Warum war sie nicht da? Brauchte er sie? Er wollte nicht an sie denken. Wozu sollte er an sie denken? Grozki saß noch lange, nachdem das Fernsehteam abgefahren war, auf seinem Berg. Er wusste, was als Nächstes folgen würde. Er würde diese Künstlerin, Katharina die Große, dazu bringen, den Elektronikschrott großflächig zu veredeln. Er stand auf, der blassrote Polsterthron rollte den Hügel hinab. Nachdem er sich schwerfällig durch die scharfkantigen Folterinstrumente nach unten manövriert hatte – der Abstieg war schwieriger als der Aufstieg –, hatten der Stuhl und er ein paar Blessuren abgekriegt. Er untersuchte die Schnittwunde an seiner Hand. Noch bevor er mit dem Stuhl das Innere seiner Wohnung erreichte, direkt auf dem Treppenabsatz vor Kathleens Wohnung, klingelte sein Handy. Unterdrückte Nummer. Unterdrückte Nummer? Ha! Also atmete er laut und intensiv ins Telefon.

– Herr Gorzkow?
– Polonius, *ich glaubte Ihre Leidenschaft für mich erloschen. Woher dieses plötzliche Wiederaufflammen. Und mit so jugendlicher Gewalt.*
Ein Blutstropfen lief an seiner Hand hinunter, er versuchte, ihn abzuwischen, und verschmierte dabei das Display.
– Herr Gorzkow?
Die Stimme war jetzt scharf und prägnant.
– *Zu spät allerdings.*
Es machte ihm Freude, der Mieterberaterin auseinanderzusetzen, was sie wann und wie im Fernsehen zu sehen bekommen würde. Und wann Katharina Grosse, die er nur in Gedanken kontaktiert hatte, dem Ganzen hier den richtigen Anstrich geben würde. Er hörte, wie in Dauerschleife, das Wort ›Privatbesitz‹ und später ›Hausfriedensbruch‹.
–Haus, Frieden, Bruch,
sagte Grozki, bei ›Bruch‹ legte er auf.
Er klingelte bei Kathleen, aber sie war nicht da, oder machte nicht auf. Er schlurfte in seine Wohnung, wickelte aus Ermangelung eines Pflasters eine Socke um seine blutende Hand und schrieb einen Zettel: ›Hey K., die Stille steht dir jederzeit zur Verfügung.‹ Er überlegte, ob er erklären müsse, was das bedeutete. Entschied sich jedoch dagegen, ging nach unten und heftete den Zettel an ihre Wohnungstür, ohne noch einmal zu klingeln.

ZWEIFEL II

– Du bist in der Zeitung.
Kai breitete die Arme aus, als wolle er die Couch, auf der er saß, ausmessen. Langsam, weil sie Kai keine Genugtuung geben

wollte, nahm Verena die Zeitung vom Tisch und las. Las so langsam, oder tat so, als würde sie so lange lesen. Wut stieg in ihr hoch, aber sie lächelte. Sie wusste nicht, worauf sie wütender war, auf das, was in der Zeitung stand, auf Grozki – der mit Sicherheit dahintersteckte – oder auf Kai.

– Na, was macht der Affenjob?

Früher hatte sie selbst über die Rotgesichtmakaken gelacht. Je weniger sie lachte, je weniger sie ihren Job in Frage stellte, und das hatte sie in den letzten Jahren nur noch sehr selten gemacht, desto mehr zog Kai sie damit auf. ›Sicherheit, Wohlstand, Müßiggang‹, waren Kais Worte gewesen. Er hatte ihr zugeraten, hatte sie fast gedrängt, den Job anzunehmen. Manchmal kamen ihr seine Scherze bösartig vor.

Ihre Konversation war über die Jahre spärlicher geworden, fast versiegt. Sie kannten sich zu gut. Oder zu wenig. Sie gingen sich aus dem Weg. Kai fuhr in den Garten, ›auf die Datsche‹, wie er sagte. Was er dort machte, war ihr schleierhaft. Vielleicht brauchte er seine Ruhe. Er hatte diverse Elektrogeräte ins Auto geladen, Geräte, die Verena ihn noch nie zuvor hatte benutzen sehen, war bei Winter und Wetter rausgefahren.

– Hab noch was zu tun.

Heute Morgen, ein Sonnenstreif hatte den gefrorenen Tau auf den Steinfliesen beleuchtet, mit Glitter besprüht, in diesem Moment hatte sie gedacht, als sie Kai seine Gerätschaften zusammensuchen hörte, dass er etwas für sie in der Hütte baute.

– Kann ich mitkommen?, hatte sie gerufen.

Das Rascheln und Klirren in der Kammer, das Wispern der Gerätschaften, verstummte. Kai hatte kurz innegehalten, im Kramen, als überlege er. Hatte dann, ohne zu antworten, die restlichen Sachen gepackt und war im Bad verschwunden. Als er herauskam, war der Raureif und das Glitzern auf dem Gehweg verschwunden. Kai warf den Anorak über, schulterte die Werkzeugtasche:

– Was is jetz?
Sie hatte keine großen Veränderungen in der Hütte feststellen können, außer dass diese in irgendeiner Weise gemütlicher schien und wärmer.
Diese Papphütte hatten sie sich zugelegt, weil es sich gut anfühlte, eine Datsche zu haben. Das Grundstück lief auf Kais Namen, aus steuerrechtlichen Gründen. ›Datscha kommt von geben‹, hatte er gesagt, und sie hatte ihrem ›treuen Vasallen‹ das Gartengrundstück überreicht. Den Notarvertrag zusammengerollt in der einen und zwei gefüllte Sektgläser in der anderen, war sie bei der Übergabe auf dem abschüssigen, glitschigen Trampelpfad, der zur Hütte führte, ausgerutscht.
– Die Natur nimmt ihren Lauf,
war Kais Kommentar gewesen, und er hatte ihr die Rolle und die Sektgläser aus der Hand genommen.
– Aufstehen musst du schon selbst.
– Das fängt ja gut an.
Früher hatten sie hier ab und an mit Bekannten gefeiert, sonst hatten sie die Datscha nicht oft genutzt.
Die Verwilderung des Gartens, das Krautige, das mochte Verena. Die DDR-Inneneinrichtung im ›Retro-Schick‹ wurde ohne ihr Zutun immer retroer. Alles blieb, wie es war, nur die Natur wucherte. Die Datscha war der Gegenentwurf zu ihrem Haus am Nikolassee. Vielleicht waren sie gerade deswegen irgendwann kaum noch hergekommen. Der Gegenentwurf wucherte zu. Blieb sich selbst überlassen. War zu weit weg.
Verena legte die Zeitung betont gelassen auf den Couchtisch zurück.
– Das war zu erwarten. Nicht viel anders als sonst.
Kais Finger trommelten auf die Sofalehne. Am liebsten hätte Verena den nächstbesten Gegenstand nach Kais Fingern geworfen. Es schien ihr, als hätte Kai die Zeitung mit dem Artikel extra

mitgenommen, um sie für ihr Mitkommen in die Hütte zu bestrafen. Die Zeitung war schon drei Tage alt, und Kai schien auf eine passende Gelegenheit gewartet zu haben ...
Die weißen Kreuze hatten nicht länger als bis in die frühen Mittagsstunden gestanden, sobald sie davon erfahren hatte, hatte sie sie entfernen lassen, aber die Zeit hatte für einen halbseitigen Aufmacher und ein Interview gereicht. Mediale Aufmerksamkeit war das Letzte, was sie gebrauchen konnten. Und trotzdem imponierte ihr Grozki, er hatte von seiner Attraktivität nichts eingebüßt. Dass es mit ihm anders laufen würde, war zu erwarten gewesen. Die Mieterberaterin in ihr kämpfte gegen etwas, was aus den Tiefen ihrer Jugend aufzusteigen drohte – unterdrückte, längst vergessene Regungen. Kämpfte gegen die Bewunderung des Widerstands. Sie wollte die Empfindungen zurück, wollte Grozki, aber ohne die Konsequenzen.
– Wer zuletzt lacht ... Fahren wir.
Das war keine Frage.

ZWEIFEL III

Die Stille war ein Meer, war ein Kasten. Sie saß in der Stille. Die Matratze war von Grozki an die Wand gelehnt worden, oder besser geklemmt, und er hatte ihr einen Tisch und einen Polsterstuhl in die Studiobox hineingestellt. ›Mariannes Stuhl‹, hatte er gesagt, ohne zu erklären, wer Marianne war und wie ihr Stuhl zu Grozki gekommen war. Jetzt hatte Kathleen ihre Stille. Jetzt war sie auf sich gestellt. Keine Ausrede. Unter dem Tisch stapelten sich Bildbände und Kataloge. Jeden Tag wurden es mehr, Grozki schien es nicht zu stören. Sie starrte durch das Fenster der Box auf das Fenster. An welchem Ende der Sachlichkeit ließ sich beginnen? Welches Bild? Wo war der Übergang von Abbild zu Deutung? Deutung, Abbild, Deutung. Gegenwart der Sachlichkeit. Sachlichkeit der Gegenwart. Wie weit fasste die Gegenwart? Kathleens Gegenwart bestand aus den Geräuschen von Presslufthammer, Bagger, Kreissäge et cetera, auch wenn sie jetzt nicht zu hören waren. Aber gerade in ihrer Abwesenheit waren sie präsent. Kathleen überlegte, der Arbeit eine CD mit ebendiesen Geräuschen beizulegen mit der Aufschrift: ›Zu hören beim Lesen der Doktorarbeit‹. Mit drei Ausrufezeichen. Aber noch war die Arbeit nicht geschrieben, kein Gedanke zu Ende gedacht, geschweige denn zu Papier gebracht.

Grozki war nicht dazu gekommen, Katharina Grosse anzurufen. Denn am nächsten Morgen waren, noch in der Dunkelheit, die weggeworfenen Fernseher und alles, was dazugekommen war, verschwunden. Eine Rechnung kam nicht. Es folgte Schweigen. Jeden Vormittag überließ Grozki Kathleen seine Studiobox. Nur der Hauch einer anderen Person war zu spüren. In den Katalogen sammelten sich Post-its. Er betrachtete die Bilder, die Kathleen markiert hatte, und versuchte, sich ein Bild zu machen von dem Mädchen, von der Frau, die hier saß und Bilder betrachtete. Diesmal klebte ein Zettel an Gerhard Richters RAF-Zyklus.

ZWEIFEL IV

Aus A folgt B folgt C folgt Z. Z wie Zweifel. *Die Mauern stehn sprachlos und kalt. Im Winde klirren die Fahnen.* Der Wind zerrte an dem Banner. Das Wort ›Zweifel‹ wirbelte auf und ab. Der Zweifel blähte sich auf und fiel in sich zusammen. Die Strippen,

die sich verhedderten, schlugen Teile des Wortes um, so dass manchmal ›Zwei‹ zu lesen war oder ›if‹ oder ›Zif‹ oder ›wel‹ oder gar nichts. Sie hätten die Strippen straffer ziehen müssen. Grozki lauschte auf den Rhythmus, auf den Klang der sich bäumenden Plane, auf das Klirren der Ringe und Stahlseile, auf das Knarzen der Fensterkreuze, an denen sie befestigt waren. Wie lange würde der Zweifel halten.
Zweifel als Zitat. Kathleen erinnerte den Palast der Republik nur noch mit ›Zweifel‹. Umgekehrt ploppte bei dem Wort ›Zweifel‹ in ihrem Gehirn der Palast der Republik auf. Als wären diese Wörter untrennbar miteinander verbunden. Palast der Republik – prophezeite das ihr Scheitern? Hatten sie sich selbst schon mit ihrem Scheitern abgefunden? Konnte man noch jemanden aufrütteln, waren nicht alle zu abgestumpft, mit sich selbst beschäftigt, waren die Leute zu festgezurrt, so dass der Wind nicht mehr hineinblasen konnte?
Auch der Zweifel hielt nicht lange. 13 Stunden, um genau zu sein. Aber auch er hatte es in die Medien geschafft. Nachdem die Männer im Blaumann das Banner entfernt hatten, machten sie sich daran, auch die Fenster der leergezogenen Wohnungen zu entfernen. Seitdem fegte ununterbrochen ein kalter Luftzug durchs Haus, wie ein strenger Aufpasser.

ZWEIFEL V

Amreiter fühlte sich ausgeschlossen. Ausgeschlossen aus den Aktionen. Er hätte die Artikel schreiben müssen. Oder vielleicht nicht, vielleicht war es gut, wenn jemand anderes diese Artikel schrieb. Er kannte Grozki von früher, auch wenn dieser sich nicht zu erinnern schien. Er hatte ihn nie gemocht, eitel war der, musikalisch eine Null. Er hatte nur Stimme und dieses Selbstbewusstsein. Aber er schaffte es, die Leute in seinen Bann zu ziehen, schaffte es, dass sie das machten, was er wollte. Grozki hatte ihn abgekanzelt, damals und jetzt. Aber er hatte ein Gespür für die Lage. Damals. Dann lange Zeit nicht, jetzt wieder. Das Banner schlug an die Hauswand. Wieder und wieder. Zweifel. Ja, verdammt, Zweifel.

Er müsste einen großen Artikel für die Zeitung schreiben, so wie er es immer wieder angekündigt hatte. Der Artikel, auf den Kathleen und Dieter warteten. Herr Sonntag fragte jedes Mal danach. Manchmal spöttisch, manchmal resigniert. Aber er wollte nicht über die Sonntags schreiben, über Kathleen wollte er schreiben, aber nicht in Zusammenhang mit diesem Haus. Über Grozki wollte er schon gar nicht schreiben, der hatte schon genug Aufmerksamkeit. Und über sich selbst, als Mieter dieses Hauses, konnte er schlecht schreiben. Er war zu dicht dran.

HÄRTERE BANDAGEN

– Ich habe es satt, auf einer Baustelle zu wohnen.

Statt zu antworten, regelte Dieter mit der Fernbedienung die Lautstärke der Nachrichten zwei Balken nach oben. Auf dem Bildschirm starteten Kampfflugzeuge, dann sah man Rauch, zerfetzte Häuser, dann Blut, das jemandem vom Kopf lief.

– Sieh sie dir doch wenigstens an.

– Wozu, ich ziehe hier nicht aus.

– Es gibt einen Fahrstuhl.

– Wozu braucht man im zweiten Stock einen Fahrstuhl?

– Wir werden nicht jünger.

– Du nicht, aber ich schon.

Dieter betrachtete Irenes zerknittertes Gesicht, die Wangen, die

nach unten gerutscht waren. Frauen wurden härter und Männer weicher, ›schwabbliger‹, würde Irene sagen.
– Was hält dich denn hier? Die Schweizers und die Laubners sind weg.
– Ich hab dieses System nicht gewollt.
– Ich auch nicht.
– Aber du arrangierst dich.
– Was sollen wir denn sonst machen?
Der Politiker in HD sagte auf eine ihm unangenehme Frage sinngemäß ›das ist ein weites Feld‹, leitete dann mit ›übrigens‹ zu einem anderen Thema über und erklärte, was auf diesem Gebiet bereits erreicht worden war.
– So kann es nicht weitergehen.
Das Teeglas in Irenes Hand zitterte so stark, dass sie die andere Hand unterstützend an den Unterarm legte.
– Einer muss es ja machen.
Noch während das Wetter lief, stand Dieter auf und schaltete den Fernseher aus.
– Ich wollte das noch sehen.
– Morgen wird so wie heute.
Dieter sah aus dem Fenster, auf den Schlamm, auf den Bauschutt, die riesigen Löcher und die Reste der Bäume, die, nachdem der Schnee getaut war, wieder zum Vorschein gekommen waren. Einen der Bäume hatte er mit Irene zersägt, zu anstrengend für zwei über 70-Jährige. Aber das war das, was sie tun konnten. Auch wenn er bisher zu den Bäumen keine tiefere Beziehung gepflegt hatte, zu dem ›Grünzeug‹, wie er alle chlorophyllhaltigen Gewächse bezeichnete, jetzt fehlten sie. Wenn sie schon keinen Schatten mehr spenden würden, dann sollten sie ihnen ein bisschen Wärme liefern. Trotz Irenes Fluchen, auf das er mit ebensolchem Fluchen geantwortet hatte, war es ein Stück Gemeinsamkeit gewesen. Fünf Stücke des etwa 20 Zentimeter

dicken Stammes lagerten im Keller, weitere drei waren ihnen abgenommen worden, von den Handlangern des Immobilienfuzzis, den Bauarbeitern, die tagtäglich hier herumschlichen: ›Eigentum des Vermieters!‹ Wo war der Vermieter gewesen, als der Baum gepflanzt wurde? Dieter hatte ihn beschnitten, nicht gerade fachmännisch, aber immerhin, und in zwei besonders heißen Sommern auf Irenes Anweisung auch gegossen.
Zwei Baumaschinen und ein Transformator standen wie eine Barrikade am Rande des Schlachtfeldes. Er hatte darüber nachgedacht, die Maschinen zu beschädigen, lahmzulegen, aber er wusste nicht, wie.
Aus einem der Löcher, die der Bagger gerissen hatte, stakte eine einzelne weiße Latte. Die mussten sie übersehen haben. Ein ›Warum?‹ war übersehen worden. Er konnte den Schriftzug von hier oben nicht entziffern. ›Why?‹ Die Latte war ihm vorhin beim Vorbeigehen aufgefallen. Vielleicht hatten Kathleen oder Grozki sie neu hingelegt. Aber es konnte auch gut sein, dass dieses einzelne Brett im Bauschutt nicht aufgefallen war. Sie ragte aus einem der hinteren Löcher, von der Straße kaum zu erkennen.
Irene war aufgestanden und in den Flur gegangen, Dieter hörte, wie sie Kartons aus der Ecke zog. Er fragte sich, was sie schon wieder anstellte, wollte ihr aber nicht zeigen, dass er neugierig war. Also tat er so, als ob er ins Bad wollte. Irene hatte bereits den ersten Karton zusammengebaut.
– Was wird das?
– Ich ziehe aus.
– Bei dir piept's wohl.
Dieter nahm Irene den Karton aus der Hand, faltete ihn auseinander und stellte ihn und die anderen drei Kartons flach gelegt zurück hinter den Vorhang im Flur.
– Mit vier Kartons wärst du eh nicht weit gekommen.
Irene war sich nicht sicher, einen kurzen Moment hatte sie wirk-

lich darüber nachgedacht, ihre Sachen in die Kartons zu packen. Wollte sie wirklich allein ausziehen? Was sollte sie mitnehmen? Was sollte sie dalassen? Konnte sie Dieter allein zurücklassen? Würde sie allein zurechtkommen? Würde sie sich einsam fühlen? Hier in der Wohnung war sie froh, wenn Dieter nicht da war. 50 Jahre auf diesem engen Raum. Wie würde sich die andere Wohnung anfühlen?

Beinahe zeitgleich sahen Dieter und Irene den Spalt zwischen den Laminatteilen direkt vor der Küchentür. Seit Jahren bildete sich der Spalt, und seit Jahren trat Dieter mehrmals im Monat mit seinem Fuß dagegen, so dass das abgerückte Teil wieder ranrutschte. Irgendwann würde er sich dabei ein Bein brechen, dachte er. Und Irene dachte, dass sie darauf würde achten müssen, dass in der neuen Wohnung das Laminat sachgerecht verlegt wird.

Wieder waren Briefe gekommen. Drohbriefe. Dieter las die Briefe, aber sie schienen ihm nichts anzuhaben. Irene las die Briefe, obwohl Dieter sie vor ihr versteckte, weil sie danach Magenschmerzen und Durchfall bekam. Inzwischen hatte sie eine Darmspiegelung und eine Magenspiegelung hinter sich. Reizdarm. Reizmagen. Fruktoseintoleranz. Laktoseintoleranz. Irene vertrug nichts mehr. Essen hatte ihr noch nie eine große Freude gemacht, sie erinnerte sich an den Hunger als Kind. Von dem sie sich nicht hatte besiegen lassen wollen. Essen sollte keine Freude machen, es sollte dem Zweck dienen. Aber jetzt war alles aus dem Lot.

Das Klopfen, die Motoren, der Geruch nach Diesel, alles drang in die Wohnung, obwohl sie den kleinen Teppich jedes Mal vor die Tür schoben. Vor zwei Tagen war die Heizung ausgefallen. Dieter hatte frohlockt, hatte sich richtig gefreut. Irene daran erinnert, dass er es gewesen war, der dafür gesorgt hatte, den Kohleofen zu behalten. Irene war dagegen gewesen, sie hätte den einen Quadratmeter gern anders genutzt, mehr Platz gehabt. Dieter war beschwingt in den Keller gelaufen und hatte Holz und Kohlen nach oben gebracht. Hatte unter Kraftanstrengung eine noch feuchte Baumscheibe kleingehackt. Der feuchte Qualm roch nach Garten. Nach Waschküche und Wäscheleine. Bei ihnen war es warm. Kathleen und Grozki froren. Amreiter hatte sich verabschiedet und war zu seiner Freundin gezogen, hatte vorher einen von seinem Anwalt abgesegneten Brief geschwenkt, den sie alle unterschrieben hatten. Die Heizung ist sofort wieder anzustellen. Aber es war Samstag. Am Montag hatten alle mehrmals bei der Hausverwaltung angerufen, die sie aber an die Mieterberaterin verwiesen hatte, die ab ›genau jetzt‹ alle Angelegenheiten übernommen hätte. Die Hausverwaltung hätte ihre Tätigkeit eingestellt. Dieter hatte sich aufgeregt, dass sie darüber doch informiert werden müssten. ›Das haben wir ja hiermit‹, war die lapidare Antwort gewesen. ›Schriftlich‹, hatte Dieter mehrmals in den Hörer gebrüllt, auch dann noch, als auf der anderen Seite schon längst aufgelegt worden war, so dass Irene, die neben ihm stand, das ignorante Tuten hörte. Irene hatte sich eine halbe Stunde anhören müssen, dass die Hausverwaltung schriftlich mitzuteilen habe, wenn sie ihre Geschäfte weitergibt. Sie war immer wieder erstaunt, dass Dieter erwartete, dass alle Menschen sich fair und korrekt verhielten. Auch jetzt noch. Später hatte die Mieterberaterin Dieter in ein Gespräch verwickeln wollen, diesmal hatte Dieter aufgelegt.

– Das hat doch keinen Sinn.

Grozki und Kathleen kamen in unregelmäßigen Abständen und meist zu unterschiedlichen Zeiten vorbei, um sich aufzuwärmen. Blieben aber, wenn sie sich zufällig trafen, länger. Irene machte Schnittchen oder brachte Kekse zum Kaffee. Auch wenn Grozki nicht mehr jung war, so war er doch viel jünger als sie und Dieter. Mit einer gewissen Freude beobachteten sie und Dieter, wie Grozki in Kathleens Gegenwart einen charmanten Zug bekam. Kathleen redete auch in seiner Gegenwart nicht viel, lächelte aber mehr.

Kathleen ging auch jetzt jeden Vormittag und setzte sich in Grozkis Studiobox. Grozki ging in die Sauna oder zu Freunden. Ina kam ihm in den Sinn, aber er gab dem nicht nach.

Die Kälte kroch mehr und mehr in die Wohnungen. Nach zwei Tagen war es so kalt gewesen, dass Kathleen sich nicht anders zu helfen wusste, als sich mit ihrem Föhn Wärme zuzufächern. In der geschlossenen Studiobox konnte sie mit dem Föhn eine annehmbare Temperatur erreichen. Stille und Föhn schlossen sich allerdings gegenseitig aus.

Sie kam in die Studiobox und starrte weiterhin durch das innere Fenster auf das äußere Fenster. Bis auf ein paar Notizen kam sie nicht voran. Aber es fühlte sich besser an, hier zu sein. Es fühlte sich danach an, einer geregelten Arbeit nachzugehen. Grozki hatte nie gefragt, warum sie nicht in die Bibliothek ging. Sie konnte es nicht ertragen, von anderen Menschen umgeben zu sein. Die Menschen waren ihr zu nah, lenkten sie ab. Sie dachte dann über die Menschen nach. Konnte sich nicht konzentrieren. Auch jetzt konnte sie sich nicht konzentrieren. Die Ohrstöpsel dimmten das Rauschen des Föhns auf ein erträgliches Maß. Neben ihren Büchern, die sich in der Studiobox stapelten, stapelte Grozki CDs. Kathleen hatte sich angewöhnt, die oben aufliegende mit nach unten zu nehmen. Heute lag ›Oh my gawd!!!‹ von den Flaming Lips obenauf.

Der Datei ›Notizen‹ fügte sie hinzu:

> neue Gegenständlichkeit, transzendentale Sachlichkeit, Anonymität der Gesellschaft, Schonungslosigkeit des Privaten, Enttäuschung, Krieg, Verismus. ›*... Sachlichkeit, der Wunsch, die Dinge objektiv zu behandeln, so*

wie sie sind, ohne in ihnen eine ideelle Bedeutung zu suchen.‹ Gustav Hartlaub 1925.

Das Internet war oberflächlich. Sie würde Ausstellungen besuchen müssen. Wahrscheinlich würde sie sich rechtfertigen müssen, eine Strömung, eine Kunstrichtung, die zeitlich verortet war, in die Gegenwart zu verfrachten. Vergleiche der gesellschaftlichen Situationen drängten sich auf. Sie bekam die Gedanken nicht zu fassen. Vielleicht sollte sie es mit Mindmapping probieren. Notizen machen, Notizen zu Clustern zusammenfassen usw. Gestern hatte Grozki einen Ölradiator in die Box gestellt. Eine träge Wärme legte sich über sie. Langeweile, Düsternis, Ziellosigkeit. Die Bilder waren ihr ein Trost, aber sie brauchte neue Bilder, sie musste rausgehen. Eine Etage tiefer summte ihr Föhn, sie glaubte, ihn zu hören, obwohl sie in der abgeschirmten Studiobox saß und nur das leichte Sirren und Glucksen der Radiators zu hören war. Nachdem sie ihre Stunden abgesessen hatte, ging sie nach unten. Der Föhn ackerte gegen den Winter. Aber sein Kampf war aussichtslos. Kathleen stöpselte sich an den CD-Spieler an. *Can't stop the spring.* Sie wedelte mit dem Föhn über ihren Körper. *Keepin' her hair dryer on her favorite piece of meat.*

Bei *and the flames show no mercy* gab Kathleens Föhn seinen Kampf auf. Was ein bisschen over the top zu sein schien. Zu viel Bedeutung. Das Licht ging aus, und der Geruch nach angekokeltem Plastik lag in der Luft.

– Fuck.

Nahezu zeitgleich drang durch die offenstehende Luke des Ofens im Wohnzimmer der Sonntags eine schwarze Rauchwolke und verdunkelte das Zimmer. Der Ruß legte sich auf die Möbel, auf den Spätabendfilm, drang in die Lungen. Husten. Mit vorgehaltenem Taschentuch riss Dieter nacheinander alle Fenster auf. Irene schrie fast.

– Die bringen uns um.
Dann setzte ein Heulkrampf ein, so stark, dass sie noch weniger Luft bekam, sich fast übergeben musste. Auch als der erste Anfall vorüber war, konnte sie nicht mehr aufhören zu weinen.
– Hysterische Ziege,
sagte Dieter, in einem Ton, der weicher war, als der Inhalt vermuten ließ. Dieter wunderte gar nichts mehr. Was sollte ihn auch wundern. Man kannte das aus dem Fernsehen. Allerdings war es etwas anderes, es am eigenen Leibe zu spüren.

Im Treppenhaus hörte Kathleen durch die Tür der Sonntags Schluchzen und die Geräusche einer nach oben gepitchten Stimme. Sie beeilte sich, dem Schluchzen zu entkommen.
– Mein Föhn ist kaputt.
Sie hielt ihren silbrigen, überdimensionierten Föhn in Grozkis geöffnete Tür, und er musste an ›Men in Black‹ denken.
– Werde ich jetzt neutralisiert?
– Was?
– Das da.
– Durchgebrannt. Kurzschluss. Sicherung raus.
– Du bist durchgebrannt?
– Irene weint.
– Wie, Irene weint?
– Frau Sonntag.
– Rein oder raus?
– Rein.
Kathleen drückte Grozki den Föhn in die Hand.
– Was soll ich damit?
– Weiß nicht. Ich brauch ihn nicht mehr.
– Keine Waffen im Nahbereich.
Grozki versenkte den Föhn im Mülleimer. Der Rest war einfach und schwer. Grozki rollte den Ölradiator aus der Studiobox,

klappte die Matratze von der Wand auf den Boden, holte eine zweite Decke und ein Kissen.
– Komfort is nich.
– Danke, reicht schon. Licht, Wärme, Stille. Was will ich mehr.
– Licht?
– Strom.
Ihre Körper drehten sich voneinander weg. Als müsste das so sein. Grozki lag noch lange wach und lauschte auf das kaum hörbare gleichmäßige Atmen neben sich.

Irene hatte sich im Kinderzimmer, das jetzt das Arbeitszimmer war, eingeschlossen und weinte immer noch. Alle Taschentücher waren verbraucht, und sie hatte inzwischen zwei Rollen Klopapier neben sich stehen. Dieter klopfte an der Tür, ohne etwas zu sagen, aber Irene antwortete nicht. Sie holte eine Decke aus dem Schrank. Zusammen mit der unbezogenen Decke legte sich ein traumloser Schlaf über ihren embryonal zusammengefalteten Körper.

Die nächsten Tage verhielt Irene sich seltsam nervös. Wenn sie an den Schränken zugange war und Dieter ins Zimmer trat, erschrak sie, als wäre sie bei einer verbotenen Tätigkeit ertappt worden.
– Muss mal gewaschen werden,
sagte sie und hielt Dieter das eine oder andere Kleidungs- oder Wäschestück hin. Dieter wunderte sich, dass der Ruß auch in die geschlossenen Schränke des Schlafzimmers gedrungen zu sein schien. Aber Irene war schon immer pingelig gewesen. Sollte sie den ganzen Inhalt des Schranks waschen. Ihm konnte das egal sein. Er hatte den Vorfall mit dem Ruß schon fast vergessen, jemand musste den Schornstein verstopft haben, die Bauarbeiter waren heute nicht zu sehen, als versteckten sie sich. Dieter hatte Anzeige erstattet. Er spürte die Kälte kaum, er hatte die Ohren-

schützer der Schapka heruntergeklappt, den Schlafsack dicht um die Beine gewickelt und las die Zeitung, die er immer las. Gegen 15:30 Uhr hörte er ein Gurgeln. Ein Gurgeln aus der Heizung. Wenige Minuten später wurde der Heizkörper warm. Er stand auf, wieder erschrak Irene, als er ins Schlafzimmer trat. Sie saß vor einem Stapel Tischwäsche, die Dieter als vollkommen unnütz betrachtete.

– Die Heizung geht wieder. Ich sag mal eben Bescheid.

Dieter schien sich wie ein kleines Kind zu freuen.

Dieter, der niemanden im Haus erreicht hatte, obwohl er aus Groz- kis Wohnung Stimmen und Musik gehört hatte, versuchte, die verstaubten Hausschuhe am verstaubten Fußabtreter sauber zu bekommen, aber mit jedem Stampfen wirbelte der Staub bis zu seinen Knien. Also zog er die Pantoffeln aus und ging auf Strümpfen in die Wohnung. Irene hatte ihn die ganze Zeit dabei beobachtet, aber nichts gesagt, was entweder etwas sehr Gutes oder etwas sehr Schlechtes bedeutete. Sascha, der eben gekommen sein musste, kam aus dem Schlafzimmer. Dieter war etwas verwirrt, er erinnerte sich nicht, dass Irene seinen Besuch angekündigt hätte. Sascha klopfte ihm zur Begrüßung auf den Arm und sagte dann:

– Willst du auch was von den Möbeln mitnehmen, Mama?

– Nein, die Möbel bleiben hier.

ALLES KLEBT

Warum Grozki? Kathleen zählte die gleichmäßig angeordneten Löcher über ihr. Sie konnte verschiedene Muster erkennen, wenn man sieben Löcher zusammenfasste, ergab sich eine Blu-

me. Pro Paneel waren es 25 Blumen und 4 halbe, und noch 6 einzelne Punkte. In den schwarzen Löchern verschwanden die Geräusche. Es war still. Kathleen hatte das Gefühl, dass nicht nur die Außengeräusche abgeschirmt wurden, sondern dass auch hier drinnen die Geräusche verschwanden. Selbst das Atmen hörte sich an, als würde es von den Punktlöchern aufgesogen. Grozki drehte sich und zog die Decke über seine Schulter, er hatte die Beine angezogen, weil das Innenmaß der Studiobox nur einsachtzig maß. Seine Haare waren mit einem Gummi über dem Kopf zusammengebunden wie bei einem Samuraikämpfer. Grozki. Kathleen nannte Grozki Grozki. Lasse hörte sich fremd an. Er war Grozki, einfach Grozki. Würde sie neben ihm liegen, wenn es diese Studiobox nicht gäbe? Er war alt. Viel zu alt. Objektiv gesehen. Sein Körper war sehnig, die hervortretenden Adern am ganzen Körper erinnerten Kathleen an konservierte anatomische Gebilde, an Plastinate. Sie lag hier neben ihm, weil es dieses Haus gab, dieses Haus wahrscheinlich bald nicht mehr gab. Und weil sie dadurch etwas gemeinsam hatten.
– Warum werden Wohnungen immer teurer?
– Angbt nd Nchfrg.
Grozki war kaum zu verstehen, Halbschlaf, Kissen und die Paneelblumen verschluckten die Vokale.
– Was?
Grozki lüftete das Kissen, etwas deutlicher sagte er noch einmal:
– Angebot und Nachfrage.
Er öffnete ein Auge, als wäre es zu viel, zwei Augen zu öffnen, als wäre das zu viel Licht, zu viel Wachheit.
– Ich wollte schon immer mal mit dieser Frage geweckt werden. Apropos Angebot und Nachfrage ...
Er zog Kathleen mit beiden Armen an sich heran. Sie war weich. Alles an ihr verströmte den Geruch nach Fruchtbarkeit. Er vergrub seinen Mund und seine Nase in ihre Haut, in den Hals, die

Armbeuge, arbeitete sich zum Hüftknochen. Schenkel! Diese leichte Schärfe.

– Das Recht auf bezahlbaren Wohnraum müsste ein Grundrecht sein.

Grozki hielt inne. Kathleen hatte eine Fremdheit, eine vertraute Fremdheit. Eine Unzufriedenheit, eine Ruhelosigkeit, der keine Taten folgten. Trotzdem fühlte er sich zurückgewiesen. Er hatte dieses dringende Bedürfnis, sich an ihr zu reiben. So lange zu reiben, bis sie ihn von sich stieß. ›Hans! Hans! Nimm den mal rüber, nimm den mal rüber zu dir‹, die Stimme seiner Mutter in leicht angeekeltem, fast panischem Ton. Wann war das gewesen? Es lag Äonen zurück, Grozki, der kleine Lasse, er war vielleicht vier, fünf Jahre, im riesigen Bett seiner Eltern, in den Wellen eines Ozeans, am Sonntagmorgen. Hineingekrochen in die Wärme. Er hatte sich an seiner Mutter gerieben und zwischen seinen Beinen dieses Gefühl. Seine ersten Erregungen. Und dann dieser Schrei: ›Hans, Hans, nimm den mal rüber zu dir!‹ Eine Welle, die über ihm zusammenschlug, ihm das Atmen nahm. Wasser, überall Wasser, kaltes Wasser, auf seiner Haut, zwischen seinen Beinen, in seinen Lungen. ›Den‹, sie hatte nicht Lasse gesagt, sondern ›den‹. Und sein Vater hatte ihn rübergezogen. Es hörte nicht auf, sein ganzes Leben kämpfte er gegen die Zurückweisung. Er kämpfte gegen seine Eltern. Und ihre abstoßende Spießigkeit. Die Enge an Gedanken, die die Wege ausrichtete. Auch wenn er sich im Klaren darüber war, dass er es sich auf seiner Seite, in seinem Leben genauso bequem gemacht hatte. Obwohl andererseits das Leben in einer Studiobox nicht gerade als Bequemlichkeit bezeichnet werden konnte.

Er war kurz davor, irgendetwas Beleidigendes zu Kathleen zu sagen, oder einfach aufzustehen, aber er war noch zu müde, und es war angenehm, hier zu liegen. Angebot und Nachfrage, jemand hatte etwas, und jemand wollte etwas. Die Ressourcen waren ungleich verteilt, dem war nicht so leicht beizukommen. Sie hatten das versucht. Das mit der Nachfrage. Ende der 80er Jahre, vielleicht 1986 oder 1988, auf einem Gig in Görlitz.

– Das Recht auf Sex müsste ein Grundrecht sein.

Er schob Kathleen ein Stück zur Seite und legte sich schräg in die Box, so dass er die Beine ausstrecken konnte, und klemmte die Arme unter den Kopf: Görlitz – alles war kurz davor abzukippen. Die dunklen Fassaden, die toten Fenster. Die Schwarze Straße, überall schwarze Straßen. Zwei Westtouristen, die mit ihrer Videokamera auf den Verfall draufhielten. ›Kümmert euch um euren eigenen Verfall‹, hatte er gebrüllt. Erst waren die Touristen verwirrt gewesen, dann hatten sie gelacht. Die verstanden einen nicht. Nie verstand einen jemand. Der Club Empor lag an einer Ausfallstraße Richtung Landeskrone und passte ins Görlitzer Ambiente. Der Chef vom Jugendclub, Rudi, ein schlaksiger Typ, der eine Karo nach der anderen rauchte, hatte nichts gesagt, als sie zwei Stunden zu spät auftauchten. Der Club war ein ehemaliger Tanzsaal mit Empore, Rudi hatte nach oben gezeigt: ›Empore – Empor‹. Die Empore war aber geschlossen, wegen Baufälligkeit. Von der Decke hingen Fladen alten Anstrichs. ›Empor – auf Englisch heeßt das: upwards, ab war's, niwahr. Na, kann man nüscht machen.‹ Rudi sagte das ohne Ironie, ohne auf einen Lacher zu warten. ›Irgendwann machen die die ganze DDR zu. Dauert ni mehr lange‹. Masse, der Schlagzeuger, hatte dann während der ganzen Mucke so gnadenlos draufgehauen, weil er wollte, dass die Fladen von der Decke fielen. Aber der Verfall war erstaunlich zäh.

– Getränke sind alle aus, nur noch Sirup da.

– Alles aus.

– Alles aus?

– Ja, alles aus.

– Systemausfall?

– System?
Dass nichts mehr da war, stimmte nicht ganz, wie Rudi später zugegeben hatte, Rudi wollte seiner Nichte Ulrike, die gerade zu Besuch war, einen Gefallen tun. Deshalb der Sirup. Irgendjemand holte noch eine Flasche Weinbrand hervor, Sirup mit Weinbrand – ein Geschmack, den man schnell vergessen wollte. Grozki erinnerte sich nicht mehr, ob Rudis Nichte nach dem Gig mit backstage gewesen war oder ob sie erst am nächsten Morgen, Mittag oder Nachmittag, es war unglaublich hell und sonnig, beim Frühstück, da gewesen war. 17 Jahr, lange dunkle Haare, und große Brüste, sie trug einen Pullover mit großem V-Ausschnitt über ihrem T-Shirt, wahrscheinlich war es Frühling. Grozki hatte sie bewegen können, dass sie den Pulloverausschnitt, weil er das lustig fand, unter ihre Brüste zog, was witzig aussah, weil sich die Brüste leicht übereinander geschoben hatten, das hatte nichts Erotisches gehabt, oder fast nichts.
Unwillkürlich griff er nach Kathleens Brüsten. Kathleen nahm seine Hand von ihrer Brust und legte sie auf ihren Bauch.
Jedenfalls hatte eine Flasche Sirup auf dem Tisch gestanden. Grozki hatte das nie verstanden, Sirup, er kannte niemanden, der sowas kaufte. Ulli hatte von ihrem Ferienjob beim VEB Kelterei Lockwitzgrund erzählt. Und dass es eine Schweinerei sei, dass der gute Sirup nicht getrunken wurde, wo sie sich solche Mühe gegeben hatte. Eigentlich war sie zwar in der Apfelsaftabfüllanlage tätig gewesen – ›Gummihüte über Flaschen ziehen‹ – Huddeln – oder so ähnlich hatte sie das bezeichnet. Alle hatten sich scheckig gelacht am Tisch, Ulli hatte eine Weile gebraucht, eh sie kapierte, warum, und hatte dann immer wieder unter Glucksen wiederholt: ›Gummihüte über Flaschen ziehen, das muss ich mir merken.‹ Dann hatte sie eine flammende Rede gehalten zur Erhaltung des sozialistischen Sirups, rhythmisch unterbrochen von ›Dafür hab ich Gummihüte über Flaschen

gezogen‹, die beinhaltete, dass es eine Schande sei, dass ganze Regale voller Sirup in den Kaufhallen vor sich hin klebten. Und dass man das ändern müsse. Am Ende der Rede hatte sie die Sirupflasche, Limonadensirup Johannisbeer – Schwarz für 2 Mark 15 Pfennig, mit der rechten Hand vom Tisch genommen und nach oben gehalten, mit der linken Hand machte sie gleichzeitig die Arbeiterfaust: ›Trink mehr Sirup, dafür werde ich noch mehr Gummihüte über Flaschen ziehen.‹
Aber weder sie noch sonst jemand hatte den Sirup geöffnet. Die letzte Nacht hatte alle davon abgehalten. Aber so eine hübsche 17-Jährige konnte man nicht allein lassen. Und jemand, wahrscheinlich er selbst, oder war es Rudi gewesen, hatte die Idee gehabt, ein Gerücht in Umlauf zu bringen, dass der Sirup knapp werden würde, um so die Leute zu animieren, mehr Sirup zu kaufen. Das Gerücht musste, ›klaro‹, sagte Rudi, mit ein paar Hamsterkäufen unterfüttert werden. Zur Feier des Tages hatte Grozki 10 Westmark springen lassen, die irgendjemand in 100 Mark der DDR verwandelt hatte. Gauss verwandelte sich in Karl Marx, die Fehlerfortpflanzung in eine Abhandlung über das Kapital. Dafür konnte man knapp 50 Sirupflaschen kaufen. Sie waren nacheinander im Abstand von ein paar Minuten in die Kaufhalle gegangen, so wie die drei blauen Männchen mit den roten Köpfen, die als Markenzeichen über den Eingang defilierten. ›Wenn isch hier einkoofen müsste, dann würdsch och nen roten Kopp bekommen.‹ Ulli hatte wieder gegluckst. War dann aber ganz ernsthaft beim Sirupkaufen gewesen. Leicht hektisch, auch als sie mit ihren drei Flaschen an der Kasse stand, um dann nochmal zurück zum Regal, das gleich neben den Spirituosen stand, zu sausen und nochmal zwei Flaschen zu greifen. Grozki bescheinigte ihr später schauspielerisches Talent, was sie stolz machte. Ulli und Grozki waren zeitgleich in der Kaufhalle gewesen, um die Wirkung zu verstärken. Und wie die Leute in der

Schlange schon fragend geguckt hatten. Tatsächlich hatte eine Frau plötzlich auch noch eine Flasche Sirup Zitronenlimonade geholt. Die Kassiererin hatte Ulli ganz ungläubig angeschaut. Ulli hatte geflüstert: ›Engpässe in der Getränkelieferung.‹ Die Kassiererinnen hatten daraufhin 15 Flaschen aus dem Regal nach hinten geschafft. Der Zitronenlimonadensirup ging schon dem Ende entgegen. Und Masse machte ihm den Garaus. Am überzeugendsten war aber Rudis und Ullis Oma gewesen, die mit ihren knapp 80 Jahren sieben Flaschen auf einmal kaufte, wahrscheinlich hatte sie damit bis an ihr Lebensende ausgesorgt. Wie sie die in ihrer schwarzen Ledertasche nach Hause gehievt hatte. Und es war kein Jungpionier gekommen, der ihr tragen geholfen hatte, immer wenn man mal einen von denen brauchte, war keiner da.

Während sie vor der Kaufhalle in der Sonne fläzten und beobachteten, ob jemand der Lemmingversuchung erlag, vertieften sie ihr Wissen über die Abfüllanlagen beim VEB Kelterei Lockwitzgrund. Die leeren Flaschen ruckelten über die Bänder, und von oben kam das Klebrige. Die Flaschen wurden befüllt. Ulli machte die entsprechenden Geräusche: ›Pflubb, pflubb, pflubb, pflubb, plitsch, pflubb, pflubb.‹ Wenn eine Flasche kaputt war oder gar keine dastand, machte es plitsch. Eine Riesensauerei. Den Sirup in seinem Lauf hält weder Ochs noch Esel auf.

Gegen Abend hatte sich das Siruppregal bedrohlich geleert, obwohl die Verkäuferinnen den Verkauf seit 16 Uhr bereits auf zwei Flaschen pro Person rationiert hatten. Es war vollbracht. Den Backstagebereich vom Jugendclub Empor schmückte ein erklecklicher Vorrat an Sirup, Rudi drapierte die Flaschen vor den bunten Glühbirnen, sozialistischer Sirup – ein dunkler, klebriger Schein in verschiedenen Nuancen. Die Band war in den blauen Lada gestiegen und in die Nacht gefahren. Er hatte Ulli zum Abschied einen Kuss auf den Hals gehaucht, aber Ulli hatte nur gekichert. Rudi hatte ihn schnell ins Auto gedrängt. Alle hatten sich gegenseitig versprochen, am nächsten Tag noch weitere Käufe zu tätigen, was Grozki aber vergessen hatte. Später hatte er gehört, dass in Görlitz und Umgebung der Sirup tatsächlich für zwei Wochen Mangelware geworden war. Aber weiter hatte sich ihr kleines Experiment nicht ausgebreitet. Jedenfalls hatten sie ihren Spaß gehabt.

Auf einmal fühlte er sich ostalgisch. Dem Überangebot an verklebten Sirupflaschen war nicht beizukommen. Sirup war einfach keine Ressource. Essen, trinken, wohnen – das waren Grundbedürfnisse. Und Sex.

– Wenn Grundbedürfnisse rationiert werden, lassen sich Menschen manipulieren. Was glaubst du, warum die meisten Religionen Sexualität reglementieren?

Kathleen hatte für Grozki etwas Oberlehrerhaftes. Sie konnte das nicht ablegen. Auf der einen Seite fand er das anziehend, bei ihm stellten sich dann Phantasien ein. Er hatte tatsächlich schon überlegt, ihr eine eckige Brille mit schwarzem Rand zu schenken. Auf der anderen Seite war das abstoßend, weil sich in ihm ein Gefühl von Unzulänglichkeit ausbreitete.

– Das ganze Leben ist eine Plattitüde.

Kathleen wollte herausfinden, wie das System funktionierte, die Mechanismen? Ego versus Gemeinschaft. The survival of the fittest. Mangel und Reichtum. Aber immer wieder entglitten ihr die Gedanken. Es war schwer, sich mit Grozki ernsthaft auseinanderzusetzen, er torpedierte mit solchen Aussagen und mit Geschichten und Anekdoten tiefere Einsichten. Obwohl sich Kathleen auch nicht sicher war, ob sie wirklich tiefere Einsichten hatte.

– Du kannst doch auch nach Marzahn ziehen. Nach Hellersdorf, Hohenschönhausen. So schlimm ist es da gar nicht. Marzahn, ha ha, da muss ich an Grabenheinrich denken, Heinrich Grabe.

Oder war es Kuperki? Du musst dir vorstellen, so kurz nach der Wende. Na, jedenfalls sind die da rausgefahren nach Marzahn mit einem Spezialbohrer und in Montur. Und dann haben die geklingelt. ›Wir baun hier Spione ein. Kostet 20 Mark. West. Ick bohr schon ma das Loch, der Kollege mit den Spionen kommt glei.‹ ›Mhh, na ja, ich weeß nich.‹ ›Weeß nicht jibs nich, wolln se en Spion oder nich?‹ Manche waren auch ganz heiß drauf. Die haben sich gefreut. Und dann ham die Leute das Loch bohren lassen. Und 20 Mark bezahlt. Und Grabenheinrich hat abkassiert. Nur abkassiert. Aber nichts eingebaut. ›So ist eben der Westen.‹ Und die Leute in den oberen Stockwerken, das war noch viel leichter, die zu überreden, weil die durch die Geräusche schon sensibilisiert waren, die standen dann schon mit den 20 Mark in der Tür. Aber Grabenheinrich, dem wurde ein bisschen mulmig, weil sie ja Löcher in die Türen bohrten. Und dann ist er vor. ›Ich geh dann schon mal abkassieren.‹ 20 Mark, die hat jeder einstecken. ›Kollege macht jetzt kurz Mittag, und dann kommt er auch zu Ihnen.‹

Grozki war in seinem Element, er hatte sich hingekniet und machte die verschiedenen Stimmen nach. Kathleen lachte. Sie lachte auch, weil es komisch aussah, wie Grozki nackt in der engen Studiobox kniete.

– Also, Grabenheinrich hat dann nur noch abkassiert, ohne ein Loch zu bohren. Am Schluss hatten sie mehrere hundert Mark, West, wie Grabenheinrich immer gesagt hat. Und die Leute hatten 20 Mark weniger, und manche hatten ein Loch in der Tür. ›Na, jedenfalls können Sie sich jetzt einen Spion einbauen und können sich ausspionieren, das ist ja sowieso des Deutschen liebste Beschäftigung. Und falls die das nicht wolln, dann können die zumindest das nächste Mal schon sehen, wenn so ein Abzocker wie Grabenheinrich vor der Tür steht, und die Tür zulassen.‹ So war der Grabenheinrich. Oder war es der Kuperki?

Grozki legte sich wieder hin und starrte an die Paneeldecke, so wie Kathleen vor wenigen Minuten.
Kathleen war in Versuchung, ihm die Anzahl der Blumen zu nennen, überlegte es sich dann aber anders.
– Und was ist aus ihm geworden?
– Aus Kuperki oder Grabenheinrich? Kuperki, der hat jetzt eine Werbeagentur. We feed your brain. Und verdient sich dumm und dusslig. Eigentlich müsste es ›We eat your brain‹ heißen. Sagt er selbst.
– Und Grabenheinrich?
– Hat sich totgesoffen.
Die Paneelblumen öffneten wieder ihre Blüten. Stille. Kathleen hätte ewig so daliegen können, aber da das nicht ging, war es gleich, wann man den Zustand der Stille unterbrach. Sie schälte sich aus der Decke, ein trockenes Rascheln. Sie setzte sich auf Grozki, was in ihm einen Moment der Hilflosigkeit verursachte. Die weiße, leere Sonnenbrille und der durchgestrichene Mund des Ghostpoet-T-Shirts, es war sein Shirt, bewegten sich leicht vor und zurück. Für einen weiteren Moment bekam Grozki das Wort ›totgesoffen‹ nicht zusammen mit der Frau auf seinen Hüften, und er fragte sich, ob es sich um eine Art Mitleidsfick handelte. Aber nicht lange. Als Kathleen sich nach vorn beugte und ihre Zunge in seinen Mund schob, sie war kühl, als hätte sie einen eisgekühlten Cocktail getrunken, fragte er sich nichts mehr.
Mit Kathleen gab es kein Außen. Er hätte jetzt gern laut ›Kat, Kat, Kat‹ gerufen. Und in seinem Inneren hörte es sich an wie ›Cut, Cut, Cut‹.
Kathleen spürte seine knochige Wärme, schwitzige Enge und wusste nicht mehr, wo ihr Körper aufhörte und der andere anfing.
Danach versuchten sie, ihre Gedanken voneinander wegzubewegen. Weg vom Zittern ihres rechten Oberschenkels. ›Kat‹ und

›Cut‹, beide Worte kamen ihm plötzlich banal vor. Wie vorgekaut. Weg von dem Bedürfnis, ihren Kopf in seine Schulterkuhle zu legen. Existierte man irgendwann nur noch in der Vergangenheit? Und wann fing das an? Mit 40, mit 50, oder später? Als Teenager lebt man in der Zukunft, es gibt Pläne und Vorstellungen, man will etwas werden. Obwohl sie selbst nur sehr vage Vorstellungen gehabt hatte, klebrig, süß und etwas dickflüssig, unwillkürlich hatte Kathleen den Sirup im Kopf, von dem Grozki erzählt hatte. Sie ordnete sich zwar zwischen Zukunft und Vergangenheit ein, aber keineswegs in der Gegenwart. Gegenwart, was ist Gegenwart? Urplötzlich kam ihr die Luft in der Studiobox verbraucht vor.

Grozki versuchte, sich an den Unterschied von Mehrwert und Gebrauchswert zu erinnern, vielleicht müsste man doch mal ›Das Kapital‹ lesen. Eine Wohnung hatte einen Gebrauchswert, und was der Vermieter damit verdiente, war das der Mehrwert?

Verbraucht, selbst das letzte Sauerstoffatom hatte sich mit Kohlenstoff verbunden. Kathleen sprang auf und öffnete die Studiobox an beiden Seiten. Das einflügelige Fenster, das sie wegen der aufgebauten Studiobox nur halb öffnen konnte, ließ das Geräusch des Baggers herein.

Warum Grozki?

AUF HALBEM WEGE

– Frau Wilke, Sie wollen etwas von mir, nicht ich von Ihnen, also müssen Sie auf mich zukommen, und ich meine das jetzt im wörtlichen Sinne. Ich habe nicht die Zeit, nach Hinterposemuckel zu fahren, um etwas mit Ihnen zu besprechen. Ich habe einen Beruf, und von meiner knapp bemessenen Freizeit bin

ich nicht gewillt, auch nur eine Minute zu vergeuden. Wenn Sie etwas von mir wollen, dann müssen Sie schon zu mir kommen.
– Herr Amreiter, Sie sind nicht der einzige Mieter, ich habe hier viele Gespräche zu führen. Es ist in Ihrem Sinne.
Verena Wilke nahm das Schnurtelefon und bewegte sich auf das Fenster zu, blieb aber mit dem Kabel zwischen den Tischen hängen und kam nicht weiter. Sie brauchte den Ausblick aus dem Fenster. Markus Amreiter war der Schlüssel, er hielt das Haus zusammen, man kam nicht an die Leute ran. Am Anfang war alles gut gelaufen. Verena hatte frohlockt. Aber nach dem Essen mit Windinger, als sie schon auf ihren Erfolg angestoßen hatten – sie hätten das nicht tun sollen, sowas brachte Unglück –, da hatte die Sache angefangen zu stagnieren. Dieser Amreiter. Wenn sie den hatte, dann ...
– Herr Amreiter, jetzt lassen Sie uns doch vernünftig reden. Sie könnten auch morgen Abend kommen, 19 Uhr? 20 Uhr?
– Da bin ich auf dem Weg zum Sender.
– Übermorgen? Samstag, ich biete Ihnen einen Samstag.
– Samstag fliege ich nach Amsterdam und von dort nach New York. Und bin dann bis Ende des Monats weg. Außerdem weiß ich gar nicht, wo sich Ihr Büro befindet.
– Wenn Sie nach New York und Amsterdam reisen können, dann sollten Sie doch wohl auch den Weg nach Lichtenberg finden, könnte man meinen.
– Frau Wilke ...
Es folgte ein Vortrag Amreiters über seine knapp bemessene Zeit, die Wichtigkeit seiner Tätigkeit, gefolgt von der Drohung, einen längeren Fernsehbeitrag über Immobilienhaie und Heuschrecken zu senden. Bei dem Wort ›Heuschrecken‹ fiel die Mieterberaterin ihm ins Wort.
– Herr Amreiter!
Ohne sich aus dem Konzept bringen zu lassen, redete Amrei-

ter mit journalistischer Sicherheit weiter, als gehörte Verena zu diesen leidigen Zaungästen, die sich bei der Aufzeichnung von Nachrichtenbeiträgen immer wieder ins Bild drängelten. Auch die weitere Unterhaltung bestand zur Hälfte darin, dass Markus Amreiter und die Mieterberaterin sich gegenseitig mit ›Herr Amreiter‹ und ›Frau Wilke‹ ins Wort fielen. Amreiter war inzwischen bei der Finanzkrise angekommen, und Frau Wilke erklärte mit monotoner Stimme, dass es sich keineswegs um den Bau von Luxuswohnungen, sondern um eine Notwendigkeit des Marktes handele, dem man genügen müsse. Denn heute lebe man nun mal in der Marktwirtschaft. Verena gab sich noch nicht einmal Mühe, mit Pathos und Überzeugungskraft zu reden, während Markus immer lauter und engagierter wurde. Dann war Stille, beide hatten abrupt aufgehört zu sprechen.

Verena dachte kurz, Amreiter hätte aufgelegt, hörte ihn dann aber laut atmen.

– Gut, Herr Amreiter, ich denke, Sie sind wirklich sehr eingespannt. Ich könnte Ihnen auf der Hälfte des Weges entgegenkommen.

– Frau Wilke, Sie können natürlich gern auch einen Flug buchen, und wir können uns dann über dem Atlantik kurz mit der Angelegenheit ...

– Herr Amreiter, jetzt lassen Sie mich doch mal ausreden. Wie können wir denn zusammenkommen? Haben Sie einen Vorschlag? Vielleicht können wir uns in der Mitte treffen?

Bei Verena machte sich eine kleine Erschöpfung breit.

– Wenn ich meinen Beitrag fertig habe, fahre ich um 15 Uhr zu einem Interview. Dazwischen esse ich Mittag, ich könnte Ihnen anbieten, dass wir uns in circa 30 Minuten im Endlos kurz treffen.

– Gut. In 30 Minuten im Endlos.

Amreiter hatte nicht mit einem Ja gerechnet. Konnte aber nun nicht mehr zurück, auch wenn es ihm nicht passte.

Das Restaurant lag an der dunklen Seite des Kollwitzplatzes. Verena Wilke ging quer durch die Parkanlage, eine müde Kindergartengruppe grub im regennassen Sand, die Erzieherinnen standen etwas abseits, die Beton-Tischtennisplatte war noch nass. Verena war früher Bezirksmeisterin im Tischtennis gewesen. Jetzt spielte sie nur noch selten. Kai war kein guter Verlierer. Verena konnte Amreiter schon von außen durch die Scheiben erkennen. Auf dem Tisch lagen sein Handy und mehrere Blätter mit Ausdrucken, die Amreiter fast über den ganzen Tisch gebreitet hatte, quasi aus den Blättern heraus wuchs eine kleine blaue Wasserflasche, etwas abseits stand das dazugehörige Glas. Beim Eintreten lächelte Verena der junge, hübsche Kellner zu, der an der Theke stand und nicht viel zu tun hatte. Der Raum lag im gelblichen Licht, aber es fehlte Wärme und Gemütlichkeit. Ohne aufzusehen, begrüßte Amreiter sie mit dem Satz:
– Ich habe schon bestellt, Sie wissen ja, ich habe keine Zeit.
– Kein Problem.
Verena setzte sich. Amreiter machte eine letzte Notiz, schob dann die Blätter zusammen und sah Verena, ohne etwas zu sagen, an.
– Sie sind also Journalist, sagte Verena.
Das war gleichzeitig eine Feststellung und eine Frage. Amreiter glaubte, in ihrem Gesicht einen leicht spöttischen Zug auszumachen.
Jedes Mal, wenn jemand so fragte, musste Amreiter an seine Aufnahmeprüfung an der Journalistenschule in Leipzig denken. ›Sie wollen also Journalist werden?‹ Das war der erste Satz, der in der Prüfung gefallen war. Hinter den beiden zusammengeschobenen Tischen hatten fünf Männer gesessen. ›Ja.‹ Amrei-

ter war aufgeregt gewesen. Er hatte eine halbe Stunde im leeren Vorraum gewartet. Der Raum hatte ausgesehen, als würde er für eine Renovierung vorbereitet. Vollkommen leer, auf dem Fensterbrett hatte eine traurige Pflanze gestanden, an der Wand gegenüber des Fensters drei Stühle, die noch aus den 60er Jahren zu stammen schienen. Amreiter war zu unruhig gewesen, um sich zu setzen. Er war herumgeschlichen. Aber es gab nicht viel zu sehen. Neben dem Fenster waren drei Bilderrahmen an die Wand gelehnt. Sie waren notdürftig mit einem roten Fahnentuch abgedeckt. Auf dem Rücken des vordersten konnte man ein vergilbtes Schild, das sich halb abgelöst hatte, mit Preis und Größe des Rahmens erkennen. Amreiter war mehrmals vor den Bildern stehen geblieben. Mehr aus Nervosität hatte er schließlich das Tuch abgenommen und die Bilder nach vorn gekippt, um zu sehen, was da gerahmt war. Im ersten Rahmen, welcher mit dem Rücken zum Zimmer stand, war ein Schwarz-Weiß-Foto eines Mannes mit Nickelbrille, Schiebermütze und angedeutetem Schnurrbart, ihm gegenüber, im zweiten, das Gesicht eines Mannes, der eine Zigarette vor dem Mund hielt und zur Seite schaute. Ganz hinten war ein runder, fast kahler Schädel mit einer großen, eckigen Brille über einem Schlips, ein Mann, der aussah wie ein Funktionär. Amreiter konnte nur einen der Porträtierten zuordnen. Der in der Mitte war Tucholsky. Er war sich aber nicht ganz sicher. Also suchte er nach Beschriftungen. Auf die Rückseite hatte jemand mit Bleistift und spitzer Schrift ›Tucholsky‹ geschrieben. Amreiter war zufrieden. Drehte jetzt auch noch die anderen Bilder, beim vorderen handelte es sich um Makarenko, was ebenfalls mit Bleistift verzeichnet war. Nur das letzte Bild war unbezeichnet. Amreiter erinnerte sich nur deshalb so genau, weil die zweite Frage, die einer der Prüfer stellte, ›Wer ist auf den Bildern, die im Vorraum stehen, zu sehen?‹ gewesen war. Und warum wohl genau diese Bilder ausgewählt

worden wären. Erst war Amreiter erschrocken gewesen, dann erleichtert. Amreiter hatte dann zu Makarenko gewusst, dass er Pädagoge war, was vielleicht auf die Ausbildung an der Universität anspielte, Tucholsky hatte als Journalist gearbeitet und für die Weltbühne geschrieben, die heute noch erschien und die Amreiter hin und wieder las. Was von den Männern hinter dem Tisch mit einem leichten Nicken befürwortet wurde. Das letzte Bild hatte Amreiter nur beschreiben können. Er hatte gemutmaßt, dass es sich vielleicht um einen Professor der Universität handele, einer der Prüfenden hatte ein Auge skeptisch zusammengezogen, oder den Sekretär der Bezirksparteileitung, was ein Schmunzeln hervorgerufen hatte. Mit ›Journalisten brauchen ein gewisses Maß an Neugier‹ wurde das Thema beendet.
Die Prüfung dauerte circa eine halbe Stunde, aber Amreiter erinnerte sich an keine der weiteren Fragen. Nur dumpf war ihm im Gedächtnis, dass es auch um seine politische Einstellung gegangen war, ein Abfragen seiner Parteilichkeit. Am Ende der Prüfung war er mit einem freundlichen ›Sie hören von uns‹ verabschiedet worden. Der Mann, der jüngste von allen, vielleicht um die 50, der ihn bis zur Tür gebracht hatte, um den nächsten Kandidaten zu holen, hatte dann nur lapidar gesagt: ›Auf dem dritten Bild ist Hans.‹ Nur Hans, als müsste man Hans kennen. ›Eisler?‹, hatte Amreiter gefragt. ›Mayer, Hans Mayer.‹ ›Literaturwissenschaftler‹, hatte er noch angefügt, weil Amreiter nicht genickt hatte. Natürlich war Amreiter sofort am nächsten Tag in die Bibliothek gegangen, die Bibliothekarin hatte etwas unsicher gewirkt, ihm dann aber Zeitungsartikel und ein Buch herausgesucht. Bis heute wusste Amreiter nicht, ob Hans Mayer, der die DDR verlassen hatte, eine Falle gewesen war. Oder ob es eine Anspielung auf eine gewisse Selbständigkeit, ein Selbstbewusstsein der Sektion Journalismus war, die hinter der Beobachtung, Selbstzensur und Linientreue existierte.

– Ich bin Journalist,
mehr sagte Amreiter nicht auf Verenas Frage, obwohl er sonst auch gern länger ausholte und erzählte, woran er gerade arbeitete. Seine Antwort war ruhig und sein direkter Blick durchdringend. Den Verena aber gekonnt ignorierte:
– Es ist schön, dass wir uns mal auf Augenhöhe treffen.
Amreiter betrachtete die Mieterberaterin. Ihr halblanges, gewelltes, friseurgepflegtes Haar hatte einen feuchten Schimmer vom Regen. Ihr dezentes Make-up und der unaufdringliche Lippenstift konnten ihren harten Blick und das unentspannte Gesicht nicht verbergen. Ihre Augen waren von kleinen Fältchen umschlossen, die aber vermutlich nicht vom Lachen kamen. Amreiter versuchte, sich vorzustellen, wie dieses Gesicht aussehen könnte, wenn es entspannt wäre. Kam aber zu keinem Schluss. Die Frau vor ihm war nicht unattraktiv, aber die Härte war abschreckend. Eigentlich gehörte es zu Amreiters Fähigkeiten, seine Gesprächspartner locker zu machen, ihnen Vertrauen zu geben. Aber irgendetwas an dieser Frau störte ihn. Vielleicht war es nur die Tatsache, dass sie beide etwas Verschiedenes wollten. Aber solche Situationen gab es in seinem Berufsleben sonst auch. Sie trug eine weiße Bluse, die ein wenig offen stand und den Blick auf eine kleine Rose, die an einer Silberkette hing, freigab. Was die Mieterberaterin taillenabwärts trug, konnte er jetzt nicht sehen. Er vermutete einen engen, grauen Rock. Amreiter schätzte sie auf Anfang 40. Sie war schlank, wahrscheinlich ging sie ins Fitnesscenter. Doch, sie sah gut aus, obwohl sie früher wahrscheinlich nur durchschnittlich gewesen war. Sie war eine von den Frauen, die mit dem Alter gewannen.
Der Kellner brachte Amreiters Essen, und Verena Wilke bestellte eine Johannisbeersaftschorle. Bevor Markus Amreiter den ersten Bissen in den Mund schob, hielt er kurz inne:
– Ich höre.

– Guten Appetit.
Verena schaute Amreiter einen Moment lang beim Essen zu, erst als Amreiter fast nebenbei auf die Uhr schaute, begann sie mit ihrem Vortrag. Sie versuchte, Amreiter den Umzug in eine neue Wohnung schmackhaft zu machen, obwohl ihr klar war, dass Amreiter nur schwer dazu zu bewegen war. Sie legte Amreiter etliche Ausdrucke mit Wohnungsangeboten vor. Amreiter stellte Fragen zu den Angeboten, und es wurde klar, dass er entweder mehr Geld zahlen oder außerhalb des S-Bahn-Ringes ziehen musste.
– Und wo liegt jetzt der Vorteil für mich? Ich wohne sehr gut in der Marner Straße. Und ich wohne da schon seit 1997.
– Die Wohnungen entsprechen nicht mehr den Standards.
– Mir reicht das. Ich brauche kein zweites Klo in meiner Dreiraumwohnung. Die Miete ist günstig.
– Sie wissen, dass die Miete nicht mehr den Gegebenheiten entspricht.
– Also mir erscheint das nicht logisch, dass sich die Mieten alle drei Jahre um 20 Prozent erhöhen können, ohne dass es eine Verbesserung der Mietsituation gibt. Ohne dass irgendetwas vom Vermieter investiert wird.
– Eben deshalb wollen wir ja umbauen.
– Moment, ich war noch nicht fertig. Es gibt ja auch keine Inflation von 20 Prozent, oder? Mein Verdienst erhöht sich auch nicht automatisch um 20 Prozent, und selbst wenn mein Verdienst sich erhöhen würde ... Es geht ja nicht nur um mich. Es geht ums Prinzip. Nicht wahr?
Amreiters Handy klingelte mit einem unaufdringlichen Summen. Er schaute kurz auf die angezeigte Nummer, dann zu Verena. Der Anruf war nicht wichtig, er kam ihm jetzt aber gelegen. Er machte der Mieterberaterin mit der Hand ein Zeichen und ging nach draußen. Vor der Scheibe ging er leicht auf und

ab, er lachte, sah kurz zu Verena, drehte sich dann wieder weg. Als er zum Tisch zurückkam, sah er, dass Verena inzwischen ihre Johannisbeersaftschorle bekommen hatte.
– Ich kann ja auch nichts für das System, verstehen Sie, ich mache auch nur meine Arbeit.
– Und ich mache meine,
antwortete Amreiter, dem klar war, dass die Mieterberaterin es jetzt auf der Verständnisschiene versuchte. Verena schob die Johannisbeersaftschorle auf dem Tisch von rechts nach links und wieder zurück, ohne ein weiteres Wort.
– Sie haben mir also nicht mehr zu bieten? Und dafür haben wir uns jetzt getroffen?
– Ich kann Ihnen bei allen Formalitäten behilflich sein, ich suche Ihnen eine neue Wohnung.
– Sie könnten mir auch entgegenkommen.
– Ich bin Ihnen jetzt nun wirklich entgegengekommen. Wir treffen uns hier, nicht wahr.
Während sie das sagte, begriff sie, was Amreiter meinte. Er meinte das Finanzielle. Verena hätte am liebsten laut losgelacht. Amreiter wollte ausgezahlt werden. Der Anwalt der Mittellosen wollte ausgezahlt werden.
– Wir kommen aber nicht weiter, sagte Amreiter.
– Wie soll ich Ihnen denn entgegenkommen?
– Na, sagen wir es mal so, wenn ich in eine teurere Wohnung ziehe, habe ich erhebliche Mehrkosten, die ausgeglichen werden müssten.
– Wir zahlen unsere Mieter nicht aus, Sie wissen, dass ein Abriss unvermeidlich ist und Sie deshalb ausziehen müssen. Da gibt es rechtliche Vorschriften. Rein interessehalber – an welche Summe hätten Sie denn gedacht?
– 1.000 Euro pro Quadratmeter.
– 65.000 Euro? Ha, Herr Amreiter, wo leben Sie?

Amreiter hatte registriert, dass die Mieterberaterin bei der Summe nicht gezuckt hatte, er lag also nicht so falsch.

– Nein, wir kommen nicht weiter. Ich mache nicht die Preise. Verstehen Sie, Herr Amreiter, mir sind da die Hände gebunden. Sie müssen sowieso ausziehen.

– Das kann dauern.

– Wie gesagt, ich kann Ihnen behilflich sein, eine neue Wohnung zu finden, den Umzug organisieren wir.

– Frau Wilke, wir müssen jetzt nicht nochmal von vorn anfangen. Wir drehen uns im Kreis. Wenn Sie keine Angebote haben, dann ...

– Ich habe Ihnen unsere Angebote unterbreitet.

– Das sind doch keine Angebote.

Die Mieterberaterin stand abrupt auf. Sie fischte einen 5-Euro-Schein aus ihrem Portemonnaie und knallte ihn auf den Tisch.

– Ich merke, wir kommen nicht zusammen.

Sie streckte Amreiter zur Verabschiedung ihre Hand entgegen. Als Amreiter nicht dergleichen tat, sagte sie:

– Dann eben nicht,

und ging zur Tür. Gerade laut genug, dass die Mieterberaterin es in ihrem Abgang noch hören konnte, sagte Amreiter:

– Mein Preis ist gerade gestiegen.

Plötzlich kam er sich vor wie in einem Mafia-Film, dieser Satz war ein Klischee. Amreiter ärgerte sich. Er ärgerte sich, dass er sich mit dieser ... dieser Schnepfe getroffen hatte, er ärgerte sich, dass er als Erstes von Geld gesprochen hatte. Die hätten auf ihn zukommen müssen. Das Essen war inzwischen kalt geworden, ihm war der Appetit vergangen.

– Die Rechnung, bitte.

Die Kindergartengruppe war vom Spielplatz verschwunden. Eigentlich hätte Verena gute Laune haben müssen. Sie wusste, dass sie diesen Amreiter in der Tasche hatte. Aber sie freute sich diesmal nicht so wie gewohnt. Sie hatte ein komisches Gefühl. Fast war ihr so, als hätte sie nicht gewollt, dass Amreiter einknickte. Obwohl es natürlich für sie Geldeinbuße bedeutete, je länger es dauerte. Ein Auto hupte, weil sie keine zehn Meter vor der Ampel die Straße querte und nicht nach den Fahrzeugen geschaut hatte. Sie war mit Amreiter beschäftigt, sie hatte ihn falsch eingeschätzt, vielleicht war es das, was ihr zu schaffen machte. Dass sie Amreiter falsch eingeschätzt hatte. Sie sprang erschrocken auf den Bürgersteig. Trotz der Kühle war ihr heiß. Sie hatte das Gefühl, als würde ihr etwas entgleiten.

DIE TÜR

Diese Tür machte ihn wütend. Noch wütender machten ihn die Leute dahinter. Gorzkow. Auch wenn Gorzkow nur einer war, so stand er doch für all die anderen. Für Menschen, die sich nicht unterordnen wollten, die die Gegebenheiten anzweifelten und somit alle Menschen anzweifelten, die die Gegebenheiten akzeptierten. Also waren sie gegen ihn. Gegen Andi Frey.
Er hatte Fräulein Maun dort in dieser Tür verschwinden sehen, allerdings nur im Traum, aber er war sich nicht sicher, ob er nicht doch unbewusst etwas wahrgenommen hatte, einen Klang in der Stimme, den Geruch eines Parfüms, eine Information, die er im Traum verarbeitet hatte.
Fräulein Maun, die Kathleen hieß, die er aber so nicht nennen durfte, wenn er sie ansprach. Was nicht häufig vorkam, öfter hatte sie ihn angesprochen, ruhig und beherrscht, und hatte verlangt, dass das Wasser wieder angestellt wurde und der Strom. Hinter ihrem Pony waren diese zittrigen Augen gewesen und eine zarte

Hilflosigkeit, und er hätte ihr gern geholfen, aber er durfte nicht, er hatte seinen Auftrag. Da hatte er sie mit ›Frau Maun‹ angesprochen, sie hatte sich gewundert. ›Ich bin Andi‹, hatte er gesagt und dann ›Frey‹ hinzugefügt, ›Andi Frey‹, weil sie ihn so leicht schräg von der Seite angesehen hätte. Er träumte von Kathleen Maun. Von ihr zu träumen, war okay, aber es sollten andere Träume sein. Kein Traum, in dem Kathleen in einer Tür verschwand.
Er hämmerte an die Tür. Aus Wut.
– Jetzt machen Sie diese scheiß Tür auf!
Die Gasleitungen sollten entfernt werden. Die Rohre. Wegen der Explosionsgefahr. Gasleitungen stellen auf einer Baustelle, bei einem Abriss, ein Risiko dar, war gesagt worden. Die Mieter waren informiert, war ihm auch gesagt worden. Aber konnte man sich da sicher sein?
Was hatte dieser Gorzkow, was er nicht hatte? Warum ließ sich eine intelligente Frau auf so jemanden ein? Er war mindestens zehn Jahre älter als Andi. Was war so spannend an einem abgehalfterten, drittklassigen Musiker?
Zweimal war er in Kathleens Wohnung gewesen. Was ihr sichtlich unangenehm gewesen war. Überall lagen Papiere, Bücher, Kopien und sogar alte Werbeprospekte, auf dem Stuhl, dem Bett, auf dem Boden. Ein Küchenregal hatte sich samt Dübeln aus der Wand gelöst und stand im Flur, ebenso wie eine Gästematratze, so dass kaum ein Durchkommen war. Neben der Spüle stapelte sich sauberes und dreckiges Geschirr, Cornflakespackungen, Zucker, Mehl, Gewürze. Das Regal anzubringen, wäre für ihn ein Leichtes gewesen, er wollte diese Wohnung gern aufräumen. Ordnung in das Chaos bringen. Das hatte er noch nie bei einer Frau verspürt.
Wieder hämmerte er gegen die Tür.
– Ich weiß, dass Sie da sind, Herr Gorzkow.
Mitten im Hämmern öffnete sich die Tür. Mit überdimensio-

nierten Kopfhörern stand sie vor ihm. Ein kleines Äffchen, ein süßes kleines Äffchen. Einen kurzen Moment war Andi verwirrt, war sich plötzlich nicht mehr sicher, in welcher Etage er geklingelt und geklopft hatte. War das überhaupt Gorzkows Wohnung? Oder war er eine Etage tiefer bei Kathleen. Leise, aller Tiefen beraubt, floss Fuzzy aus den Kopfhörern um ihren Hals.

– Ja?

Es war ein fragendes, ein naives Ja. Ein Ja, das so tat, als wüsste sie von nichts. Und vielleicht wusste sie von nichts. Vielleicht waren die vier Mietparteien, die letzten der Mohikaner, nicht informiert worden. Aber das konnte auch Täuschung sein. Einerseits hielt er Kathleen für aufrichtig, andererseits für besonders durchtrieben. Er war sich nicht sicher. Nichts war sicher. Und solange nichts sicher war, erledigte Andi seinen Auftrag. Schließlich bekam er dafür sein Geld.

– Gut, dann fang ich jetze ma an.

Er nahm seinen Werkzeugkoffer und wollte in die Wohnung.

– Anfangen, womit?

– Die Gasleitungen müssen raus.

– Herr Gorzkow ist nicht da.

– Dafür brauch ich Herrn Gorzkow nicht.

– Aber ich kann Sie nicht in die Wohnung lassen.

– Was machense hier überhaupt?

– Ich schreibe.

Der Bagger vorm Haus, den man nicht sehen, sondern nur hören konnte, planierte Andis Sprachlosigkeit. Drückte die Worte fest.

– So.

– Herr Gorzkow hat mir das angeboten. Ich darf die Studiobox nutzen, hier ist es ruhiger.

Die Augenpaare kämpften einen kleinen Kampf, als müssten sie sich gegenseitig prüfen.

– Was schreiben Sie denn so?

– Ich schreibe meine Doktorarbeit. Neue Sachlichkeit. Kennen Sie die Neue Sachlichkeit? Dix, Grosz, Querner, Lachnit, Lotte Laserstein.
Die emporgezogenen Waffen im Gesicht sanken kraftlos nach unten. Diese Ehrlichkeit verunsicherte Andi, noch mehr als er schon durch Kathleens Anwesenheit verunsichert war. Es war leichter, wenn er Widerstand spürte, dann konnte er draufhauen. Neue Sachlichkeit, was auch immer das war. Die Frau ihm gegenüber war zumindest der Auffassung, dass er das kennen könne, und das war mehr, als die meisten ihm zutrauten.
– Ich kenne nur eine Sachlichkeit, dass ich hier nämlich die Gasrohre entfernen soll.
– Das ist nicht meine Wohnung. Sie können hier nicht rein.
– Dann machen wir bei Ihnen weiter.
– Bei mir?
– Ja, bei Ihnen. Im ganzen Haus werden die Leitungen entfernt. So stand es auch in dem Brief, den Sie bekommen haben.
– Ich habe kein Schreiben bekommen.
Sie war sich nicht sicher, ob das stimmte, vielleicht war in dem Stapel mit den ungeöffneten Briefen auch einer, der diese Baumaßnahme ankündigte.
– Und ich weiß auch gar nicht, wer Sie sind.
– Frey, Andi Frey. Ich bin so frei.
Andi versuchte, einen Scherz zu machen.
– Frei?
– Ja, frei.
– Ich möchte nicht, dass die Leitungen entfernt werden.
– Icke möchte auch so einiges. Aber es geht nich immer danach, was wir möchten.
– Warum nicht?
Durch den kleinen Flur, aus dem Dämmer der Wohnung schoss eine tiefe, laute Stimme.

– So, ich beende die kleine Veranstaltung jetzt mal.
Grozki tauchte aus dem Dunkel nach vorn und schob sich vor Kathleen.
– Heute keine Bananen. Konversation kostet.
– Wir kriegen Sie hier auch noch raus, da brauchen Sie sich gar nichts einbilden.
– Zu.
– Was?
– Ein-zu-bilden.
Er hasste diese Studierten, die Studierten, die einem nichts zutrauten. Er konnte auch Zeitung lesen. Hatte Gorzkow studiert? Andi hätte am liebsten zugeschlagen, in das freche, feiste, vom Schlaf oder Alkohol leicht aufgedunsene Gesicht, Alkohol, bestimmt Alkohol. Pickel. Er konnte sich Kathleen beim besten Willen nicht mit ihm vorstellen, eine Welle von Wut und Ekel schnürte ihm den Hals zu. Diese Haare. Er wollte diese Haare zur Seite fliegen sehn. Dieses arrogante Arschloch.
– Sind genügend Wohnungen frei, da kannste so viele Rohre mitnehmen, wie du brauchst.
Andi hasste es, wenn er geduzt wurde, und er hasste es, wenn er bevormundet wurde, und von diesem Gorzkow noch dazu.
– Ich dreh jetzt das Gas ab.
– Dreh ab. Dreh ab.
Kathleen zupfte an Grozkis T-Shirt.
– Ist gut jetzt. Das bringt doch nichts.
– Doch, das bringt was, der kann ruhig merken, was er für Scheiße verzapft. Fehlt nur noch: ›Ich tue nur meine Pflicht.‹ Nazi!
Gorzkow warf vor ihm die Tür zu. Andi war für alle doch nur der letzte Arsch. Selbst für Kathleen oder gerade für sie. Noch ein letztes Hämmern, Wummern mit der flachen Hand, weil das mehr Lärm machte, gegen diese Papptür, die er mit einem Vorschlaghammer in null Komma nichts zerlöchern konnte.

– Ich komme wieder!, brüllte er.
Und dann sagte er es noch einmal leise vor sich hin:
– Ich komme wieder.
Er hatte das Gefühl, dass sich hinter der Tür etwas regte, Gorzkow und Kathleen, dass sie ihn auslachten. Auf dem Weg nach unten ließ er den Hammer gegen jede Tür der leergeräumten Wohnungen knallen. Je nach Schlag entstanden hammergroße Löcher oder Dellen, oder Risse. Im Erdgeschoss hatte sich seine Wut derart gesteigert, dass er mit dem Hammer ein 40 Zentimeter großes Loch in die Tür hackte. Luft, er brauchte Luft.
– Frische Luft kann nicht schaden, Herr oder Frau Wehner, sagte er halblaut beim Blick auf das Namensschild, das an der Tür klebte. Und dann sagte er noch einmal sehr zufrieden:
– Ich komme wieder.

Es war hell im Zimmer, sie hätte ohne weiteres, ohne das Licht einzuschalten, ein Buch lesen können. Die beleuchteten Baumaschinen ließen Kathleen nicht schlafen. Sie war sich sicher, dass die Scheinwerfer mit Absicht in ihre Fenster gerichtet waren. Nach der Auseinandersetzung heute Nachmittag konnte sie das dem Bauarbeiter nicht verdenken. Manchmal übertrieb Grozki. Er hatte kein Gespür für Feinheiten. Mit Ausnahme seiner Hände. Sie war nach unten gegangen. Sie wollte Grozki so nicht sehen, in dieser Arroganz. Sie hätte jetzt gern seine Hand auf ihrem Rücken gespürt. Das hätte sie beruhigt, die Ängste wären verschwunden und die schwarzen Schatten der Zweige, die in ihr Zimmer griffen. Wann würde das endlich vorbei sein? Kathleen taumelte zur Toilette, obwohl sie nicht wirklich musste, verschaffte ihr das Tröpfeln und dann das Rauschen der Spülung etwas Erleichterung. Grozki schien ebenfalls nicht zu schlafen, seine Schritte schlurften über ihr, und sie hörte den leichten Rhythmus der Boxen. Was dachte ein Handwerker oder Bauarbeiter, oder was auch immer er war? Dachte er darüber nach, was er tat, und wenn ja, was genau dachte er? Gab es ein Gewissen? Gab es eine Moral? Beim Mittagessen in der Mensa hatte Isi gesagt, Isi, den sie bis dato gemocht hatte, ›Moral nützt immer nur den Schwachen‹. Es hatte schon öfter kleine Irritationen gegeben zwischen ihr und Isi. Kleine Spitzen und Sticheleien seinerseits, Witze auf ihre Kosten, Verunsicherungen, der Professor und Isi hatten gelacht. Sie hatte versucht, das zu verdrängen. Moral nützt immer nur den Schwachen? Nein, so war das nicht, es war so, dass Moral sogar den Leuten, die sich verletzend verhielten, andere übervorteilten, bestahlen oder Schlimmeres taten, nützte. Denn die, die sich moralisch verhielten, verhielten sich gegenüber Verbrechern ebenfalls moralisch, räumten ihnen Rechte ein. Während Verbrecher nur ihre eigenen Triebe kannten. Aber das war ihr erst jetzt eingefallen. Der Satz von Isi hatte sie klein gemacht. Hatte ihr unterstellt, dass sie schwach war, schwach, wenn sie kämpfte, sich wehrte gegen Unrecht. Es war eine perfide Argumentation, und Kathleen brauchte Zeit, sie zu verstehen und zu verdauen. Isi hatte eine Essstörung, so viel war sicher, sein ausgezehrter Körper zeichnete sich unter seiner engen, schwarzen Kleidung ab. Er hatte ein hässliches Gesicht. Vielleicht kam sie daher, die Hässlichkeit seiner Worte. Oder die Hässlichkeit der Worte zeichnete sich im Gesicht ab.

Da Kathleen sowieso nicht schlafen konnte, schaltete sie den Rechner an und ließ sich von Wikipedia Moral erklären. Dort wurde der Biologe Hans Mohr zitiert: ›Wir brauchen moralisches Verhalten nicht zu lernen – es ist eine angeborene Disposition, die uns befähigt, das moralisch Richtige zu treffen.‹ Die angeborene Moral wird kulturell überprägt. Kathleen kam es so vor, als würde tief im Inneren der meisten Menschen doch noch diese Moral vorhanden sein, und die Scham, die sie spürten, wenn sie sich unmoralisch verhielten, veranlasste sie dazu, noch rigoroser

vorzugehen, um sich zu rechtfertigen, um das von ihnen selbst verursachte Unrecht nicht zu spüren.
Die Löcher in den Türen machten Kathleen Angst. Andi Frey machte ihr Angst.
Zu Freiheit sagte Wikipedia: ›**Freiheit** (lateinisch *libertas*) wird in der Regel verstanden als die Möglichkeit, ohne Zwang zwischen unterschiedlichen Möglichkeiten auswählen und entscheiden zu können. Der Begriff benennt in Philosophie und Recht der Moderne allgemein einen Zustand der Autonomie eines Subjekts.‹
Der Vollständigkeit halber suchte Kathleen den Brockhaus, der von einem Stapel anderer Bücher verstellt war. Sie versuchte, den Stapel vorsichtig auf einen neben dem Regal stehenden Stuhl zu manövrieren, der allerdings schon mit mehreren überformatigen Umschlägen, die ihre Röntgenbilder enthielten, belegt war. Unter den Umschlägen lagen auch noch Bücher, was im Halbdunkel nicht so gut zu erkennen gewesen war, der Stapel rutschte, und das oberste Buch ›Best American Short Stories‹ fiel hinter den Stuhl, und sie musste sich bücken und umständlich hinter den Stuhl fassen, um das Buch wieder hervorzuziehen. Sie pustete den Staub ab und legte es, mit einiger Vorsicht, wieder auf den Stapel.
›**Freiheit**, Unabhängigkeit von äußerem oder innerem Zwang; auch das Vermögen des Willens, sich Handlungsziele frei zu setzen bzw. nach bestimmten (eth.) Normen zu handeln (Willens-F.) – F. bezeichnet auch die äußere Unabhängigkeit eines Staats/Souveränität).‹
Aber wessen Freiheit? Meine oder deine? Gab es Freiheit ohne Moral?
Kathleen suchte noch nach dem Wort ›frei‹. Aber ›frei‹ wurde im Brockhaus nicht erklärt. ›**Freia** siehe Freyja, [altnord. *Herrin*], nord. Göttin der Liebe und Fruchtbarkeit.‹

WARTEN

Der Baustaub drang durch die Ritzen, wie kleine Tiere kroch er unter der Tür durch, legte sich wie ein Film über alles und jeden. Legte sich auf die Personen, auf Kathleen, auf Grozki, auf Herrn Sonntag. Machte die Gesichter grau. Hatte es sogar in den Kleiderschrank geschafft. Kathleen kam es vor, als wären ihre Hosen und Röcke, ihre Unterwäsche und ihre Strümpfe grau und schwer von Staub. Sie hatte das Bedürfnis, jedes Stück auszuschütteln, den Staub herauszuschütteln, aber sie traute sich nicht, jede Bewegung barg die Gefahr, noch mehr Staub aufzuwirbeln. Sie hatte versucht, die Ritzen mit Malerkreppband abzukleben, aber zu spät, auf dem staubigen Boden hatte das Klebeband nicht gehalten. Die unablässig offenstehenden Türen und Fenster der anderen Wohnungen verwandelten das Haus in einen zugigen, winddurchtränkten, baufälligen Torso. Sie traute sich auch nicht, das Fenster zu öffnen. Was sowieso nicht viel brachte, eine Plane bildete eine undurchdringliche Grenze zwischen Staub und Frischluft. Aus einem unerfindlichen Grund waren nicht nur Fenster entfernt, sondern es war auch jede Menge Putz von der Wand geschlagen worden.

Seit geraumer Zeit geschah nichts. Alles blieb, wie es war, nur als sich ein Sturm ankündigte, hatten die Bauarbeiter die Plane fester ans Gerüst gezurrt. Kathleen konnte kaum atmen. Sie wollte hier raus. Aber gleichzeitig wollte sie nicht hier raus. Die Stille, die sie sonst liebte, machte sie jetzt verrückt, sie fühlte sich wie im Auge des Sturms. Alles schien ruhig, aber sobald sie sich oder das Außen sich bewegte, würde der Tornado über sie hereinbrechen.

Die Stille vor dem Sturm, sagte auch Dieter, er sagte das zu Kathleen, zu Grozki und sich selbst. Er hätte es auch zu Irene gesagt, aber Irene war weg. Dieter empfand das als Verrat, Verrat an ihm, Verrat an der Sache, Verrat an seinem ganzen Leben.

Da im Haus eine Stagnation eingetreten war, hatte Dieter keine Möglichkeit, seiner Wut auf Irene eine andere Richtung zu geben. Die Wut auf sie, auf die Situation, fraß sich in ihn hinein. Machte sich Luft in einem schlimmen Husten, der in eine Bronchitis überging.
Es war, als hätten sie ihren Gegner verloren. Die Stagnation machte mürbe. Da kein Gegner vorhanden schien, erstarben die Aktionen. Erstarb etwas, das Grozki und Kathleen zusammengehalten hatte.
Der März lag hinter ihnen, der April kam und ging, im grellsten Mailicht kam die Nachricht, Dieter hatte unerfindliche Kanäle, dass das Bezirksamt die Baugenehmigung gestoppt hatte. Dieter betrachtete das als Sieg. Aber Kathleen und Grozki wussten instinktiv, dass die Entmietung niemals an diesem Punkt enden würde. Später würde Kathleen genau das als ihren härtesten Schlag begreifen. Später würde sie begreifen, dass das eine Strategie der Gegenpartei war, den Protest ausbluten zu lassen. Die Aufmerksamkeit seitens der Medien sollte versiegen. Was als freudige Botschaft daherkam, sie in Sicherheit wiegte, verfestigte den Zustand der Lethargie, des Gefangenseins. Sie wohnten in einem Haus, das sukzessive in einen Zustand der Verwahrlosung gebracht worden war. Und es war klar, dass die BEB, die Berliner Ensemble Bau, nichts daran ändern würde. Die Stille war unheimlich. Ein Gegner im offenen Feld war besser als ein versteckter Gegner.
Kathleen hatte mangels Notwendigkeit die Angewohnheit aufgegeben, in Grozkis Studioboxstille an ihrer Doktorarbeit zu schreiben. Auch wenn sie auch dort nicht schnell vorangekommen war, so war sie doch vorangekommen. Sie hatte dieses morgendliche Ritual nicht in ihre Wohnung transferieren können. So legte sich die Lethargie auch auf diesen Bereich. Der ›Zweifel‹, der nur wenige Stunden als Transparent an der Hauswand

gehangen hatte, hatte sich eingenistet in jeden ihrer Gedanken. Es gab jetzt viel Zeit, die Dinge in Frage zu stellen.

Dieter tat so, als würde er Irene nicht vermissen. Er lud alte Freunde ein, ging ins Theater, ließ sich von Grozki und Kathleen mit ins Kino und in die Kneipe nehmen, setzte sich in Cafés und erzählte jedem, der es wissen wollte, und auch denen, die es nicht wissen wollten, dass die Baugenehmigung gestoppt war, dass sie sich durchgesetzt hatten, sie waren die letzten Gallier im Prenzlauer Berg. Der ganze Prenzlauer Berg war von den Römern besetzt worden. Der ganze Prenzlauer Berg? Nein, ein von unbeugsamen Mietern bewohntes Haus hört nicht auf, den Eindringlingen Widerstand zu leisten.
Dieter trank einen Wein oder zwei. Und war vielleicht wirklich guter Dinge, eine Zeit lang. Er schrieb Briefe an die Mieterberatung und an die Hausverwaltung über den Zustand des Hauses, der in Ordnung gebracht werden müsste, bekam aber keine Antwort. Der Frühling machte die Einsamkeit für ihn erträglicher.

Grozki fühlte sich seiner Bühne und damit seiner Energie beraubt, er fühlte sich auf einmal alt. Das Leben erschien ihm fad, und die Beziehung zu Kathleen, die ihm am Anfang als etwas Besonderes erschienen war, war jetzt nicht anders als frühere Beziehungen. Die seichten Fahrwasser waren nicht sein Ding. Trotzdem war das Glas halbvoll. Er öffnete das Fenster, schnitt mit einem Teppichmesser ein Loch in die Bauplane, vor ihm klappte der Frühling auf. Er stellte zwei Speaker auf das Gerüst und drehte den Regler auf Anschlag. *Das ist unser Haus.*

INTERMEZZO

Im Eingangsbereich stand eine überdimensionierte Vase mit staksigen Lilien, die traurigste unter den Vasen. Darüber hing ein Plakat einer vergangenen Ausstellung. Keith Edmier. Kathleen versuchte, die Vernissagebesucher nach ihrer Kleidung und ihrem Habitus einer von drei Gruppen zuzuordnen, den Künstlern, den potentiellen Käufern, die auf der Suche nach Absolution waren, und den Kunsthändlern und Galeristen, die den Ablasshandel vermittelten. Kommen Sie herein, hier können sie ihre Seele freikaufen.

– Dasein aus dem FF heißt unsere neue Ausstellung, Feiler und Fetting, Fetting und Feiler. Rainer Fetting mit dem Taxi unter die Dusche. Oder umgekehrt aus der Dusche ins Taxi. Hier finden wir die Monster. Die Monster schauen aus vorbeifahrenden Autos, stehen am Straßenrand, spielen Haschen mit uns. Ein Versteckspiel mit dem Tod. Wer trickst hier wen aus? Dem Tod ein Schnippchen schlagen, nicht ernst nehmen. Hier scheint das Monster, der Tod als ewig tolpatschige, scheiternde Comicfigur, die es jedoch schafft, uns zu erschrecken. Peter Feiler lässt uns in unsere eigenen Abgründe blicken, in die Abgründe der Sexualität, der Begierde, Herrschaft, Macht, des Schönheitswahns, er stellt uns so dicht an den Abgrund, dass man Angst haben muss hineinzufallen, in einen Abgrund, von dem ein unwiderstehlicher Sog ausgeht. Er zerrt die Maske der Gutbürgerlichkeit, die Fassade ›Wir haben uns alle lieb‹, herunter, legt den Blick frei auf die Eingeweide des persönlichen Kapitalismus. Fettings großzügige Striche kontrastieren mit der fast zur Perfektion getriebenen Genauigkeit Feilers. Von Bildern muss ein Sog ausgehen, und von diesen Bildern geht ein Sog aus. Lassen Sie sich hineinziehen.

Die Kuratorin der Ausstellung verhandelte Farbigkeit, Kontraste, persönliche Vorlieben und die Auseinandersetzung der Künstler mit dem Zeitgeschehen. Das Private ist das Politische. Mit einem Glas Weißwein in der Hand ließ sich Kathleen hineinziehen in die Bilder, in die Welten.

– Auf Feilers Loreley scheint auf den ersten Blick alles wie gehabt, der Schiffer muss seinen kleinen Kahn durch aufgewühlte Wassermassen navigieren, die Felsen bedrohlich nah, und oben auf dem Felsen Loreley, ganz nackt, sie winkt, muss sich bemerkbar machen, steht selbst so dicht am Abgrund, dass sie vielleicht fallen wird. Vielleicht dreht sich das Geschehen um. Nicht der Schiffer kommt zu Tode, sondern Loreley. Im Vordergrund eine Vase mit Blumen auf einem Fensterbrett, Stiefmütterchen, Chrysanthemen, blaue Sonnenblumen. Jemand beobachtet, wie zwei Menschen miteinander und mit den Elementen ringen. Der stille Beobachter. Wer steht hinter den Blumen, wer ist der Beobachter? Der Beobachter in uns selbst? Die zwiegespaltene Seele?

Für einen Moment vergaß Kathleen das Haus, die Wohnung, den Staub und die Enttäuschungen. Sie sah sich auf dem Felsen und Grozki im Kahn, dann sah sie sich im Kahn und Grozki auf dem Felsen. Dann sah sie das Wasser überschwappen. Dann das Boot wieder auftauchen. Ein Paar stand neben ihr. Sie sah diese zwei Menschen auf dem Bild. Einen distinguierten Herrn mit langem Mantel und eine Mittvierzigerin mit einer gelben Ledertasche und gepflegtem Äußeren. Sah das Paar, ihrer Sachen entledigt, in das Bild steigen. Die Elemente kämpften schweigend. Sie sah sich hinter den Blumen als Beobachterin. Wollte plötzlich gemeint sein, wollte den Maler kennen. Lernen.

Sah sich in Fettings Taxi davonfahren, mit Grozki oder mit dem Maler. Sah ein Monster, war selbst Monster, lachte. Tauschte wissende Blicke mit der Frau und dem Mann des Paares, und das Paar tauschte Blicke untereinander. Plötzlich war die Welt weit, und sie hatte es eilig, nach Hause zu laufen. Zu Grozki. Ging dann aber nur vor die Tür. Betrachtete das Paar durch die hellerleuchteten Fenster der Galerie. Das Paar, das sich näherkam, sich kurz berührte, dann, wie von einer überraschenden Welle getroffen, wieder auseinanderdriftete. Spürte die Kälte nicht. Ging nochmal hinein, ließ sich das Glas auffüllen, prostete der Frau und dem Mann zu, weil sie hoffte, dass sie dasselbe empfanden wie sie. Dass sie für einen Moment nicht allein war. Trank das Glas schnell in einem Zug leer. Spürte, wie der Wein langsam in die Beine sank, das Gesichtsfeld sich ein wenig zuzog. Auch als Schutz. Mit einiger Anstrengung und ziemlich abrupt raffte sie sich auf, zog die Jeansjacke über und verließ die Galerie. Zog die Kapuze über den Kopf. Ein kühler Wind wehte. Sie konnte nicht mehr sehen, wie das Paar, das kein Paar war, ebenfalls vor die Tür trat. Alle waren durcheinandergewirbelt, durcheinandergewirbelt von einem Karussell, das immer schneller zu werden schien. Die Galerie spuckte die Menschen aus. Das Gesicht des distinguierten Herrn war leicht gerötet. Er und die Frau hatten das vierte oder fünfte Glas getrunken, wenn jemand mitgezählt hätte. Einen kurzen Moment standen sie, ohne zu sprechen.

Kathleen stemmte sich gegen den Wind, schnell, fast im Laufschritt lief sie von Mitte in den Prenzlauer Berg, als hätte sie es eilig, eine freudige Eile, die sie in die Wohnung, die über ihrer lag, zog, zu einem Mann, den sie nicht einordnen konnte, zu Grozki.

Der Mann und die Frau standen noch immer vor der Galerie. Der distinguierte Herr sagte laut zu der Frau mit der gelben Ledertasche:

– Frau Wilke. Frau Wilke, Verena.

Verena horchte auf, es kam nicht häufig vor, dass Windinger sie beim vollständigen Namen nannte. Nach einem kurzen Räuspern, Verena kam es vor, als hätte Windinger es sich anders überlegt, sagte er:

– So kann es nicht weitergehen.
– Ja, sagte sie, mit einer leisen Hoffnung.
– Ich tue das Meine, und sie müssen das Ihre tun.
Verena wandte sich zu ihm, das Licht der Galerie gab ihrem Gesicht einen orangen Schimmer, während Windingers Gesicht, der mit dem Rücken zum Licht stand, in Dunkelheit gehüllt war.
– Sie müssen die Leute dort rauskriegen.
– Ich dachte, die Baugenehmigung ist gestoppt.
– Lassen Sie das meine Sorge sein.
– Ihre Aufgabe ist es, diese Leute dort rauszukriegen. Wie Sie das machen, ist mir egal. So lange hat es ja noch nie gedauert.
Windinger sagte das mit einer Aggressivität, die jegliches, was vorher da gewesen zu sein schien, auslöschte.
– Haben wir uns verstanden?
– Sicher,
sagte Verena, die sich inzwischen ebenfalls von der Galerie abgewendet hatte, in die Dunkelheit.
– Sie halten mich für einen kalten Hund.
Windinger wartete auf eine Antwort von Verena. Und Verena wartete darauf, dass Windinger seinen Kurs doch noch änderte. Stimmen drangen aus der Galerie. Windinger musste fortfahren:
– Das ist der Lauf der Dinge. Das ist die Marktwirtschaft. Wenn wir nicht schnell sind, werden wir gefressen.
– Ich halte Sie für gar nichts.
Verenas zeitverzögerte Antwort war Trotz und Auflehnung.
– Vielleicht sollte ich mir ein Monsterbild zulegen.
– Ich bin ein kleiner Fisch ... Die Deutsche Wohnen und Vonovia, die besitzen die meisten Mietwohnungsimmobilien in Deutschland und wahrscheinlich darüber hinaus, die haben den Markt unter sich aufgeteilt. Vonovia will die Deutsche Wohnen fressen, aber die Deutsche Wohnen frisst vorher die GSW und ist damit

ein zu großer Fisch, um selbst gefressen zu werden. Und dann gibt es noch die internationalen Player, die ihre Geschäfte hinter verschlossenen Türen machen, die sich hinter Briefkastenfirmen verstecken. Die setzen nochmal was drauf. Kapitalismus ist zu abstrakt, es heißt: Die Großen fressen die Kleinen. Wenn man also nicht von den Größeren gefressen werden will, dann muss man selbst groß genug sein, zu fett, um verschluckt zu werden, dann muss man selbst fressen.
– Ich mochte die Monsterbilder, Monster, Kobold, Tod. Sterben müssen wir alle. Aber wenn, dann mit Humor. Ich muss jetzt noch was trinken.
Verena drehte ihr leeres Weinglas in der Hand und ging in die Galerie zurück.
– Ich verlasse mich auf Sie.
– Ja, verlassen Sie sich.

SOMMER DER LIEBE

Wohin mit dem Aufgewühltsein? Wohin mit der Unruhe? Im Treppenhaus arbeitete der unablässige Wind wie ein täglicher Spion. Grozki war nicht da. Sie hatte einen Zettel in seine Tür geklemmt: ›bitte klingeln, egal wie spät. kat‹. Sie wollte ihm von den Bildern erzählen, obwohl das fast unmöglich war. Wie soll man erzählen, was man empfindet. Das war die Schwierigkeit, Empfindungen mitzuteilen.
Sich fallen lassen in die sozialen Medien. Grozki war nicht da, wenn er da gewesen wäre, wäre der Eintrag aus der Timeline gerutscht. Dann würde Johnny noch leben – zumindest in ihrer Vorstellung. Sie würde alle Jahre zum Geburtstag eine Nachricht in seinem Account hinterlassen, den niemand löschen würde.

Geburtstagsgrüße und Fragen, was er so trieb. Ja, was trieb er in der anderen Dimension?
Johnny, der ganz anders hieß, war tot. Die Bilder türmten sich auf, stürzten in sich zusammen. Sie wartete. Auf Grozki, auf eine Antwort von Claire. Auf die Gewissheit seines Todes. Die Bilder der Ausstellung verblassten. Das Hochgefühl hatte sich aufgelöst.
Johnny hatte sie das letzte Mal am Kotti getroffen, ganz kurz. Ein Jahr war das her, oder zwei, oder drei. Sein Fahrrad durch die Touristen schiebend, hatte er sie gerufen. Sie standen da etwas verloren im Strom der drängelnden Touristen, zwischen den Rempeleien versicherten sie sich gegenseitig, dass es ihnen gut ging. Er sah aus wie immer. Sie hatte das Bild vor sich, ein Alltagsbild. ›Letztes Treffen mit Suizidanten‹. Im Gewühl der Menschen war er verschwunden, abgetaucht, so wie er aufgetaucht war. Sie war auch verschwunden: im U-Bahn-Eingang. Das Bild festhalten. Den Moment. Zurückgehen in der Zeit.
Sommer der Liebe. Einer dieser verregneten Sommer. Regen. Wie sie gestrampelt hatte, die riesige Tasche auf dem Gepäckträger, das Rad schwerfällig. Ohne die Hoffnung auf schönes Wetter aufzugeben, obwohl der Wetterbericht das Gegenteil vorhersagte. Claire hatte für sie und Zoe ein Zelt besorgt. Und weil das Zelt weder auf Kathleens noch auf Zoes Gepäckträger gepasst hatte, hatte Claire es für sie die 12 Kilometer auf ihrem Rad transportiert. So war das, die Hilfsbereiten bekamen immer noch mehr aufgeladen.
Sommer der Liebe, ein Dreiseitenhof, Felder drumherum, nördlich von Berlin. In der Scheune war es trocken. Johnny mit Gitarre und blonden Locken, Claire am Keyboard mit wippendem Zopf, etwas hausbacken. Bis auf den einen Hit schrecklich kitschige Texte. Kathleen hatte sich anstrengen müssen. Sie wartete, dass es aufhörte zu regnen, dass sie zum Zelt gehen konnte. Gefühlt waren alle anderen Gäste des Festivals Musiker

und traten im Laufe des Wochenendes auf der Bühne, einem LKW-Anhänger, der in der Scheune stand, auf, ausgebildete Musiker, aber zu ethnomäßig für Kathleen. Johnny stand oben und schrammelte die Gitarre, er trug die engen Schlaghosen mit dem gewebten Blumenmuster, die er immer trug, sehr sexy. Die Hose hatte er aus Mexiko mitgebracht, so wie die Drogen. Alte indianische Heilmittel, Pilze oder sonstige Giftpflanzen, als bewusstseinserweiternde Mittel, als Mittel, um psychische Prozesse in Gang zu bringen, in verborgene Bereiche einzudringen, gegen die Düsternis. Claire schrieb von Psychose, Klinikaufenthalt, einem offenen Fenster.

Johnny schlief links von ihr, Zoe rechts. Er kam spät. Kathleen hatte nicht geschlafen. Alles war kalt und klamm. Die Musik aus der Scheune war im Zelt trotz des Trommelns des Regens noch gut zu hören. Eine Bigband spielte. Das Zelt war klein, Johnny sehr nah. Sie hatte sich weggedreht. Warum? Die ganze Zeit hatte sie daran gedacht, dass Johnny mit in ihrem Zelt schlafen würde. Was ein Grund gewesen war, dass sie mit auf das Festival gefahren war. Sie wollte berührt werden. Aber wer berührt einen, wenn man sich wegdreht. Eine verlorene Nacht. Tant pis! Was solls. Das Festival ging bis Sonntag. Es gab noch eine Chance. Sie wachte früh auf, die Bigband spielte noch immer oder schon wieder. Im Anbau neben der Scheune, einem kleinen Kabuff, standen Tetrapaks mit Milch, Toastbrot und Marmelade bereit, man konnte sich Kaffee kochen oder Tee. Schwalben fiepten. Die Schwalbeneltern flogen ein und aus, über die müden Köpfe der Übernächtigten, über Augenringe und Marmeladenstullen. Aus dem Nest ploppten überdimensionierte Schnäbel wie Kasperlpuppen, schrien sich die Seele aus dem Leib und verschwanden im Innern, sobald die Schwalbeneltern sich entfernten. Jemand sagte: ›Wie die Muppetshow.‹ Das Wetter hatte gewechselt. Es würde ein heißer Sommertag werden.

Es gab nicht immer zweite Chancen. Johnny war am Morgen nach dem Frühstück abgereist, unerwartet für Kathleen. Zwei Stunden später war auch Zoe gefahren, weil sie sich auf dem Festival langweilte. Die Sonne konnte das nicht aufwiegen. Auch nicht die Schwalben. Später waren sie an den Kanal gefahren. Vorbei an einem verwaisten, einsamen Klettergerüst, das aus einer vergangenen Zeit stammte. Kathleen hatte Fotos, wie Claire im Wasser schwamm. Am Ufer lagen ein kaputter, hellgrüner Plastikeimer, eine alte Nivea-Dose, die wahrscheinlich Köder enthalten hatte, und eine durchweichte Streichholzschachtel. Jemand schien hier sonst zu angeln. Aber es war niemand zu sehen. Petri Heil. Kathleen nannte das Bild ›Am Fluss‹, obwohl es ein Kanal war. Claire hatte sie gefragt: ›Fühlst du dich verlassen?‹ Sie erinnerte sich nicht an den zweiten Abend, an die zweite Nacht. Sie hatte das Zelt für sich allein.

Grozki klingelte Sturm, riss Kathleen aus dem tiefen, schwarzen Loch des Schlafs. Wie benommen versuchte sie, zu erzählen von Johnny. Aber es war spät. Grozki schien nicht richtig zuzuhören, oder sie selbst war schon so weit weg von dem, was sie erzählen wollte, dass sie seltsam emotionslos redete. Sie dachte an die blonden Locken.
– Die Guten gehen immer zuerst.
Und dann dachte sie, dass es sie seltsam beruhigte, dass jemand wie Johnny schon auf der anderen Seite war. Obwohl sie nicht an ein Leben nach dem Tod oder Ähnliches glaubte. Aber dass jemand wie Johnny diesen Weg schon gegangen war, war eine beruhigende Vorstellung. Wie wenn jemand einen Pfad durch hohes Gras getreten hat, und man brauchte nur noch zu folgen. Das erzählte sie Grozki nicht.
– Ist das so?, fragte er.
Sie erzählte müde Belanglosigkeiten. Am Fenster hing noch im-

mer der an einer Seite eingerissene Papierstern, der mit einer Glühbirne erleuchtet werden konnte, die sie aber nie einschaltete. Den Mixer hatte sie Johnny zurückgegeben. Aus Pflichtbewusstsein. Beide Dinge hatte er ihr überlassen, als er das Jahr nach Mexiko gegangen war. Er hatte damals seine Wohnung leergeräumt, als gäbe es keine Wiederkehr.

Es machte ihr nichts aus, dass Grozki sie nicht fragte, ob sie mit nach oben käme, und er sich auch nicht zu ihr legte, obwohl es das war, was sie sich vorhin gewünscht hatte. Sie war müde. Sie wollte schlafen.

– Ich geh dann mal.

– Ich habe ihn gemocht.

Grozki hatte in irgendeinem Club aufgelegt. Und noch nachdem er gegangen war, hing der Geruch nach Rauch in der Luft. Mit dem Zufallen der Tür war ihre Müdigkeit wie weggeblasen. Sie hörte, wie Grozki hinter der Tür stehen blieb und erst nach einer Weile die Treppe nach oben ging. Sie hätte ihm folgen können. Sie hörte die Musik, die Grozki oben nacheinander auflegte. *Summer's almost gone*. Dabei hatte dieser Sommer noch gar nicht angefangen. Nicht mal das Gefühl von Frühling war aufgekommen. Was vielleicht an den verhangenen Fenstern lag. *Drifting on a sea of old heartbreaks*, sang Jimi Hendrix später und *Must there always be these colors?*. Um zurück in den Schlaf zu finden, versuchte sie, die Kontraste in der Malerei zu rekapitulieren, Farbkontrast, Hell-Dunkel-, Warm-Kalt-, Komplementär-, Quantitäts-, Qualitätskontrast, aber der letzte fiel ihr nicht ein.

Direkt über ihr drehte Grozki das Plattencover in der Hand. Deklamierte, als stünde er vor einem Publikum, das Zitat, das darauf gedruckt war. ›The story of life is quicker than the wink of an eye, the story of love is hello and goodbye ... until we meet again.‹ Kathleen hörte Grozki murmeln, ohne ihn zu verstehen.

ZWEIFEL X

Ein leiser Nieselregen setzte ein, aber Dieter bemerkte den hauchdünnen, kaltfeuchten Film, der sich auf seinem Gesicht niederlegte, nicht. Ihn beschäftigte dieser Satz. Dieser Satz, den der Abgeordnete fast wie nebenbei ausgesprochen hatte. Fast wie eine Entschuldigung. Der Abgeordnete hatte Dieter Sonntag noch ein paar Schritte auf den Flur begleitet, die große Holztür im Rücken hatte offen gestanden, und hinter ihnen war der Fortgang der Versammlung zu hören. Das Gebäude in der Kunzestraße, das früher ein Krankenhaus gewesen war, atmete noch immer den Geruch nach Medikamenten und Desinfektionsmitteln, Dieter erschien es auf einmal logisch, dass die Abgeordneten ihre Versammlungen und Abstimmungen in einem Krankenhaus abhielten. Es war krank, das alles war krank. Grozki war nicht mitgekommen, niemand war mitgekommen.

Es war so schnell vorbei gewesen, fünf Minuten, der Antrag war beschlossene Sache. Der Immobilienfritze lachte sich jetzt wahrscheinlich ins Fäustchen. Ob er schon benachrichtigt worden war? Wahrscheinlich war er schon vorher, schon vor der Abstimmung, in Kenntnis gesetzt worden. Eine Farce. Es waren keine Argumente gehört worden. Die Abgeordneten hatten Angst, Angst, dass der Bezirk regresspflichtig gemacht werden könnte. Millionenforderungen. Dieter verstand nicht ganz, wie das zustande gekommen war, wie der Bezirk dem Bebauungsplan vor Jahren zustimmen konnte. Wann war das gewesen, und wieso hatte niemand etwas davon gewusst? So war es wahrscheinlich immer.

Dieter hastete die Prenzlauer Allee entlang, kam außer Atem, ohne es zu merken. Vielleicht hatten sie ihr ganzes Potential verpulvert. Zu früh verpulvert. Jetzt wäre Zeit für die Zweifel-Aktion. Jetzt hätte man den ganzen Wohnblock beflaggen müssen. Wa-

rum war Grozki nicht mitgekommen? Irgendjemand hätte brüllen müssen, die Abgeordneten anbrüllen. Die gewählten Volksvertreter. Q3A-Block. Sie wohnten also in einem Q3A-Block. Der Q3A-Block war nicht mehr zeitgemäß, der Abgeordnete hatte die Sprache des Investors angenommen. ›Q3A ist das Kürzel für die erste drei-, vier- und fünfgeschossige Großserie in Typenbauweise in der DDR der 1950er und 1960er Jahre. Der Buchstabe Q ist dem Wort Querwandbau entlehnt. Es steht für *Querwandtyp (Nr. 3) Variante A*‹, schrieb Wikipedia. Der Querwandbau sollte verschwinden. Das Querdenken sollte verschwinden. Wer hat, dem wird gegeben. Dieter wünschte sich, dass jetzt, wenn er nach Hause kam, dass jetzt die großen Zweifel am Haus wehen würden, dass das Banner jetzt da wäre. Und er wünschte sich, Irene würde zuhause sein. Aber der Q3A-Block stand verlassen. Stand da, als wären schon alle Mieter ausgezogen. Das Licht im Bad leuchtete nur schwach. Er hatte sich angewöhnt, das Licht sowohl im Bad als auch im Arbeitszimmer permanent brennen zu lassen. So dass auf beiden Seiten des Blockes Licht brannte. Er wollte, dass man sah, dass das Haus noch bewohnt war.
Das Haus war leer. Grozki und Kathleen waren weg, er fühlte sich allein, verlassen, obwohl er wusste, dass die beiden, immerhin die beiden, wiederkommen würden, heute Abend. Er fühlte sich alt und einsam. Nacheinander rief er jeden an, der in seinem Adressbuch stand. Jeden, den er erreichte. Versuchte, sich die Angst aus dem Kopf zu reden. Erzählte auch, dass die Genossenschaft wahrscheinlich sehenden Auges in den Ruin getrieben worden war. Dass dadurch erst der Verkauf an den Investor, an den Immobilienhai, möglich geworden war. 2.500 Mark der DDR hatten sie in die Genossenschaft eingezahlt. Geld, das verschwunden war, verdunstet. Wer interessierte sich für seine Verluste, wo war Dieters Rettungsschirm?

WASSER

Es war jetzt der dritte Tag, dass sie Wasser holten, der dritte Tag ohne Wasser, der dritte Tag, seitdem das Wasser abgestellt worden war, seitdem die Leitung aus Unachtsamkeit, wie Windinger über Verena Wilke ausrichten ließ, beschädigt worden war. Dieter Sonntag überquerte mit dem Kanister die Straße. Ein weißer 20-Liter-Kanister mit einem grünen Hahn, der noch aus der Campingzeit mit Irene stammte. Dieter ging langsam, schlurfte mit seinen Hausschuhen über den Gehweg. Ja, er hatte seine Hausschuhe an. Es gab niemanden, der sich darüber aufregte. Aufregte über den Dreck, den er mit hereinbrachte. Den er dann selbst, schwerfällig und unter Stöhnen, wieder zusammenfegte. Hinter seinem Rücken hörte er Irene fauchen: ›Was stöhnst du schon wieder.‹ Aber Irene war nicht da. Irene war ausgezogen. Dieter konnte seine ausgebeulten Jogginghosen anziehen, wann er wollte. Er konnte mit ihnen auf die Straße gehen, und niemand würde sagen: ›Was sollen denn die Leute denken.‹ Ja, was sollen die Leute denn denken. Irene war selbst schuld. Er ging schräg über die Straße.
Er hätte nicht gedacht, dass sie es wahrmachen würde, sie hatte so etwas angedeutet, sie hatte oft darüber geredet. Sascha und Irene hatten hinter seinem Rücken ... Sie behandelten ihn wie ein kleines Kind. Es ging nicht um das bisschen Bequemlichkeit. Er hätte nicht gedacht, dass sie es aushalten würde, dass sie nicht zurückkam. Was machte sie den ganzen Tag allein in dieser großen, neuen Wohnung? In einer Gegend, wo sie niemanden kannte? Er würde kämpfen. Aus Prinzip, er kämpfte immer aus Prinzip. Das hatte ihm Irene auch vorgeworfen, dass er ein Prinzipienreiter wäre, und das schon immer. Aber lieber war er ein Prinzipienreiter als ein Arschkriecher. Er wollte den Kapitalisten keinen Zentimeter überlassen. Er kämpfte, wenn er sich im

Recht fühlte. Und diesmal war er im Recht. Mehr im Recht als irgendwann. Das war nicht so ein Pipifax wie die Parkplatzsache. Genau genommen kam ihm das im Vergleich vollkommen kindisch vor. Unnötige Verschwendung von Energie und dann auch wieder nicht. Er parkte seit mehr als 40 Jahren an der Biegung der Straße. Mit der Parkraumbewirtschaftung waren die Politessen gekommen und mit ihnen die Bürokratie und die Fünf-Meter-Zone. Aus einem unerfindlichen Grund wurde aus einer gebogenen Straße eine eckige Straße und aus einer großzügig einsehbaren Gabelung eine unübersichtliche Kreuzung. ›Zweck der Abstandsregelung ist es, anderen Verkehrsteilnehmern die Sicht zu gewährleisten ...‹ Was war die Definition von Sicht? Einsicht? Einsicht in die Notwendigkeit. Das hatte Irene bei ihrem Auszug gesagt, ihm fehle die Einsicht in die Notwendigkeit. Es gab runde Ecken, wie die Richterin nach einer Ortsbegehung zugegeben hatte. Und es gab die Gier, die Gier nach Geld. Etwas rausschlagen. Rauspressen. Es ging nicht darum, immer gegen die, die etwas rauspressten, zu gewinnen, aber man muss dem wenigstens etwas entgegensetzen. Sonst konnte man gleich die Grabstelle bestellen. Manche machten das. Auch so eine Einsicht in die Notwendigkeit. Die runde Ecke hatte er gewonnen. Und hier wollte er auch gewinnen. Hier ging es ihm um etwas, hier wäre es ihm wichtig gewesen, wenn Irene da gewesen wäre.
Das Kopfsteinpflaster und die Hausschuhe machten ihn etwas wacklig. Und er war froh, als er die Gehwegplatten des breiten Bürgersteigs erreichte. Vor der Trattoria wartete er. ›Trotteria‹, wie Grozki sie getauft hatte. Grozki folgte auf der anderen Straßenseite mit einem roten Plastikeimer. Fräulein Maun, Kathleen, kam jetzt erst aus der Tür mit ihrem türkisgrünen Kochtopf. Ihre tägliche kleine Prozession. Dieter Sonntag, die Vorhut, dick, klein, leicht nach vorn gebeugt, dann Lasse Gorzkow, sehr gerade, er trug den Eimer ganz selbstverständlich, als

würde er jeden Tag mit diesem Eimer über die Straße gehen. Kathleen stopfte sich im Gehen, sie musste sich beeilen, um aufzuholen, mit einer Hand noch halb ihr T-Shirt in die Jeans, das allerdings wieder herausrutschte.

Die Besitzer des Restaurants hatten in den letzten zehn Jahren nahezu jährlich gewechselt. Zweimal gab es eingeschlagene Scheiben.

Dieter hatte nie hier gegessen, obwohl Irene und er sich oft darüber unterhalten hatten, dass sie das Restaurant mal ausprobieren müssten. Die Stühle auf dem Trottoir waren meist leer. Vom Wohnzimmerfenster aus hatten sie das gut beobachten können, wenn Irene die Gardinen nach dem Blumengießen zurechtrückte, ›Wieder niemand da‹, hatte sie gesagt.

Der Kellner, der irgendetwas auf einen Zettelblock schrieb und in dem vollkommen leeren Restaurant seltsam beschäftigt schien, sah nur kurz auf, klopfte kurz am Küchenfenster, um dann seine wichtigen Notate weiterzuführen. Das Schiebefenster zur Küche wurde geöffnet, und eine schwarzhaarige, untersetzte Frau nahm die drei Gefäße freundlich entgegen.

– Wasser?, fragte sie.

Und Grozki, Kathleen und Herr Sonntag antworteten zeitgleich:

– Wasser!

Auf dem Rückweg würde Grozki, den Dieter immer mit ›Herr Gorzkow‹ ansprach, ihm den vollen Kanister aus der Hand nehmen, und Kathleen würde schnell den roten Eimer greifen, und ihm blieb dann nichts weiter übrig, als den Kochtopf zu tragen, dabei kam ihm das sogar schwieriger vor, weil er aufpassen musste, dass er das Wasser nicht verschüttete.

Der Winter war überstanden. Eine Zeit lang hatte es so ausgesehen, als ob sich nichts veränderte, als ob die halbe Ruine, in der sie wohnten, in einen Dämmerschlaf gefallen wäre und Dieter,

Kathleen und Grozki hinter der Dornenhecke aus Baugerüst und Plane gleich mit, alles schien sediert.
Die Baugenehmigung war wieder erteilt worden, jetzt fing es wieder an. Wieder klopften die Bauarbeiter täglich den Tag aus der Nacht. Und Dieter fragte sich, wann die nächsten Briefe eintrudeln würden. Amreiter, der bei seiner Freundin untergetaucht war, rief regelmäßig an, erkundigte sich, ob sich etwas tat. Aber bis vor wenigen Tagen hatte sich nichts getan. Amreiter war jemand, der da war und doch nicht da war. Der so tat, als würde er etwas riskieren.
Wenn alles gut lief, dann würde Dieter, nachdem Grozki den Kanister in Dieters Wohnung abgestellt hatte, sagen:
– Lust auf ein Schnäpschen?
Kathleen und Grozki würden sich kurz anschauen und entweder nicken oder etwas murmeln. Im Glücksfall würde Grozki Herrn Sonntag den türkisen Kochtopf abnehmen und bei ihm auf den Herd stellen, als würde Kathleen dort gleich etwas kochen. Kathleen würde den roten Eimer in den Flur stellen, hineinstarren und sagen:
– Wieder kein Goldfisch.
Dieter würde dann drei Schnapsgläser auf den Tisch stellen und den Cognac entkorken. Grozki würde einen Saft und ein Selters aus der Küche holen, als wäre er dort zuhause. Kathleen würde ihm mit zwei Gläsern folgen. Dieter hätte inzwischen die drei Schnapsgläser gefüllt. Und Grozki müsste sich zusammenreißen.
– Danke, ich hab schon.
Dann würde Dieter für Kathleen eine Flasche Rotwein aufmachen. Und Kathleen würde sagen:
– Ist das nicht ein bisschen früh?
– Lieber zu früh als zu spät.
Dieter würde im Laufe der Unterhaltung alle drei Schnapsglä-

ser austrinken und, wenn es noch besser lief, diese nochmal nachfüllen und nochmal leeren. Die Erheiterung würde trotz düsterer Themen zunehmen, und Kathleen und Grozki würden sich über Herrn Sonntags Freude freuen und sich gegenseitig Zeichen geben.
Herr Sonntag würde die Diskussion eröffnen. Grozki würde dann eine Anekdote zum Besten geben, die dreimal über Bande doch auf das von Herrn Sonntag eingeschlagene Thema passen würde. Kathleen würde langsam abschweifen. Wenn die Gedanken zu schnell wurden, wenn man nicht mehr in klare Worte fassen konnte, was sich da abspielte, sich nicht mehr ausdrücken konnte, sich nicht mehr verständlich machen konnte, wenn alles verschwurbelte, zusammenrutschte oder sich auseinanderbog wie das Universum. Wie sollte man da mit anderen Menschen kommunizieren. Wenn die Gedanken dem Gespräch vorauseilten oder hinterherhinkten. Kathleen hatte dann dieses Bedürfnis, ihren Arm zu heben, sich zu melden, wie in der Schule, anzuzeigen, dass sie etwas einbringen wollte in das Gespräch, aber weil sich diese abseits verlaufenden Pfade in ihrem Kopf weiter verzweigten und weil sie sowieso niemanden unterbrechen konnte und weil ihre Stimme zu leise war, meldete sie sich nicht. Weil genau diese Wörter, die von irgendwo weit draußen kamen, wie Fremdkörper in der Unterhaltung, wie Fremdkörper in ihrem Kopf wirkten. Also hob Kathleen ihr Glas und trank noch einen Schluck Rotwein, der ihr eigentlich zu schwer war, trank das Glas aus, goss sich noch einmal nach. Hatte den Faden des Gesprächs gänzlich verloren und setzte mit ihrer Aufmerksamkeit neu an.
Letztendlich geht es immer nur um den Tod. Oder die Angst vor dem Tod, um die Auseinandersetzung mit der Endlichkeit, das war der Kampf mit der Existenz, um die Existenz. Oder ging es um das Leben, um ein bequemes Leben? Die einen zogen den

anderen den Stuhl weg. In ihrem Kopf zogen sich die Gedanken zusammen, wie die Geschmacksknospen in ihrem Mund von der Säure des Weins. Wo ging dieser Gedanke weiter? Konnte man mit dem Tod und ›the survival of the fittest‹ alles erklären? Jedenfalls war es viel einfacher, sich auf Kosten anderer zu bereichern, wenn der andere abstrakt war, weit weg. Wenn man ihm nicht gegenüberstand. Gab es eine Lernfähigkeit der Art? Und war sie selbst ein nützlicher Teil der Gesellschaft? Wie viel stand ihr zu? Eine Wohnung? Diese Wohnung? Müsste sie nicht mehr leisten?

Jetzt hatten sie sie also, die grauen Männer, die Zeitsauger, die schwarzen Löcher, man wurde angezogen von ihnen, die Zeit wurde angesogen, und mit ihr wurde alles um die Zeit herum angesogen. Also auch die Menschen. Auf einmal fühlte sich Kathleen wie jemand, der immer hinterherhetzte. Irgendwo da vorn waren die anderen, es war wie bei einem Aufstieg auf einen Berg, und die anderen waren immer schneller, und selbst wenn die anderen innehielten, DIE ANDEREN – wer waren eigentlich DIE ANDEREN? –, wenn die anderen kurze Rast hielten und sie das Gefühl hatte heranzukommen, brachen sie doch aus ihrer Sicht immer dann wieder auf, wenn sie sich näherte, so dass sie nie Zeit zum Ausruhen hatte, immer müde war. Sie wollte aufschließen, dazugehören, aber niemand wartete, niemand wartete so lange, bis auch Kathleen sich ausgeruht hatte und mit neuer Energie weitergehen konnte. Die Müdigkeit und das Hetzen konnte man sehen in den Bildern der Neuen Sachlichkeit. Vielleicht hatte sie sich deshalb dieses Thema ausgesucht. Jeder will sich irgendwo erkennen, gemeint fühlen, die Sehnsucht nach Gemeinschaft, nach einem Zugehörigkeitsgefühl. Wie konnte man die Verhältnisse in der Kunst darstellen? Über das Bild flatterten Anteilscheine, Anteilscheine von Fonds, in denen Mietwohnungen im Portfolio enthalten waren, irgendwo versteckt. Die Aktionäre freuten sich über die Rendite. Die Aktionäre wedelten auf ihrer Versammlung mit den Anteilscheinen, wedelten die Mieter wie lästige Fliegen aus ihren Häusern, die Mieter ›*stürzen ab und gehn entzwei / und an den Küsten – liest man – steigt die Flut*‹. Im Vordergrund eine unscheinbare Zimmerpflanze. Das Bild hieß: ›Wie hoch steht deine Aktie?‹

AUF HOHER SEE

– Wir glauben, dass die Beklagte sich den Mietvertrag unter Vortäuschung falscher Tatsachen erschlichen hat.

Das Fieber war noch nicht weg, und an ihrem Mund blühten zwei Herpesblasen. Sie wusste, dass sie erbärmlich aussah, obwohl sie sich Mühe gegeben hatte. Die Haare klebten am Kopf, sie schwitzte. Die Gegenseite machte ihre Sache gut. Sie war am Ende. Wollte, dass das Ganze ein Ende hatte. War jetzt beinahe so weit aufzugeben. Wenn Grozki und Herr Sonntag nicht hinter ihr gesessen hätten, hätte sie es wahrscheinlich getan. Es war ein Hurrikan, der über sie gekommen war, der gespeist wurde von Immobilienspekulationen, und jetzt raste er in enormer Geschwindigkeit über sie hinweg.

Die Anwälte und die Richterin taten so, als ob das Ganze ein Spiel wäre, ›Klage und Widerklage‹. ›Ein besonders interessanter Fall‹. Der Gegenanwalt hatte ihren ehemaligen Arbeitgeber ausfindig gemacht. Behauptete, dass sie den Mietvertrag niemals bekommen hätte, mit diesem Einkommen. Behauptete, dass der Arbeitsvertrag gefälscht wäre, dass die Firma, das Callcenter, direkt danach pleite gegangen war und dass die Gehaltserhöhung somit eine Fälschung wäre.

In den letzten Wochen waren Briefe gekommen, vom Einwohnermeldeamt, dass Kathleen nicht mehr dort wohnen würde. Und vom Jobcenter, mit dem sie schon seit einer Ewigkeit nichts mehr zu tun hatte, dass sie vor Jahren die Miete falsch angegeben hätte. Sie hatte, wie es ihre Gewohnheit war, die Briefe nicht geöffnet. Als ein oranges Einschreiben kam, als der Hurrikan mit enormer Geschwindigkeit auf sie zuraste, konnte sie sich dem nicht mehr entziehen. Die Postbotin, die immer kleiner zu werden schien, hatte gesagt:

– Ist wohl nicht so gut.

Wahrscheinlich kannte die Postbotin das. Wusste, was diese orangen Briefumschläge bedeuteten. Als Kathleen den Brief auf den Stapel zu den anderen legen wollte, hatte die Postbotin sie gedrängt:

– Sie müssen das öffnen.

Hatte so lange vor ihr gestanden, bis sie den Brief gelesen hatte. Obwohl sie nicht verstanden hatte, worum es ging.

– Die anderen auch. Sie müssen die anderen Briefe auch öffnen.

Es war, als sorgte sich die Postbotin um Kathleen. Diese Sorge hatte sie veranlasst, die Briefe tatsächlich zu öffnen. Die Büchse der Pandora. Sie musste dem Einwohnermeldeamt erklären, dass sie noch immer dort wohnte, dass sich seit ihrer Anmeldung auf dem Amt vor sieben Jahren nichts geändert hatte. Musste sich zwei Anwälte nehmen, einen, um die Forderung des Jobcenters abzuwehren, und einen, der ihren Mietvertrag als gültig erkämpfte. Auf dem Weg zum zweiten Anwalt war sie mit dem Fahrrad gestürzt, hatte sich den Arm gebrochen. Alles war aus dem Lot. Sie saß vor der Barriere des Tresens, hinter dem die Richterin und ihre zwei Beisitzer saßen, knetete mit ihrer gesunden Hand die kaputte Hand. Betrachtete den Anwalt der Gegenpartei, der aussah wie ein netter älterer Herr mit Rauschebart, der vom Aussehen fast als Alt-68er durchgehen konnte, der aber nicht so nett war, wie er aussah. Herr Sonntag hatte gesagt: ›Man darf keine Fehler machen.‹ Die Briefe nicht zu öffnen, war ein Fehler gewesen. Sie, die es hasste, die Kontrolle aus der Hand zu geben, musste jetzt darauf vertrauen, dass ihr Anwalt mit verschachtelten Formulierungen die Gegenseite in Schach hielt. Von der Gegenseite war niemand erschienen. *Die im Dunkeln sieht man nicht.* Die Richterin hielt eine lange Rede, in der sie Kathleen bis ins Kleinste erläuterte, was sie alles falsch gemacht hatte.

Kathleen hätte nicht gedacht, dass es so schnell gehen würde, dass sie jetzt so durch die Hintertür hinausverfrachtet würde. Die Richterin holte noch immer weit aus, führte jetzt aber an, dass Kathleen ihre Miete gezahlt hätte, für Kathleen hörte es sich an wie Tribut, die Richterin sprach eigentlich nur noch mit dem Gegenanwalt, erklärte, dass das Mietezahlen heutzutage auch nicht immer selbstverständlich sei, ›wie wir ja wissen‹, nickte dem Gegenanwalt zu. Bis sie zum Punkt der Urteilsverkündung kam. Kathleen versuchte inzwischen, die Kosten des Verfahrens auszurechnen, die auf sie zukommen würden. Bedauerte, dass sie nicht in eine dieser Mietervereinigungen eingetreten war, in der sogar Grozki Mitglied war. Sie hatte zugesehen, wie Tropfen für Tropfen der Eimer voll wurde, hatte aber nichts unternommen, hatte gehofft, das alles sich ergeben würde. Ergeben hatte sich nur die Bronchitis, die Atemnot. Die fristlose Kündigung. Die Richterin stand auf und verkündete ihr Urteil. Kathleen wurde kleiner und kleiner. Erst als ihr Anwalt sagte:

– Gut, der Auszug ist vertagt,

begriff sie, dass sie den Prozess gewonnen hatten.

Der Prozess war gewonnen, die Bronchitis aber hielt sich hartnäckig. Das Fieber stieg und fiel wie eine Sinuskurve. Die Fieberdelirien brachten sie erneut in den Gerichtssaal, wieder und wieder wartete sie auf das Urteil, sah das Beil, das Pendel auf sie zuschweben. Sah die Wände, die sich auf sie zubewegten. Wachte auf und schlief ein. Vergewisserte sich bei jedem Aufwachen, dass der Prozess gewonnen war. Sah Grozki kommen und gehen, war sich nicht sicher, ob auch das Teil ihres Traumes war, war sich nicht sicher, ob der Prozessgewinn ein Traum war. Fühlte eine Hand auf ihrer Stirn, die mit einem kühlen Lappen den Schweiß abwischte, eine Hand, die sie wusch, hörte eine tiefe Stimme, verstand nichts. Fiel wieder in die Grube.

AUFBÄUMEN UM 15 UHR

Das Loch neben dem Häuserblock wurde immer tiefer, und der eine Baum, den DIE stehen gelassen hatten, stand so dicht am Rand, dass man Angst haben musste, dass auch er in dieses immer tiefer werdende Loch hineinstürzte.

Unter dem Wohnblock befanden sich die Gewölbekeller einer ehemaligen Privatbrauerei, 4.000 Quadratmeter Unterkellerung, niemand wusste, wo genau sich die Keller befanden, aber sicher war, dass DIE darauf spekulierten, dass der ganze Block in diese Löcher fiel und sie dann neu bauen konnten.

So wie die spekulierten, so spekulierte auch Amreiter. Er wollte den Preis hochtreiben, so wie die den Preis hochtrieben. Man musste Geduld haben. Die Wohnung in der Marner Straße war nur mehr ein Anlageobjekt. Ein leerstehendes Anlageobjekt. Alle Dinge von Wert hatte er entfernt, gesichert, untergebracht, wo er auch sich untergebracht hatte. Das Geld, was er mit Hilfe seiner Anwältin herausschlagen würde, wäre ein Anfang, wäre seine Grundsicherung. Wäre die Grundsicherung für die Familie, die er zu gründen jetzt doch bereit war. Wie beim Schach musste man Züge vorausdenken. Abschätzen können, welche Gegenzüge die Gegenseite innerhalb der durch das Gesetz vorgegebenen

Regeln machen konnte. Aber es gab immer die Pferde, die kreuz und quer sprangen. Also musste man selbst auch kreuz und quer springen. Züge voraus sein, Wege abschneiden und den König in Schach halten, matt setzen. Aber der König wurde von seiner Dame gedeckt. Von Verena Wilke. Aber vielleicht war Schach nicht die richtige Metapher, denn die Regeln beim Schach waren klar und unnachgiebig. Während die Regeln im Mietrecht von Lobbyisten immer wieder neu verhandelt, ausgedehnt, aufgeweicht wurden. Die Vermieter erhöhten die Miete, ohne eine Gegenleistung, ohne das Haus instand zu setzen, allein mit der Maßgabe, dass die Vergleichsmieten höher wurden. Der Markt wird alles regeln. Die Vermieter erhöhten die Mieten, also stieg die Vergleichsmiete. Es war eine Spirale ohne Ende. Und niemand machte Anstalten, dem Einhalt zu gebieten. Denn Eigentum speiste dieses Hamsterrad aus Gier und noch mehr Gier. Aus Angst und noch mehr Angst. Amreiter saß am Schreibtisch in der Wohnung seiner Freundin. Er betrachtete die an der Schreibtischlampe baumelnden Papierameisen und -leguane. Abgesehen davon hatte Sina einen Hang zum Osteuropäischen. Überrote Lippen, eine Wolke von Parfüm, die sie umgab, und Schränke voller Kosmetik, deren Inhalt Amreiter nicht auseinanderhalten konnte. Sie waren seit neun Jahren zusammen. Sie kannten sich und kannten sich nicht. Das Auffälligste an Sina war ihr großer Busen. In diesen Busen hatte Amreiter sein Gesicht drücken wollen. In diesen Busen drückte er sein Gesicht, auch wenn Sina das nicht besonders mochte. Vielleicht hatte er sich zuerst in diesen Busen verliebt. In diese weichen Massen, die man in die Hände nehmen konnte. Die sich anfühlten wie mit Wasser gefüllte Luftballons. Manchmal lachte Sina, wenn er ihr von hinten um den Körper fasste und die Ballons nach oben warf. Wenn er, wie er sagte, das Gewicht prüfte, prüfte, ob noch alles an seinem Ort war.

Seit er bei Sina wohnte, war einiges einfacher. Kein Hin-und-her-Geschleppe von Klamotten, Arbeitsmaterialien. Die Beziehung war in ruhiges Fahrwasser gekommen. Amreiter wunderte sich, dass ihm das sogar gefiel. Selbst Grozki schien ihm aus der Entfernung sympathischer. Grozki, der ihm die Show gestohlen hatte. Aber noch war nicht aller Tage Abend. Noch konnte er sich ins Spiel bringen. Die anderen waren müde geworden. Zermürbt von den Widrigkeiten, die die Bauarbeiter inszenierten. Zermürbt vom Kleinkrieg, von den Drohbriefen. Amreiter fühlte sich fit. Auch wenn er gerade den zweiten Teil seiner Doku über Eberswalde vorbereitete, Kalkulationen schrieb, einen Drehplan ausarbeitete, eigentlich ausgelastet war mit diesem und den anderen Projekten, die in der Planungsphase waren, manchmal über die Planungsphase nicht hinauskamen, weil er trotz aller Anstrengung und Überzeugungskünste keine Finanzierung fand. Die Totgeburten, die so viel Kraft kosteten. Jetzt war die Zeit reif. Reif für einen großen Artikel in einer überregionalen Zeitung. Von Engels' Abhandlung zur Wohnungsfrage, die er etwas ungenau zitierte: als ›bürgerliche und kleinbürgerliche Utopie, die jedem Arbeiter ein eigentümlich besessenes Häuschen geben und ihn damit an seinen Kapitalisten in halbfeudaler Weise fesselt‹, über die Entwicklung der Mieten in Berlin zu den Spekulanten, die sich hinter gesichtslosen Firmenkonstrukten versteckten, bis zum Wohngeld, das durch den Steuerzahler finanziert wurde, und somit der Steuerzahler den Miethaien ihren Reichtum bescherte. Knapp 700 Millionen Euro wurden jährlich für Wohngeld ausgegeben. 700 Millionen Euro, um die Vermieter, Hausbesitzer, reicher wurden. Er schrieb über den Hass der Abgehängten, der größer wurde, je größere Würste man den Abgehängten vor die Nase hielt. Würste, Reichtum, den sie nie bekommen würden. Und einer musste schuld sein. Man musste einen Schuldigen finden. Dafür eigneten sich Minderheiten, An-

hänger anderer Religionen, andere Nationalitäten. Schuld waren die anderen, die, die außerhalb der Gruppe waren.
Wenn die Mehrheit das Spiel spielte, musste man mitspielen. Man spielte, kämpfte, betrog und mordete, um sich einen Vorteil zu verschaffen. Und eh man sich's versah, war man tot.
Ein System muss man von innen heraus verändern. Dabei müsste man aufpassen, dass das System nicht schneller war und einen selbst veränderte, ohne dass man es merkte. Dass man plötzlich auch so ein Miethai geworden war.
Letzten Mittwoch war er in der Marner Straße gewesen. Hatte Staub geschluckt. Hatte Kathleen gesehen, die dem Bild, das er von ihr hatte, so gar nicht ähnelte, suchte die Schneeflocke, die vor Monaten unter ihrem Auge geschmolzen war und einen feuchten Glanz hinterlassen hatte. Er sah sie in seiner Wohnung zu Janis Joplin tanzen. So ausgelassen und fröhlich, was er ihr gar nicht zugetraut hatte. Sah sie auf dem Sofa liegen. Sah seine Hand auf ihrem Rücken.
– Wann hattest du deine letzte Freundin?
– Um 15 Uhr.
– Um 15 Uhr?
Sah sie lachen.
– Um 15 Uhr also.
– Das ist meine Standardantwort. Auf alles.
– Also wann?
– Um 15 Uhr.
Sah seinen Arm von ihrem Rücken abgleiten, sah sie sich aufsetzen.
– Verstehe.
Bye, bye-bye baby, baby bye-bye!
Sah sie im Staub verschwinden.

TREPPENHAUS

Wieder ein verlorener Tag. Vielleicht hatte Pjotr Recht, Grozki unterschied sich kaum noch von den in der Versenkung verschwundenen oder auf Tankstelleneröffnungen tingelnden, drittklassigen Schlagersängern. Seit Jahren spielten sie dieselben Songs, dieselben Gigs. Und es kamen immer weniger Zuschauer. Die verlorenen Tage reihten sich aneinander. Grozki wartete darauf, dass etwas passieren würde. Etwas, das den heutigen Tag verändern würde. Ändern würde, dass er jetzt in der Küche saß und die Zeit verstreichen ließ. Was sollte er mit den Stunden anfangen? Mit den Stunden, die blieben. Mit den Tagen, die blieben. Mit den Jahren, die blieben. Er wäre gern hinuntergegangen zu Dieter, der irgendeiner Vergangenheit hinterherhing. Und Grozki fragte sich, ob auch er irgendeiner Vergangenheit hinterherhing. Einer anderen als Dieter allerdings. Er hörte ein Schlagzeug gegen die Lethargie antrommeln, nahm eine Packung Pommes aus dem Tiefkühlfach, schüttete sie in den Backofen. Er wartete. Die Hälfte des Lebens wartete man. Auf etwas, auf jemanden. Das Warten hörte auch nicht auf, als die Mieterberaterin vor ihm saß. Sie saß hinter dem Ausziehtischchen. Eingeklemmt. Da, wo er gesessen hatte. Er sah sie, sah sich, aß seine Pommes, als wäre sie nicht da.

– Das Haus unterscheidet sich nicht von anderen Häusern. Über kurz oder lang werden alle ausgezogen sein. Es gibt ein paar Tränen. Es gibt immer ein paar Tränen. Ich habe früher auch geweint. Sogar viel geweint. Aber so ist der Lauf der Dinge. Das ist der Markt. Da musst du überlegen, willst du drin sein oder draußen. So ist das Leben, so ist der Tod.

Verena hörte sich Windingers Worte zitieren. Warum zitierte sie gerade vor Grozki diese Worte? Vielleicht, weil Grozki sie ignorierte, sie wütend machte, sie in eine Ecke drängte, aus der er ihr, hatte sie gedacht, heraushelfen würde. Sie spürte die Enge der Küche. Gleichzeitig saß sie Grozki gegenüber und wünschte sich, dass es eine andere Situation wäre. Dass sie, ohne darüber nachzudenken, mit Grozki Pommes essen würde, von denen er ihr nichts angeboten hatte. Grozki tunkte drei Pommes in den Ketchuphaufen. Verena sah Grozkis Hand in die Schüssel greifen, dann zum Teller mit dem Ketchup schwenken, dann fielen die Pommes in seinen Mund.

Sie war schon lange nicht mehr in der Wohnung eines Mieters gewesen. Am Anfang hatte sie den Fehler gemacht und sich mit den Mietern in ihren Wohnungen getroffen. Sie hatte geklingelt, Stockwerk für Stockwerk. Wenn sie im schlecht beleuchteten Treppenflur vor den geschlossenen Türen stand und wartete, hatte sie den bröckelnden Putz um die Türzargen betrachtet. Es war immer kalt gewesen. Im Winter und im Sommer, und immer dunkel. Vorderhaus, Seitenflügel, Hinterhaus. Manchmal war sie dreimal hintereinander alle Treppen auf und ab gelaufen, vielleicht, dass in der Zwischenzeit noch jemand nach Hause gekommen war. Sie hatte sich wie eine Klinkenputzerin gefühlt, wie ein Staubsaugervertreter, der etwas an den Mann zu bringen hatte. Aber jetzt war das anders, jetzt wollten die Leute etwas von ihr. Beziehungsweise musste man ihnen dieses Gefühl geben, dass sie etwas von ihr wollten.

Sie war durch das Treppenhaus gegeistert, wie jemand, der sich ausgesperrt hatte. Jedes Mal vor Augen das Bild dieser unglaublich dicken Frau in einem fast durchsichtigen, kurzen Flatterhemd, einer üppigen Frau Mitte dreißig. Ein groteskes Bild. Und sie wusste nicht, ob sie lachen oder weinen sollte, und sie wusste nicht, wie dieses Bild immer wieder in ihren Kopf kam. Diese korpulente Frau im Flatterhemd. Dieses hektische Klingeln treppauf, treppab.

Das muss während ihrer Studienzeit gewesen sein. Das Klingeln hatte sie aus dem Schlaf gerissen. Irgendwer musste doch aufmachen. Das Klingeln hörte nicht auf. Also war sie zur Tür gegangen, und da stand diese dicke Frau. Das Flatterhemd war zu Besuch, über ihr. Auf dem Weg zum Klo, Klo halbe Treppe, hatte sie die Tür zugezogen, damit der Hund nicht ins Treppenhaus lief. Immerhin, der Hund saß im Warmen. Der Mann vom Schlüsseldienst, der ziemlich schnell erschien, grinste. Erst ab da war Verena in den Sinn gekommen, dass sie der Frau eine Jacke oder Decke hätte anbieten sollen. Die Frau hatte nicht gefragt, was ihr im Nachhinein seltsam vorkam.

Ich bin nicht dick. Ich bin nicht diese Frau. Wenn sich endlich doch eine Tür öffnete, hatte sie etwas hilflos ihren Spruch aufgesagt: ›Guten Tag, Wilke, ich bin die Mieterberatung.‹ ›Wie können wir Ihnen helfen?‹ Das hatten die Mieter sie tatsächlich gefragt, wie sie ihr helfen konnten, dabei war sie es, die beraten sollte. Sie war diejenige, die koordinieren sollte, dass die Mieter auszogen. Die die Mieter, die von sich aus nicht dazu bereit waren, dazu bringen sollte auszuziehen. ›Hilfe zur Selbsthilfe‹, nannte Windinger das.

Die Mieter hatten sie hereingelassen, hatten ihr Tee angeboten und immer gehofft, ihre Wohnung behalten zu können. Einblicke in fremde Leben. Zu nah. Ein paarmal hatte sie sogar mit den Mietern geweint. Je öfter sie kam, desto seltener hatten die Mieter sie hereingebeten.

Es durfte niemand weinen, nicht am anderen Ende des Telefons und schon gar nicht in ihrem Büro. Wenn doch jemand weinte, dann sagte Verena sehr kühl:

– Weinen Sie ruhig.

Und wenn dann immer noch jemand weinte, noch einmal eindringlicher:

– Weinen Sie ruhig.

Wenn das auch nicht half, ging sie in die Küche, klapperte lautstark eine Weile und kam mit einem Glas Wasser wieder.

– Hier, das hilft.
Als könnte ein Glas Wasser alle Probleme wegspülen. Grozki hatte ihr nichts angeboten. Nichts, dass sie hätte ablehnen können. Nicht mal ein Glas Wasser.
Die Schweizers waren die Ersten gewesen. Die Ersten aus diesem Haus. Bevor sie bei Grozki geklingelt hatte, sie war zu früh gewesen, obwohl sie sonst nie zu früh kam, war sie im Treppenhaus herumgegeistert, war nochmal in der Wohnung der Schweizers gewesen. 4. OG rechts. Der Wind hatte Dreck, Blätter und kleine Äste hereingeweht. Auf dem Boden lagen Reste von den herausgebrochenen Fenstern. Die Tapete war hinter den verschwundenen Möbeln und Bilderrahmen weniger vergilbt. Ein Negativabdruck. Verena war mit den Fingern die Wände entlanggefahren. Hatte im Bad den nicht vorhandenen Spiegelschrank umfahren.
– Je eher Sie das hinter sich haben, desto leichter wird's. Das ist zermürbend. Jetzt habe ich noch gute Angebote, ich würde zugreifen ...
Die Schweizers, die vor ihr gesessen hatten, so zusammengesunken, wie man nur zusammensinken kann. Vertieft in die Prospekte, als könnten sie daraus ihr zukünftiges Leben lesen.
– Wir leben in einer schnelllebigen Zeit. Da ändert sich vieles. Vor 20 Jahren gab es noch keine Handys. Und sehen Sie, selbst meine Oma telefoniert jetzt mit einem Handy. So schwer ist das nicht. Das ist eine gute Wohnung. Sie hat sogar zwei Quadratmeter mehr als Ihre Wohnung in der Marner Straße. Und preislich liegt sie nur 70 Euro über Ihrer jetzigen Miete. 70 Euro, mit so einer Preiserhöhung müssten Sie überall rechnen. Sie wissen ja, wie die Mieten in Berlin in letzter Zeit gestiegen sind. Sie werden sich in Ihrem neuen Wohnumfeld wohlfühlen.
– Wir sind mit den Graupners schon seit 20 Jahren befreundet.
– Und das braucht sich auch nicht zu ändern. Die Graupners

können ganz in Ihre Nähe ziehen. Ich habe ein ganz ähnliches Angebot am Helene-Weigel-Platz. Das sind keine 300 Meter. 300 Meter, das schaffen Sie auch noch mit Rollator. Jetzt lachen Sie doch mal. Das ist ein Scherz.

Wieder hatten die Schweizers in den Prospekten geblättert. Vor und zurück. Beinahe vollkommen stumm.

– Sie haben drei Monate Zeit, da können Sie ganz in Ruhe Ihren Umzug planen, und wir bezahlen den Umzug. Wir haben eine sehr gute Umzugsfirma. Die hilft Ihnen sogar beim Einpacken. Das geht ratzfatz. Ich bin mir sicher, Sie werden sich dort wohlfühlen. Nehmen Sie die Unterlagen einfach mit. Ich mache mit dem Hausmeister einen Termin, dann schauen Sie sich die Wohnung an. Marzahn ist grüner, als Sie denken.

– Aber da gibt es nicht so schöne Cafés wie hier.

– Wann waren Sie das letzte Mal im Café? Mmmhh? Sehen Sie.

Grozki war aufgestanden und hatte die restlichen Pommes in den Abfalleimer gekippt.

– Also.

– Also?

Grozki lehnte sich an die Spüle. Die Mieterberaterin würde ihm ins Gesicht springen wie ein wildes Tier, wenn sie nicht hinter dem Tischchen eingeklemmt wäre. Grozki ging aus der Küche und kam mit einem Blatt Papier zurück. Auf dem Blatt stand eine Zahl. Vor der Zahl stand ein Name: Kathleen Maun. Die Mieterberaterin drehte das Blatt zu sich, als könne sie die auf dem Kopf stehenden Zeichen nicht lesen. Dann nahm sie einen Kugelschreiber aus ihrer Tasche und setzte unter den ersten Namen einen zweiten Namen: Lasse Gorzkow. Und setzte dahinter die gleiche Zahl. Fügte zwei weitere Zeilen mit den Namen Markus Amreiter und Dieter Sonntag hinzu und drehte das Blatt zurück.

– Kontra.

Während sie versuchte, ihren Kugelschreiber wieder in ihrer Tasche zu verstauen, was bei der Enge schwierig war, hörte sie, wie Papier zerrissen wurde. Ohne ihre Körperhaltung zu ändern, drehte sie den Kopf zu Grozki. Hätte sie auf das Angebot eingehen sollen? Aber sie war auf das Angebot eingegangen. Noch nie hatte sie ein Geldgebot akzeptiert. Das hatte sie Grozki zuliebe gemacht. Zu Liebe! Es hatte keinen Sinn zu diskutieren. Nicht mit Grozki.

Stille schwappte in den Raum wie Wasser aus einem riesigen Trog. Grozki fühlte die Stille. Fühlte die Leere. Eine Leere, die er sonst mit Musik füllte. Ihm waren die Songs ausgegangen. Er hatte keine Lust, die Situation zu illustrieren. Er fühlte sich einfach leer. Am liebsten hätte er diese Frau, die in ihrer eleganten Kleidung wie ein Fremdkörper wirkte, genommen und hinausgeworfen. Alles an dieser Frau war dezent gestylt, gepflegt. Er dachte kurz daran, ihr jegliche Gepflegtheit vom Leib zu reißen, ihre Haare mit einer Schere zu verwüsten, vielleicht würde dann auch die Maske vom Gesicht fallen. Er hatte das untrügliche Gefühl, dass ihr diese Verwüstung gefallen würde, was den Gedanken daran schal machte.

Verena quittierte Grozkis abfälligen Blick mit einem arroganten Lächeln, bewegte sich aber nicht aus ihrem Eingezwängtsein hinter diesem Tisch. Sie wusste, dass er sie mit Absicht dort platziert hatte, und würde ihm nicht die Genugtuung geben. Er hatte sie angerufen, dafür gab es einen Grund, wenn sie auch nicht wusste, welchen. Wieder verließ Grozki den Raum.

Verena hörte die Dusche. In einem anderen Leben wäre sie aufgestanden und wäre Grozki in die Dusche gefolgt. Aber sie würde sich nicht die Blöße geben. Eine Anzeige wegen Verletzung der Privatsphäre zu riskieren, war das Letzte, was sie gebrauchen konnte.

Grozki war in die Dusche gegangen, weil ihm nichts anderes

eingefallen war. Weil ihm die Gesellschaft dieser Dame unangenehm war. Weil er etwas Sinnvolles tun wollte. Und da er heute aus Ermangelung von Energie und Notwendigkeit, oder aus Lethargie und Müdigkeit, noch nicht geduscht hatte, schien es ihm folgerichtig, jetzt zu duschen. Folgerichtig schien es ihm auch, sich dabei einen runterzuholen. Etwas halbherzig rubbelte er seinen Schwanz. Dachte dabei erst an Kathleens zarten Körper, knetete in Gedanken ihren Hintern, sah ihr Geschlecht von hinten. Dann drängte sich das Bild der Mieterberaterin in seine Phantasie. Wie diese ihren Rock nach oben und ihren Slip nach unten schob, sich nach vorn beugte. Grozki war sich nicht sicher, wen von beiden er ficken sollte. Die Mieterberaterin hart und schnell oder Kathleen langsam, ganz langsam. Die Bilder wechselten wie in einem Karussell, am Schluss sah er nur noch eine geöffnete Vagina vor sich, spritzte ab. Konnte sich dann nicht mehr erinnern, wessen Vagina. Dachte aber auch nicht weiter darüber nach. Er ging nackt ins Zimmer, zog sich frische Klamotten über. Und als er zurück in die Küche kam, war er erstaunt, die Mieterberaterin dort noch genauso sitzend vorzufinden. Auch wenn er sich zumindest halb einen zu ihr runtergeholt hatte, war sie danach sofort aus seinem Kopf verschwunden. Und als er sie jetzt so sah. Anders als vorhin. Ein kurzer Moment von Authentizität, die Mieterberaterin etwas zusammengesunken mit Blick aus dem Fenster, den Blick durch das Loch in der Plane auf den Himmel oder sonst was oder ins Nirgendwo gerichtet. Als sie Grozki hörte, straffte sich ihr Körper. Ihr Blick hatte einen Anflug von einem echten Lächeln, das aber sofort verschwand. Hätte sie nicht gehen müssen? Plötzlich erschien sie ihm wie eins der aufdringlichen Groupies, die demütig in einer Ecke warteten, dass sich jemand zu ihnen begab. Schlimmer noch, wenn sie am Morgen danach am Küchentisch saßen, so wie die Mieterberaterin jetzt, und auf wer weiß was warteten. Meist hatten sie Kaffee gemacht. Kaffee, den Grozki trank. Er wollte sie loswerden, so wie er jetzt die Mieterberaterin loswerden wollte. Die auch nichts sagte. Es gab zwei Sorten von Groupies, die, die nichts sagten, und die, die wie ein Wasserfall redeten.

Grozki trat auf das Pedal des Mülleimers und fischte das halbe, zerrissene Blatt, das mit Ketchup, Fett und Salz beschmiert war, heraus, wischte den Ketchup halbherzig mit dem Handballen ab und legte es vor die Mieterberaterin. Es war die obere Hälfte des Blattes, auf dem Kathleens und Grozkis Namen standen. Aus irgendeinem Grund war er sich sicher, dass die Mieterberaterin dieses Angebot akzeptieren würde. Vielleicht weil er sich nach der Dusche, nach dem Selbermachen, entspannt fühlte. Fast schon gut gelaunt. Hatte er gestöhnt unter der Dusche? Und hatte sie es gehört?

– Was ist denn da drübergespritzt?

Damn.

– Wie auch immer.

– Also?

– Also gut. Der Anwalt macht den Vertrag fertig. Juni! Das hätten wir.

Grozki klappte den Tisch nach unten und half der Mieterberaterin aus der Ecke. Die Mieterberaterin trug gar keinen engen Rock, sondern eine braune, langweilige Hose. Überhaupt war sie ihm so schnurz, ob sie den Vertrag schickte oder nicht, war ihm jetzt auch egal. Der Zettel lag noch auf dem Tisch. Grozki nahm ihn und hielt ihn ihr hin.

– Hier, Sie haben das Wichtigste vergessen.

– Danke, ich merke mir das auch so.

Er drängte sie zur Tür. Sagte noch einmal:

– Also,

weil er eine weitere Konversation vermeiden wollte.

– Auf Wiedersehen, Herr Gorzkow.
Grozki schob sie aus der Tür. Verena konnte seine Hand auf ihrer Schulter spüren. Ohne dass Grozki ebenfalls ›Auf Wiedersehen‹ sagte, schloss sich die Tür hinter ihr.
Sie betrachtete die Papptüren, die vielleicht früher weiß gestrichen worden waren und jetzt vergilbt waren, oder vielleicht schon immer beige gewesen waren. Hinter der Tür begannen Bässe zu wummern. Techno. Sie legte die Hand auf die Tür und spürte die Vibes. Das Flatterhemd lief treppauf, treppab. In ihren Ohren klingelte es.

SCHLEMMERPARADIES

Man muss die Feste feiern, wie sie fallen. Warum sollte sie sich von Kai die Freude verderben lassen? Es fehlten nur noch zwei Auszüge. Grozki und das unscheinbare Mädchen waren unter Dach und Fach. Was fand Grozki an diesem Mädchen? Sie hatte sich vorgenommen zu feiern, also feierte sie auch. Sellerie mit Erdbeereis, etwas gewöhnungsbedürftig. Vor einer halben Stunde hatte Verena die zwei prallen Einkaufstüten aus dem Schlemmerparadies auf den Küchentisch gewuchtet.
– Es gibt etwas zu feiern. Grozki und diese, na, du weißt schon, ziehen aus. Da waren's nur noch zwei.
Sie öffnete eine Sektflasche und Guavensaft. Befüllte ihr Glas Hälfte Hälfte und Kais mit Sekt pur. Sie wollte den Abend ruhig angehen. Kai nahm sein Glas und stellte es wieder auf den Küchentisch.
– Es gibt noch einen Auszug.
– Noch einen? Da weißt du mehr als ich. Hat Amreiter etwa hier angerufen? Nicht? Prof. Dr. Dr. Sonntag? Bei Windinger?

– Ich ziehe aus.
– Du? Hab ich was verpasst?
Es dauerte, bis Verena es aus Kai herausbekam. Jedes verschissene Wort war ein Kampf.
– Ich dachte, du wolltest keine Kinder?
– Die Zeiten ändern sich.
– Die Zeiten ändern sich? Und da gehst du einfach mal so hin und fickst eine andre Frau und machst ihr ein Kind?
– Es hat sich so ergeben.
Verena riss die Einkaufstüten und Verpackungen auseinander:
– Also ich feier jetzt die Auszüge, möchtest du auch etwas …?
Ein Auszug mehr oder weniger, was machte das schon. Sie nahm einen großen Teller und legte von allem etwas darauf, häufte ihn so voll, dass mehrmals etwas an der Seite herunterfiel, was sie entweder gleich in den Mund schob oder so auf dem Teller arrangierte, dass es Halt fand. Sie häufte hauchdünne Rinderscheiben neben Erdbeer-Halbgefrorenes, das sie mit einem riesigen Messer aus der Packung schnitt, und frischen Rosmarin-Kartoffelsalat neben Marzipan-Petit-Fours, holte Rum aus dem Schrank, füllte ein Longdrinkglas halb und goss wieder mit Guavensaft auf.
– Heute ist der Tag für halb und halb.
Halb und halb / Halb heiß, halb kalt. Sie schlenderte mit Teller und Glas zur Couch im Wohnzimmer und ließ Kai in der Küche stehen, drückte auf die Fernbedienung. Der Fernseher rauschte an ihr vorbei. Überall war Rauschen. Zum Fernsehgeräusch gesellte sich der Sound von Nachtasyl.
– Die Sachen hol ich bei Gelegenheit,
rauschte auch an ihr vorbei. Da hatte sie schon drei Halb-und-halb-Longdrinks, allerdings mit je anderen Säften, weitere würden folgen, so lange, bis der Teppichboden sie aufhielt.
– Vera kaputt.

NEUE SACHLICHKEIT

Der Geruch. Es war ein anderer Geruch. Einer, an den sie sich erst würde gewöhnen müssen. Ein Geruch, der unter den frisch gestrichenen Wänden hervorzukommen schien. Jede Wohnung roch anders. Diese hier roch dezent nach Herbstlaub, Herbstlaub, das in Pfützen verwitterte. Kathleen mochte den Geruch. Die Kastanie im Hof trieb ihre noch zusammengefalteten Blätter in die Aprilsonne. Es war gleichzeitig hell, beinahe grell, und dunkel, sehr dunkel. Das Sonnenviereck auf dem Boden verzerrte sich immer mehr, rutschte gegen die Wand, entfernte sich von ihrem Handy. Kathleen saß auf der noch in Folie verpackten Matratze. Unentschlossen. Sie sah sich selbst in einem Bild, nach unten gerichteter Blick, leere Wände, Umzugskisten und ein Sonnenviereck, das bald verschwinden würde. Ein bisschen fühlte sie sich erinnert an ›Morning Sun‹ von Edward Hopper. Nur düsterer. Der Körper mehr in sich gefaltet. Es war erstaunlich still.

Grozki war weg. Ihre alte Wohnung war weg. Jetzt, da eingetreten war, was sie schon lange vorausgesehen hatte, hätten Gefühle hochkommen müssen. Aber sie waren längst vorüber. Kathleen war mit ihren Gefühlen voraus oder zurück. Sie hatte schon alles durchlebt, das Verlassenwerden. Das unweigerliche Verlassenwerden, das in ihrem Kopf schon in der ersten Begegnung aufblühte, wie eine scheue Waldtulpe. Loslassen. Die Wohnung in der Marner Straße loslassen. Ihren Zufluchtsort.

Selbst der Tod schien nur noch eine Alltäglichkeit. So, als könnte man diesen in jedem Supermarkt kaufen. Ich hätte gern zwei Cola, einmal Tod und eine Zartbitterschokolade Traube-Nuss. Der Späti hätte das sicher im Angebot. Hinter Kathleen würden zwei gekühlte Sternburg auf dem Tresen landen. Das macht 5,25. Kathleen wollte fragen, ob der Typ, der die Kasse bediente, vergessen hatte, den Tod mitzuberechnen. Aber das war alles nur ein Taggespinst. Grozki war da gewesen, und jetzt war er wieder weg. Sie hatte gesagt: ›Wir haben verloren‹, und er hatte darauf bestanden, dass sie gewonnen hätten:

– Money, money, money, it's so funny.

– Was ist daran lustig? Wieder eine bezahlbare Wohnung weniger. Es geht nicht nur um uns.

– Doch, mir geht es nur um mich. Und dir geht es auch nur um dich.

Er hatte dort gelegen, wo sie jetzt saß, hatte die Arme unter dem Kopf verschränkt.

– Es gibt keine Lösungen. Es gibt nur heute. Es gibt nur jetzt.

– Du belügst dich selbst. Menschen können antizipieren. Selbst Tiere können antizipieren.

– Mach dem Kapitalismus den Garaus. Mach dem Eigennutz den Garaus.

Sie redeten aneinander vorbei. Sie hatte verloren. Ihre Wohnung verloren. Das Glas war halbleer. Sie war müde. Sie wollte nicht mehr kämpfen. Sie wollte sich nur auf das Bett fallen lassen, das noch zusammengebaut werden musste. Und sie wollte, dass Grozki blieb. Aber Grozki war weg.

Ihr Geburtstag würde dieses Jahr anders verlaufen. Ihre Eltern würden nicht unten auf der Straße stehen und nach oben schauen. Und sie würde sie nicht versteckt hinter den Vorhängen beobachten, wie sie auf und ab gingen, wie sie versuchten zu ergründen, was hinter der Scheibe vor sich ging, ob etwas vor sich ging, ob Kathleen vor sich ging. Wie sie wieder und wieder klingelten. Weggingen, wiederkamen. Nochmal klingelten. Versuchten, Kontakt aufzunehmen. Versuchten, ins Haus zu kommen, auch andere Hausbewohner nach ihr ausfragten. Sie war umgezogen. Es gab jetzt keine Adresse mehr, unter der sie sie finden konnten. Es würde auch kein Zettel mit ihrer Adresse im Briefkasten liegen.

Keine Schokolade vor der Tür stehen. Keine Postkarte mehr ankommen. Es würde kein ›wir lieben dich‹ mehr in den Briefkasten fallen. Sie wollte nichts mehr mit ihnen zu tun haben, aber jetzt, wo die Geburtstage nicht mehr so ablaufen würden wie die letzten zwölf Jahre, da fing sie an, dieses Ritual zu vermissen.

Sie sah sich selbst die Straße entlanglaufen, an den Gärten vorbei, einen Stock über den Lattenzaun langratternd. Die Kleingartenanlage war längst verschwunden, Apartmentwohnungsblöcke waren aufgeploppt. Sie erinnerte sich an das Klockern über den Lattenzaun, weil der Stock noch wochenlang in der Wohnung herumgelegen und zu einem ernsthaften Streit mit ihrer Mutter geführt hatte. Der Stock war auch über die Treppen des Fünfgeschossers geklackert und am Treppengeländer entlang geklongt. Er wäre irgendwann in Vergessenheit geraten, wenn der Tag ein ganz normaler Tag gewesen wäre. Wie immer hatte sie mit dem Schlüssel, den sie an einem breiten Band am Hals trug, die Wohnungstür aufgeschlossen. Schon im Flur hatte alles anders ausgesehen. Leerer. Was sie aber nicht weiter beunruhigt hatte, sie hatte den Ranzen neben die Schuhe gepfeffert. Dorthin, wo er nicht hingehörte. Auch die Küche hatte leerer ausgesehen, aufgeräumter. Im Hängeschrank fehlten die Gläser. Später hatten sie festgestellt, dass nicht nur die Gläser fehlten. Nach einem kurzen Blick, dass sie auch niemand beobachtete, hatte sie die Brause einfach aus der Flasche getrunken. Wäre dann ins Kinderzimmer geschlendert, das wie immer ausgesehen hatte, wenn sie nicht in ihren Augenwinkeln durch die offenstehende Glastür des Wohnzimmers eine Veränderung wahrgenommen hätte. Im Wohnzimmer fehlten das Sofa und die Sessel, der Couchtisch. Und in der Schrankwand fehlten der Fernseher, die gesamte Stereoanlage und die Boxen. Die Kabel und Stecker hingen aus dem Loch in der Schrankwand. Es fehlten auch die zwei Reihen Bücher. Die Schmitts im ersten Stock hatten sie telefonieren lassen. Beinahe hätte sie sich in die Hosen gemacht, weil sie vor Aufregung vergessen hatte, aufs Klo zu gehen. Die Polizei und ihre Mutter waren fast gleichzeitig eingetroffen. Ihr Vater war nicht erreichbar gewesen. Der Diebstahl wurde aufgenommen. Ihr Vater kam nicht zur gewohnten Zeit nach Hause, auch nicht zur Abendbrotzeit. Beim Abendbrot war ihrer Mutter aufgefallen, dass auch Teller fehlten und Tassen und Besteck. Sie hatte sich gewundert, dass die Einbrecher nicht das ganze Geschirr mitgenommen hatten, sie hatten von fast allem noch etwas dagelassen. ›Wie nett.‹ Aber in unterschiedlicher Anzahl. Was ihre Mutter irgendwie amüsiert hatte. Sie hatten beide über die Einbrecher gelacht. Sie hatten lange mit dem Abendbrot gewartet. Kathleens Bauch hatte schon laut geknurrt, da hatte die Mutter das Abendbrot eröffnet.

– Wer nicht kommt, der hat schon.

Kathleen hatte sich die Schnitten geschmiert und hungrig reingehauen. Ihre Mutter hatte sich ein Bier aufgemacht, das sie in der Kaufhalle für ihren Mann geholt hatte und das inzwischen gut gekühlt war. Die Mutter hatte am Fenster gestanden und das Bier ganz langsam getrunken. Die Dämmerung hatte eingesetzt. In der Küche wurde es dunkler und dunkler, draußen gingen die Lichter an, und keiner von beiden hatte das Küchenlicht angemacht.

– Willst du nichts essen?

– Nein, mir ist der Appetit vergangen.

Das hatte sie mit einer gewissen Abwesenheit gesagt. Und dann wiederholt:

– Wer nicht kommt, der hat schon.

Am nächsten Morgen war Kathleen von Geräuschen aufgewacht, Schranktürenklappern, Schubladenaufziehen, unterbrochen von leisen Flüchen ihrer Mutter. Sie hatte ganz verquollen, verweint ausgesehen. Kathleen hatte versucht, sie zu trösten.

– Wir können doch einen neuen Fernseher kaufen, oder nicht?
– Ich glaube, es waren keine Einbrecher.
– Nicht?
– Dein Vater hat die Sachen mitgenommen.
Dann hatte sie alles aufgezählt, was fehlte. Und gesagt, dass sie das mit dem Geschirr nicht verstehe, warum er nur drei Tassen, aber sechs Untertassen, nur vier kleine Löffel, zwei Messer, aber sechs große Löffel dagelassen hatte. Saftgläser fehlten gänzlich. Kathleen war es als Erster aufgegangen, ihr Vater hatte immer sechs Stück mitgenommen.
– Wir sind mit Saftgläsern sogar eins im Minus.
Er musste von einer Gesamtstückzahl von 12 ausgegangen sein. Dass über die Jahre Geschirr zerbrach, Besteck abhandenkam, war ihm, der immer Recht haben musste, nicht eingefallen.
Es war das Klischee vom Klischee, ihr Vater war mit seiner blondgefärbten Sekretärin durchgebrannt. Aber nicht das schien die schlimmste Demütigung für ihre Mutter gewesen zu sein, sondern dass sie das der Polizei und allen Nachbarn erklären musste. Vielleicht deshalb hatte sie jedem Nachbarn, ungefähr drei Jahre lang, jedes kleinste Detail aufgezählt, was er mitgenommen hatte. Und dass sie immerhin die Hälfte von jedem Stück bezahlt hatte.
– Wir wollen diesen Menschen nie wiedersehen.
Kathleen hatte auf der Treppe stumm genickt. Die ersten Jahre hätte sie ihren Vater gern noch wiedergesehen. Aber er war nie gekommen. Vielleicht hatte ihre Mutter das verhindert, aber er hätte sie von der Schule abholen können, vom Sport. Er war nie aufgetaucht. Manchmal hatte Kathleen gedacht, ob er nicht auch mit gestohlen worden war. Oder dass er tot war. Irgendwann hatte sie ihn in der Stadt von Weitem mit der blonden Frau gesehen. Sie sahen weder glücklich noch unglücklich aus, sie sahen aus wie ein ganz normales Ehepaar. Das hatte sie am meisten ver-

wundert. Als er sich dann doch irgendwann an sie erinnert hatte, sie sehen wollte, wollte Kathleen nicht mehr. Vielleicht hatten die Sätze der Mutter, die kein gutes Haar an ihm ließen – wie sie den Nachbarn jede Tasse aufgezählt hatte, hatte sie Kathleen jede noch so kleine Unstimmigkeit, jeden Streit, jede Unachtsamkeit und auch die größeren Vergehen wie Fremdgehen und Schläge bis ins Kleinste beschrieben –, hatten diese Sätze ihre Wirkung entfaltet. Aber sie war sich dessen nicht sicher. Schließlich hatte er nicht nur ihre Mutter verlassen, sondern auch sie, Kathleen. Er hatte sie überhaupt nicht mitgedacht. Jahre später war sie ihm wieder eingefallen, so kam es ihr vor. Und da wollte Kathleen auch nicht mehr. Sie wollte mit diesem Menschen nichts mehr zu tun haben. Sie hatte sich an den vaterlosen Zustand gewöhnt, so wie an das Erwachsenwerden, wenn es das überhaupt gab. Irgendwann hatte die Mutter sich wieder herausgeputzt, war wieder lustig geworden, hatte jemanden kennengelernt. Und Kathleen hatte sich für sie gefreut. Da war sie schon ausgezogen. Weihnachten wollte sie Kathleen den neuen Mann vorstellen. Sie hatte immer gedruckst und wollte nichts erzählen. Manchmal hatte sie gesagt:
– Er ist so ähnlich wie dein Vater.
– Das hoffe ich aber nicht.
Es war das trostloseste Weihnachten, das sie gehabt hatte, weil sie nicht darauf vorbereitet war. Mitten im Wohnzimmer, mitten auf der Couch, vor dem wiederbeschafften Fernseher, beides hatten sie sich vom Munde absparen müssen, saß ihr Vater und stellte die Stereoanlage ›wieder richtig‹ ein. Kathleen hatte das nicht verstehen können. Wie die beiden so dasaßen wie Teenager und wie sie Verständnis von ihr wollten. Aber Kathleen hatte kein Verständnis gehabt, sie war aufgestanden, hatte ihre Tasche genommen und war in ihr Studenten-WG-Zimmer gefahren. Dort hatte sie Weihnachten allein verbracht. Hatte das Klingeln von Handy, Telefon und Wohnungstür ignoriert. Hatte

kein Licht angemacht, keinen Ton von sich gegeben, solange sie ihre Eltern noch vor der Tür vermutet hatte. Nach ihrem Umzug, weit genug weg, waren sie seltener vorbeigekommen, später dann nur noch zu ihrem Geburtstag.

Grozki ging langsam durch das Treppenhaus in der Marner Straße, ging durch die offenstehende Tür von Kathleens verlassener Wohnung. Legte sich in ihr Bett, in das Bett, das Kathleen dagelassen hatte. Eine alte Klappcouch. Der geblümte Bezug war retro, aber nicht retro genug, um hip zu sein. Kathleen hatte fast alles dagelassen. Auf einmal fühlte er sich, als ob sie auch ihn dagelassen hatte. Dabei war er es, der gegangen war. Je mehr er ihre Nähe gespürt hatte, desto weiter war er zurückgewichen. Distanz ist das Zauberwort. War das Zauberwort einer ganzen Generation. Erst kam die emotionale Distanz, dann die körperliche, und dann war man allein im ganzen Weltall. Wie in ›Dark Star‹, Astronauten im Weltall, die sich nach der Explosion ihres Raumschiffs in kleinen manövrierunfähigen Kapseln immer weiter voneinander wegbewegten. ›Dark Star‹ hätte gut und gern als Persiflage von ›Alien‹ durchgehen können, nur war ›Alien‹ erst nach ›Dark Star‹ ins Kino gekommen. Auch in ›Dark Star‹ gab es ein Alien, dargestellt durch einen aufblasbaren Wasserball, grünes Gemüse genannt. Und wenn er sich recht erinnerte, hatte sich das junge Gemüse, der Wasserball, in einen der Astronauten verliebt, verfolgte ihn und wurde, weil dieser sich entzog, böse, hinterhältig und sprengte das Raumschiff in die Luft.
– Hast du keine anderen Freunde?,
hatte Grozki gefragt.
– Doch, warum?
– Warum ich?
– Warum du? Ich weiß nicht, weil ich dich gefragt habe. Deshalb du.

Mit sichtbarem Widerwillen hatte er begonnen, das neue Bett mit aufzubauen. Zweimal waren die Seitenleisten heruntergefallen. Einmal aus Versehen, und einmal hatte er sie absichtlich losgelassen. Kathleen hatte ganz genau die Anleitung studiert. Wahnsinnig langsam hatte sie die einzelnen Teile zurechtgelegt. Das hatte Grozki verrückt gemacht. Als wenn sie seine Gedanken hätte lesen können, streckte sie ihre Hand nach vorn, um ihn zu beschwichtigen, sortierte weiter und legte die Holzteile in der vorgegebenen Reihenfolge zurecht. Am liebsten hätte er ihr alles aus der Hand gerissen. Stattdessen war er aufgestanden und hatte nur gesagt:

– Ich geh dann nochmal ums Eck.

An der Tür hatte sie gefragt:

– War's das?

– Das war's.

Hier in Kathleens Bett zu liegen, auch wenn es im Grunde genommen nicht mehr ihr Bett war, fühlte sich gut an.

Kathleen löste sich aus ihrer Starre und begann, die angefangene Arbeit fortzusetzen, sie baute das Bett allein auf, stellte Kisten so hin oder legte Bücher unter, dass die Teile in die richtige Höhe kamen und zusammengeschraubt werden konnten. Sie befreite die Matratze von der Folie und wuchtete sie auf das Gestell. In dem Moment, in dem die Matratze auf dem Bett lag, wich jegliche Energie aus ihr. Als hätte die Energie nur gerade so gereicht, um die Tätigkeit hinlänglich zu Ende zu führen. Sie legte sich auf die blanke Matratze und betrachtete die Äste der Kastanie, die sich von einem unmerklichen Wind wenige Zentimeter hin- und herbewegten. Grozki war weg, und er würde auch nicht wiederkommen. Das war's. Auf eine seltsame Art war Kathleen erleichtert. Sie fühlte sich befreit, befreit von der Ungewissheit. Sie stand auf und suchte einen passenden Song.

Ohne es selbst zu merken, dass sie damit Grozki imitierte, wie man Gewohnheiten von jemandem übernimmt, den man liebt, suchte sie einen Song, der zu der Leere passte, der Leere in ihr, der Leere in der Wohnung. *Ain't got no home, ain't got no shoes ... Ain't got no love, ain't got no name ... Ain't got no God.* Nina Simone sang aus den klirrenden Lautsprechern ihres Laptops. Bei *Got my hair, got my head / Got my brains, got my ears / Got my eyes* begann Kathleen, sich zu bewegen. Den Rhythmus aufzunehmen. Tippte ihre Füße auf die Dielen, drehte ihre Hände und Arme in die Luft, schüttelte Schultern und Kopf. Sie stellte den Song auf Looping und ließ sich wieder aufs Bett fallen. Ihre Hände und Arme drehten noch eine Weile Spiralen in der Luft, ihre Hüfte wippte leicht. Sie zog Jeans, Slip und Socken in einem Zug aus, warf das T-Shirt über den Kopf auf den Boden. *Got my fingers, got my legs.* Grozki war weg, aber niemand konnte einem verbieten, ihn sich vorzustellen, seine Hände, seinen Schwanz, sein Eindringen, sein Zucken, sein Stöhnen. Jetzt, wo er weg war, war er mehr da, mehr da als in den letzten Wochen und Monaten. Jetzt hatte sie ihn ganz für sich. Sie drückte ihre Finger zart nach unten, das Becken nach oben. *Got my back, I got my sex.* Ein Flackern zwischen den Beinen, ein gepresstes Ausatmen. Loslassen. Hinsinken. Wegdämmern. Jetzt war sie die ›Schlummernde Venus‹ von Giorgione, sie musste an die Interpretation denken, ›mit der Linken bedeckt sie ihre Blöße.‹ Haha. Die Hand der Venus lag entspannt, so wie ihre jetzt. Hinter der Kastanie auf der Brandmauer des Nachbarhauses schwammen helle Vierecke, Reflexionen der Fenster, Sonnenspiegelungen. Kathleen ließ sich in den Abgrund des Schlafs fallen. Und Nina Simones Finger fielen weiter auf die Tasten.

Grozki wusste nicht, wohin mit sich. Er hätte helfen können. Aber er wollte keinen Handschlag tun an seinem Auszug. Das Bedürfnis zu rauchen wurde stärker, er brauchte etwas, womit er seine Hände beschäftigen konnte. Etwas, das ihm das Gefühl einer Tätigkeit gab, nicht dieses Dastehn. Er wusste, dass sich die drei Männer und eine Frau, die seine Sachen in Kisten packten, beobachtet fühlten. Deswegen war er nach unten gegangen. Es war ein ungewöhnlich heißer 2. Juni. Und es sollte noch heißer werden. Grozki stand auf dem, was einmal Rasen gewesen war, den die Baumaschinen zerfahren hatten. Die Tasche, die er auch bei seinem Einzug dabeigehabt hatte, wie ihm jetzt bewusst wurde, stand neben seinen Füßen. Er ging, wie er gekommen war. Wenn die letzte Umzugskiste im Kastenwagen verstaut war, würde er ein Taxi rufen. Zu einem standesgemäßen Auftritt gehörte auch ein standesgemäßer Abgang. Ihm war warm, aber er wollte die Jeansjacke nicht ausziehen. Er wollte auch schwitzen, so wie die dickliche, kleine Frau mit der Latzhose, die gerade einen geflochtenen Korb mit Büchern, den Grozki glaubte noch nie gesehen zu haben, aus der Tür trug. Das rote, weißgemusterte Bandanatuch auf ihrem Kopf wirkte deplatziert. So als wenn Grozkis Mutter so ein Tuch tragen würde, was aber nicht vorkam. Vielleicht sollte er ihr zu Weihnachten so ein Tuch schenken. Mother-Rap. Aber Weihnachten war weit weg, genauso wie seine Mutter. Er würde nicht hinfahren, und er würde ihr auch nichts schenken.

Grozki zog einen Haargummi aus der Hosentasche und fasste seine Haare im Nacken zusammen. Er wollte das Schwitzen nicht übertreiben. Aber er wollte, dass jedes Gramm hinausgetragen wurde. Auch wenn diese ackernden Minijobber rein gar nichts dafür konnten. Er konnte ihnen jetzt nicht helfen. Sie wurden ja auch dafür bezahlt. Sofort sprang ihm dieser Satz ins Gedächtnis: ›Alle können nichts dafür‹, der in Neukölln an das Fenster einer leeren Wohnung gesprüht worden war in der Nähe des alten Modulor-Ladens, wo er die Plexiglasplatte für Inas Couchtisch hatte zusägen lassen. Es war nur ein Satz, aber er hatte sofort eine ganze Familie vor sich gesehen, Kopftücher, Tränen und Wut. Niemand wollte etwas dafür können. So wie jetzt.

Gerade hievten die Umzugshelfer umständlich den Kleiderschrank aus der Eingangstür. An der Plattform des Umzugswagens entglitt der schwere, schmucklose Kasten den Trägern für einen Moment. Als sie ihn wieder im Griff hatten und auf die Seite drehten, sah Grozki den schwarzen, nach oben züngelnden Brandfleck. Nicht ein einziges Mal, seitdem er hier wieder gewohnt hatte, hatte er an Annelie gedacht. Sie war aus seinem Gedächtnis verschwunden gewesen, so wie ein paar der Gegenstände, die soeben aus der Wohnung getragen wurden.

Annelie. Nach dem Brand hatte Ina den Schrank so an die Wand gestellt, dass die Brandspuren nicht sichtbar waren. ›Eine Verrückte‹, hatte Ina gesagt. Und Grozki hatte ihr beigepflichtet. Ina brachte immer alles in Ordnung. Sie hatte Tom, der Grozkis Wohnung damals bewohnte, 300 Mark in die Hand gedrückt, und gemeinsam hatten sie die Wohnung wieder renoviert. Sie konnten von Glück reden, dass nichts Schlimmeres passiert war. ›Wie kann man eine Wohnung anzünden?‹ Ina hatte das Grozki immer wieder gefragt. Und Grozki hatte sich genauso entrüstet wie Ina. Manchmal, um Ina zu beruhigen, hatte er ›scheiß Sexualität‹ gemurmelt. Irgendjemand hatte die Feuerwehr gerufen, Grozki hatte vermutet, dass es Annelie selbst gewesen war. Tom hatte Grozki einen Freundschaftsdienst erwiesen, irgendwo musste Lie ja schlafen, mussten Lie und er ja schlafen. Er hätte sie ja nicht mit zu Ina nehmen können. ›Abgedreht, die Tante‹, hatte Pjotr gesagt. Pjotr und Pjotrs Freundin waren die Einzigen, die Lie kannten. Sie hatten Ina dann auch bestätigt, dass Lie eine Verrückte war, dass man da schon so Andeutungen gesehen hätte. Dabei war das Einzige, was Pjotrs Freundin wirklich hatte vorbringen können, dass Annelie die ihr angebotene Florena-Creme mit einem Naserümpfen abgelehnt hatte. Vielleicht war Lie ein bisschen schroff gewesen. Zu direkt – wie jemand, dem die Kraft zur Höflichkeit fehlte.

Nach dem Konzert hatten sie im Abteil gesessen. ›Wir kommen nicht in Fahrt, ha, ha.‹ Aber niemand hatte gelacht. Das Kassa, Kassablanca, der Club, der nach mehreren Umzügen direkt neben den Gleisen des Westbahnhofs Platz gefunden hatte – Grozki hatte die Location im Paradiespark besser gefallen, aber gut, die Clubs waren oft neben den Gleisen, da wo sie nicht störten –, das Kassa hatte einen alten, abgestellten Schlafwagenwaggon als notdürftiges Gästehotel für die Sommermonate etabliert. Partystimmung war nicht aufgekommen, Pjotr und seine Freundin tranken nicht viel. Grozki war mit Lie dann bald ins andere Abteil gegangen. Es war nichts gelaufen. Lag es an ihm oder an ihr? Sie hatten über die Band geredet, und er hatte von Ina erzählt, dass es eine Zweckbeziehung war. Lie hatte wenig von sich erzählt. Sie war das Gegenteil eines normalen Fans, eines Groupies. Wenn man die reden ließ, erzählten sie stundenlang. Deswegen ließ Grozki Fans nie zu Wort kommen.

In seinem Agenturbüro in der Kastanienallee hatte Mike ihm Wochen davor den Brief wie einen Scheck überreicht, ›Fanpost‹. Mike machte das Booking, organisierte die Tour. Im Gegensatz zu Annelie konnte er Mike genau vor sich sehen, geblümtes Nylonhemd, das vorne zwei Knöpfe zu weit aufstand, was bei jedem anderen schwul ausgesehen hätte, aber Mike hatte ›Schlag bei den Damen‹, wie er es gern formulierte. Keine Konkurrenz für Grozki. Mike war zu glatt. Viel Fanpost bekam Grozki nicht, er beantwortete sie sporadisch, je nach Laune, manchmal schrieb er auch zurück: ›Fuck yourself.‹ Die kamen trotzdem wieder. Annelie hatte er die neue CD geschickt. Vielleicht, weil ihr Sohn eine Sonne auf den Brief gemalt hatte. Annelie war dünn gewesen, etwas zu dünn, sie hatte hungrig ausgesehen, unaufdringlich und leicht unterkühlt. Sie hatte in Jena vor der Bühne gestanden im Kassablanca, wie verabredet. Sie kam aus einer westdeutschen Kleinstadt und war 300 Kilometer gefahren, um Grozki, um Nachtasyl spielen zu hören. Sie sagte, dass sie glücklich wäre, nach Jena gekommen zu sein und Grozki getroffen zu haben. Ansehen konnte man ihr dieses Glück nicht. Er hatte sie dann öfter angerufen. Immer, wenn er etwas down war. Lie schrieb Briefe. Die Post lief über Mike. Scheiß Provinz, alles war zu eng. ›Komm nach Berlin‹, hatte Grozki gesagt, mehrmals gesagt, und er hatte es auch so gemeint. Aber sie konnte nicht weg, wegen ihres Sohnes. Und dann konnte sie doch, für eine Woche. Und Grozki hatte das mit der Wohnung klargemacht, es war ja seine Wohnung, wie er Tom erklärt hatte, und überhaupt. Es war anders als sonst, es war keine Affaire. Lie sagte zwar ähnliche Sätze wie die anderen Fans, aber sie sagte das in einem Ton, der fast ein Vorwurf war. Die ersten zwei Tage war alles gut gegangen. Sie waren hauptsächlich in der Wohnung. Der Sex war weder gut noch schlecht, aber das war es nicht. Er hatte nur irgendwann das Gefühl gehabt, als wäre der Gesprächsstoff ausgegangen. Er schämte sich auch ein bisschen vor Ina, obwohl er das nicht wollte. Er wollte Lie nicht überall mit hinnehmen, er konnte nicht überall mit ihr auftauchen, einen Abend waren sie im Kino gewesen und ein andermal auf einem Konzert im Mudd Club. Dann waren ihm die Ideen ausgegangen. ›Ich brauch mal einen Tag für mich‹, hatte er gesagt und war verschwunden. Er wusste nicht, wie Annelie die drei Tage verbracht hatte. Später hatte er auf Toms Telefon angerufen, sein Körper war kurz vorm Zer-

bersten. Er hatte zu viel eingeworfen, so dass er Annelie in Toms Wohnung zwischenzeitlich vergessen hatte, was wahrscheinlich auch die Absicht dieses Exzesses gewesen war. Sie war sofort rangegangen, als hätte sie neben dem Telefon gestanden. Trotzdem war ihre Stimme rau und kalt: ›Ja?‹ Er hatte ihr dann einfach nur gesagt, dass Tom seine Wohnung wieder bräuchte und dass sie den Schlüssel in den Briefkasten werfen soll. Sie hatte nicht geantwortet, sondern einfach aufgelegt.
Über Tom hatte Ina alles erfahren, Tom war richtig sauer gewesen, die Feuerwehr war zwar noch rechtzeitig gekommen, aber das halbe Zimmer war verkokelt. Es hatte nach verbrannter Plaste gerochen. Grozki hatte sich gefragt, ob der Geruch überhaupt wieder aus der Wohnung zu bekommen war. Von Lie hatte er danach nichts mehr gehört. Er konnte sie verstehen. Er wusste mehr über Annelie, und Annelie wusste mehr über ihn. Pjotr und seiner Freundin erzählte er von Lies Sohn, dass er behindert war, dass ihr Freund sie deshalb verlassen hatte. Dass so ein Sohn ein Stigma war in einer Kleinstadt, dass sie isoliert war. Deshalb hatte Grozki gewollt, dass sie nach Berlin kommt. Er konnte sich vorstellen, was Lie dachte, dass er auch einer von den Arschlöchern war, die sich verpissten, wenn sie ihren Sohn sahen. Mit dem Sex war es auch schwierig in einer Kleinstadt, immer sprach sich alles rum. Aber es ging nicht um Lies Sohn. Sondern es war um etwas anderes gegangen, aber darüber wollte Grozki nicht nachdenken. Damals nicht und heute auch nicht.

– Wir sind jetzt fertig, wollen Sie nochmal hoch?
Die kleine Frau, die wohl die Sprecherin der Umzugsbrigade war, stand wartend vor Grozki, sie wischte sich mit dem Bandanatuch etwas Dreck von ihrem linken Arm.
Der Anblick der leergeräumten Wohnung trieb Grozki Tränen in die Augen, ohne dass er wusste, warum.

REGEN

Dieter hatte das Gefühl, als könnte es hereinregnen, als wäre die Wohnung ein Zelt. Je länger es regnete, desto eher würde es feuchte Stellen geben, man durfte die Zeltwand nicht berühren, sonst bildeten sich Tropfen, die Schwebe würde zerstört, die Adhäsion sich auflösen. Die Anziehung der Teilchen. Als dürfe er in der Wohnung nichts berühren, nichts umstellen. Nicht bewegen. Er fühlte sich klamm. Hatte er den Graben um das Zelt tief genug gezogen? Konnte das Wasser abfließen? Wie lange würde er es in dieser Enge aushalten? Welcher Tag war heute? War heute Sonntag? Ein verregneter Sonntag. Dieser Juli war kein Juli, so wie dieser Sonntag, war überhaupt Sonntag?, kein Sonntag war. Was sollte er mit der Zeit anfangen? Ein Buch lesen? Dieter machte noch nicht mal eine vage Andeutung, sich zur Schrankwand mit den Büchern umzudrehen. Es gab noch etliche Bücher, die er nicht gelesen hatte, und viele, viele, die er noch einmal lesen könnte. Das Vergessen war wie der Regen, eine undurchdringliche graue Fläche. Sollte er den Ofen heizen? Im Juli den Ofen heizen? Seit Kathleen und Herr Gorzkow ausgezogen waren, hatte sich die Permeabilität verändert. Er fühlte sich durchlässig. Irgendetwas drang in ihn ein. Wie um sich selbst zu überzeugen, sagte er laut:
– Ich bin sehr gern allein.
Er horchte, ob eine Antwort käme. Eine Reaktion. Von Irene, die nicht da war. Ein ›Bist du nicht, du bist überhaupt nicht gern allein‹. Und Recht hatte sie, aber das würde er niemals zugeben.
So ging das jetzt schon zwölf Tage. Wenn er es gar nicht mehr aushielt, nahm er den Stoffbeutel mit dem Aufdruck ›Schillerapotheke‹ aus der obersten Schublade des Flurschrankes – Irene hatte ihm genau einen Beutel dagelassen, und Dieter fragte sich, was sie mit den restlichen sieben oder acht Beuteln anfing – und ging

einkaufen. Das Übliche: Brot, Butter, Aufschnitt, Getränke, Konserven. Wie aus Trotz kaufte er Irenes Lieblingsfleischsalat und Gemüse, das er nicht mochte, viel zu viel, die Hälfte des Einkaufes würde im Müll landen. Er wusste das schon jetzt. Als Kathleen und Herr Gorzkow noch da gewesen waren, manchmal war er auch versucht, ihn wie Kathleen ›Grozki‹ zu nennen, hatte er die beiden gelegentlich zum Essen eingeladen. Kathleen öfter als Grozki.
In den letzten Tagen brauchte er zunehmend Hilfskonstruktionen: Was habe ich sonst um diese Zeit gemacht? Wenn es ihm einfiel, dann ging er beispielsweise in die Küche und machte sich Nudeln mit gebratener Jägerwurst. Dieter hatte heute noch nicht in die Zeitung geschaut und auch noch nicht die Aktienkurse verglichen. Seit Irene ausgezogen war, fehlte der Widerstand. Wen sollte er über den Fortgang der Dinge, über steigende und fallende Kurse unterrichten?
Nachts hörte Dieter manchmal Stimmen und Schritte. Was aber nicht sein konnte. Er war allein. Allein im ganzen Wohnblock. Im Geisterblock. Er hörte es knarzen und Fenster knallen, wahrscheinlich hatten die Bauarbeiter absichtlich in Grozkis oder Kathleens Wohnung Fenster offen gelassen. Am liebsten würde er alle Aufgänge ablaufen, alle Wohnungen. Nachts schreckte er hoch und konnte sich nicht gleich orientieren – war er auf dem Schreibtisch eingeschlafen? War das sein Zimmer? –, die hallenden Flure der Universität geisterten durch seine Träume. Aber jetzt war es ihm unheimlich. Während er sich damals so erhaben vorgekommen war, er allein in den dunklen Fluren. Die durchwachten Nächte seiner Assistenzzeit Mitte der 60er Jahre. Manchmal war Irene vorbeigekommen.
Er sollte den Ofen anheizen. Er müsste in den Keller gehen und Holz holen. Das graue Trommeln auf dem Fensterbrett. Er vermisste Irene, Irene, die ihn jetzt anfauchen würde: ›Bist du immer noch nicht im Keller, wie lange soll ich denn noch frieren?‹

Jetzt vermisste er sogar die Bauarbeiter, die realen Geräusche. Die Geräusche, die ihn davon abhielten, über den Tod nachzudenken. Was würde jetzt noch kommen?
Alle anderen Keller waren bereits geräumt und die Verschläge aufgelöst. Die Holzgittertür schleifte über den Boden. Der Keller war erstaunlich leer, Dieter wunderte sich, was Irene alles mitgenommen haben musste. Wo sie doch eigentlich die Dinge in den Keller gebracht hatte, weil sie ihnen kein Bleiberecht mehr einräumte, und aus dem Keller waren sie meist nach und nach auch verschwunden, die gesammelten Jahrgänge des Magazins und des Sputnik, vergilbte Reclam-Hefte.
Dieter versuchte, die klobigen Holzscheite so in den Eimer einzupassen, dass er nicht ein zweites Mal hinuntermusste. Wenn die zwei schmalen Abschnitte eines Birkenstämmchens, die er über die anderen Scheite gelegt hatte, nicht nach unten gerutscht wären, wäre sein Blick nicht in das Regal gefallen. Alles war so leer. So leer, dass ihm der dicke Stapel Papier, der im Karton eines Versandhauses lag, bei dem Dieter gern ›unsinniges Zeug‹ bestellte, wie Irene sagte, direkt ins Gehirn sprang. 700 Seiten. Fein säuberlich protokolliertes Leben. Musste man der Stasi dankbar sein? Daneben lag Irenes Herbarium, ein ziselierter Holzkasten. Dieter öffnete den Kasten, obwohl er sich nie dafür interessiert hatte. Das Papier war vergilbt, und auch die gepressten Pflanzen und Pflanzenteile unterschieden sich kaum noch voneinander. ›Euphrasia officinalis – Gemeiner Augentrost, Familie der Sommerwurzgewächse, Senzig, 4. April 1965‹ und ›Ammophila – Strandhafer, Familie der Süßgräser, Neuendorf, 14. August 1964‹ stand in Irenes etwas kantiger Handschrift.
Auf dem Weg nach oben kontrollierte er den Briefkasten. Nichts. Selbst die Werbung hatte ihn aufgegeben. Keine Prospekte.
Das Feuer wollte nicht richtig in Gang kommen. Der Schornstein zog immer noch schlecht. Dieter warf vier Stückchen des

Kohleanzünders hinterher. So viel hätte er früher nie verbraucht, das war Verschwendung. Er war oft sogar ohne Kohleanzünder ausgekommen. Das geknüllte Papier unter dem Holz war in sich zusammengefallen. ›Wird das heute noch was?‹ Irene würde jeden Augenblick aus der Küche kommen. So wie jeden Augenblick auch die Nachbarn zurückkämen. Einen Moment lang war er in Versuchung, sich einfach auf den Teppich zu legen. Aber so weit war es noch nicht. Das wollten die doch nur. Aber nicht mit ihm, er war noch lange nicht am Ende. Noch lange nicht. Er zog sich am Sessel hoch. Das war also der Vorgeschmack auf den Tod. Er ging nicht mehr gern aus dem Haus, er hatte Angst, dass in seiner Abwesenheit die Wohnung geräumt werden würde. Dass das Haus nicht mehr dastehen würde. Oder der Eingang zugemauert war. Man kannte das ja. Manchmal stellte er sich auch vor, dass der Eingang zugemauert wurde, während er in der Wohnung war. Aber seit Tagen geschah nichts.

Die Gardinen, irgendwas war mit den Gardinen, Dieter wühlte seine Hand hinein, zupfte, aber er bekam es nicht hin, nicht so, sie fielen nicht in weichen Wellen, irgendwo hakte es, selbst an der Tapete hielt die Gardine sich fest, als würde er ihr etwas antun wollen.

Gestern hatte er Irene angerufen.

– Sonntag.

– Hier auch Sonntag.

Darauf war ein kurzes Schweigen gefolgt. Vielleicht trennten die fast 50 gemeinsam verbrachten Jahre sie mehr, als dass sie sie verbanden. Dieter war aufgeregt wie bei ihrem ersten Treffen. Dabei war es Irene gewesen, die ihre Handtasche an der Straßenbahnhaltestelle vor Aufregung hatte stehen lassen. Das hatte ihm Sicherheit gegeben, bis heute. Oder bis gestern. Irene erzählte, sie habe die Müller getroffen, die in der Nähe wohnte, in Irenes Nähe, nicht in Dieters. Mehrmals getroffen.

– Mein Beileid, hat die gesagt. Na, so schlimm ist es auch nicht. Haha. Ich glaube, sie hat gedacht, du bist tot. Jetzt bin ich wieder die Furie.
– Die Müller war noch nie richtig im Kopp.
– Na, jedenfalls kannst du dir jetzt überlegen, wann deine Beerdigung sein soll und wen du einladen willst. Es haben schon drei Leute angerufen. Professor Wedlik, die Ranserners und dein Arbeitskollege, dieser, dieser ...
– Stansdorf, Kast, Bleiser?
– Kast.
Während Irene redete, sah er sie über den Strand laufen. Und ihre Empörung jedes Mal, wenn er sie mit einem Fußwurf ohne Vorwarnung in den Sand fallen ließ. Wie hieß nochmal dieser Fußhebel? Jedes Mal die gleiche Empörung. An einem dieser Tage musste sie den Strandhafer gepresst haben.
– Ist noch was?
Dieter hatte fast nichts gesagt. Wo war dieses Buch, Dieter ließ die Gardine, die sich seltsamerweise entspannte, los und rasterte mit den Augen die Buchreihen ab. O-soto-gari, so hieß der Fußwurf. Nein, es war nicht hier. Im Arbeitszimmer öffnete er eine Schranktür nach der anderen, seit Irenes Auszug hatte er hier nicht reingeschaut. Auch davor kaum. Auf dem linken unteren Flügel hatte jemand, Sascha, wer sonst, mit Kugelschreiber ins Holz geschrieben: ›Scheiß Missverständnisse‹. Das war ihm noch nie aufgefallen. Dabei musste es da seit 20 Jahren stehen. Wahrscheinlich war irgendetwas darüber gewesen. Ein Kalender? Dieter versuchte, sich zu erinnern, was an dieser Stelle geklebt haben könnte. Und was war damals gewesen mit Sascha? Er hatte nicht viel mitbekommen von ihm, außer dem, was Irene erzählte. Sascha war irgendwann mit so einer CD angekommen, die lag auch in dem Fach. Nick Cave – The Good Son. Was sollte er damit anfangen? Dieter öffnete die Hülle, aber sie war leer.

This is a weeping song war unterstrichen. Dieter setzte sich auf die Ausziehcouch. Wenn er zu laut schnarchte, war Irene hierher umgezogen. Er war müde, so müde. Aber er war sich nicht sicher, ob er heute Nacht würde schlafen können.
Gestern hatte er einen Blumengutschein gekauft. Wahrscheinlich hatte Irene das Buch schon mitgenommen, ›Ingrid Babendererde‹. Die Figur der Ingrid hatte ihn an Irene erinnert. Das Schnippische. Irene war wie der Schriftsteller Johnson auf die John-Brinckman-Oberschule gegangen, nur ein paar Jahre später. Die Schule war ihm viel heller vorgekommen, die abfallenden Wiesen dahinter, die kleinen Gassen. Sonnig, es war ungeheuer sonnig gewesen. Jetzt wusste er, wo es war. In der zweiten Schublade. Da war es, unter dem Weinratgeber. Warum war es nicht im Wohnzimmer? Er wollte es Irene schicken. Er suchte einen Briefumschlag aus der Schreibtischschublade heraus, holte den Gutschein von Blume 2000. Aber etwas ließ ihn zögern. Irgendwo in seinem Kopf hatte sich dieser Satz festgehakt: So weit kommt es noch. Irene würde es nicht verstehen. Er legte den Blumengutschein in das Buch und legte es zurück in die Schublade. In der Küche wischte er die Tropfen, die von seinem Kinn auf die Spüle fielen, mit einem rosa karierten Geschirrtuch, Geschirrtücher hatte Irene ihm etwa 15 Stück dagelassen, von dem glänzenden Edelstahl.

GIER

Ein letztes Mal die Wohnung bei Dunkelheit sehen. Er geisterte in der Wohnung herum, als müsste er sich alles einprägen. Genauso gut könnte er die Augen schließen und würde sich fast ebenso zurechtfinden. Heute beleuchtete der Strahler des Krans die andere Seite, das gegenüberliegende Haus, und ließ die Wohnung im Dunkel, zumindest fast. Wie viel Zeit blieb noch? Bis zur Dämmerung. Das Flackern der Straßenlaterne ließ die Schatten im Zimmer größer und kleiner werden. Leere. Er war erschöpft, ausgelaugt, als hätte er zu lange in der Sauna gesessen.

›Das ist kein schlechter Deal‹, das waren Amreiters Worte gewesen. Finanziell gesehen hatte Amreiter recht. Die Anwältin hatte zugeraten. Es hätte keinen Sinn, das Ganze noch länger hinauszuzögern. Das Angebot wäre akzeptabel. Akzeptabel im Sinne von: ›Ich rate Ihnen, es anzunehmen. Es wird keine andere Lösung geben.‹

Alle waren davon ausgegangen, dass es keine andere Lösung geben würde, von Anfang an. Und er fragte sich, ob er daran geglaubt hatte, dass eine andere Lösung möglich wäre. Seit er allein im Haus war, gab es nur einen Tag nach dem anderen. Ein leeres Haus – voller Einsamkeit, voller Erinnerungen, bevölkert von Dystopien. Dystopie, ein Begriff, den er bis vor Kurzem immer wieder hatte nachschlagen müssen. Das Gegenteil von Utopie. Auch wenn das nicht ganz korrekt war.

Das Thema ist durch, hatte Amreiter gesagt. Obwohl er diesen Artikel geschrieben hatte, jetzt doch. Vielleicht, um den Deal klarzumachen. Es ging immer nur um das Eine. Auch wenn die drei Buchstaben bei ›das Eine‹ aufploppten: SEX. Aber das war ein Trugschluss, es ging um das andere Eine: um GELD. Alles war käuflich. Seelenverkäufer in eleganter Kleidung mit eleganten Worten, manchmal auch derb.

Früher hatte es Utopien gegeben und Idealismus. Wobei er keine Augenwischerei betreiben wollte. Die Bäume, die sie gepflanzt hatten, wuchsen noch immer in den Himmel. Er hatte plötzlich das Bedürfnis, dorthin zu fahren, dorthin, wo er als Waldarbeiter, als 16-Jähriger, Bäume gepflanzt hatte. Vielleicht wuchsen sie auch nicht mehr. Vielleicht waren sie geschlagen worden. Verarbeitet, zu Zellulose, zu Brettern, zu Möbeln, bestenfalls.

Wahrscheinlich war jeder sich selbst der Nächste. Aber es hatte dieses Gefühl gegeben. Früher. In seiner Jugend. Das Gefühl des Aufbruchs. Er war sein bestes Beispiel. Vom Waldarbeiter zum Professor.

Aber in dem Maße, wie die Kritikfähigkeit verloren gegangen war, war das Land verloren gegangen, so sah er das. Es hatte zu viele gegeben, die nicht an das Land geglaubt hatten. Zu viele leere Worte. Früher hatte Geld nicht viel gezählt, da hatten Beziehungen gezählt. Gibst du mir, geb ich dir.

Die Leute waren sich gleicher. Akademiker kamen aus Arbeiterhaushalten. Er kam aus einem Arbeiterhaushalt.

Heute werden die Kasten immer undurchdringlicher, jede Kaste passt auf, dass niemand hineindrängt. Die Hartzer sind die Unberührbaren.

Die ganz oben sind die Hütchenspieler. Man denkt, man weiß, wo das Geld liegt, aber wenn man das Hütchen lüftet, ist es verschwunden. Da sind diese Panama- und Paradise-Papers nur winzige Tropfen in einer riesigen Wüste. Weil jeder mitspielt. Weil fast alle käuflich sind. Er war nun also auch käuflich. Vielleicht schon lange käuflich gewesen. Rendite. Rendite. Rendite.

Durch Amreiters Artikel war Dieter klargeworden, dass er schon lange Teil des Getriebes war. Ein Rädchen, das die Maschinerie am Laufen hielt. In seinem Aktienportfolio war auch ein Anteil an Deutsche Wohnen. Die Deutsche Wohnen und Vonovia besaßen die meisten Mietwohnungen in Deutschland – wahrscheinlich auch anderswo. Wenn die Deutsche Wohnen also die Miete erhöhte, die Rendite, erhöhte sich auch der Wert seines Anteils.

Er war müde. Bald würde es dämmern. Bald würden Irene und Sascha und die Möbelpacker kommen.

Er konnte sich nicht erinnern, wann er sich ins Bett gelegt hatte, er lag voll angezogen auf dem Überwurf des Bettes. Er schwitzte. Im Traum war er mit Irene und Sascha durch die Schonung gelaufen, die Bäume etwa drei Meter hoch. Es war heiß gewesen, Sommer. Auf sandigem Boden wuchsen die Kiefern. Sascha, vielleicht fünf Jahre, war zwischen den struppigen Zweigen der Schonung verschwunden. Dieter lief Schweiß übers Gesicht. Er wunderte sich, dass er sich an den Traum erinnerte, er erinnerte sich sonst nie an Träume.

ERLEDIGT

Der Schreibtisch war leer. Alle Stifte und Haftnotizzettel, all der Bürokram war in die Schubladen geräumt, wie immer, wenn ein Auftrag abgeschlossen war. Auf dem leeren Schreibtisch lag ein Briefumschlag. Der Nieselregen, laut Wetterbericht nur ein kurzes Zwischenspiel zwischen zwei ausgedehnten Hochs, gab dem Büro in seiner weiß-grauen Trostlosigkeit in gewisser Weise eine Legitimation. Sie starrte auf das Regal mit den Aktenordnern. Alles war erledigt, auch der Brief an Windinger, der seine Abrechnungen immer auf Papier geschrieben haben wollte. Keine Mails. Sie steckte den Umschlag in ihre gelbe Ledertasche, die sie heute Morgen achtlos aus dem Schrank genommen hatte. So wie sie die letzten Tage auch achtlos gewesen war in der Auswahl ihrer Kleidung. Nicht dass es irgendjemandem auffallen würde. Sie sah noch immer gepflegt und ordentlich aus. Nur diese Nuance, nur ihr selbst fiel es auf, dass sie keinen Wert mehr darauf legte, ob die Bluse mit den zarten roten und weißen Streifen zu dem heugrünen Rock passte oder nicht.
In der U-Bahn bereute sie, dass sie kein Taxi genommen hatte. Den Brief hatte sie nicht eingeworfen. Auch das kannte sie nicht von sich.
Als sie 57 Minuten später die Tür aufschloss, war es noch im-

mer warm im Haus. Die Räume waren aufgeheizt, Verena ließ ihre Schuhe von den Füßen fallen, ging barfuß durchs Untergeschoss und öffnete alle Fenster und die Terrassentür. Der Zugwind wehte Kais Zettel, der auf der Couch gelegen hatte, auf den Fußboden. Verena hob ihn nicht auf. Aber die Tatsache, dass der Zettel auf dem Boden lag, dieses Stück Unordnung, das Kai mit seinem Zettel nun immer noch verursachte, obwohl er nicht da war, machte sie müde. Sie ließ sich auf die Couch fallen. Das leise Rauschen des Ahorns rief eine angenehme, beruhigende Erinnerung wach, die sie aber nicht zuordnen konnte.

Obwohl sie schon 13 Jahre hier wohnte, fühlte es sich anders an, die Geräusche waren ungewohnt, fremd. Sie fühlte sich wie zu Besuch, wie in einem fremden Land.

Ein plötzliches Knacken ließ sie aufschrecken. Verena kam es vor, als hätte Kai seine Schreckhaftigkeit, seine Ängste hiergelassen, dagelassen für Verena. ›Walther, kümmer dich mal‹, sagte sie jetzt zu sich selbst, wie sie das sonst in ironischem Tonfall zu Kai gesagt hatte. ›Walther?‹ War sie noch da? Verena stand von der Couch auf und stolperte halb über ihre Tasche, was sie noch ein klein wenig mehr verunsicherte. Sie nahm den Brockhaus von SIE bis Z aus dem Regal. Da war sie, die schwarze Walther Compact, für die Kai akkurat, passgenau wie die gelieferte Verpackung, einen Hohlraum aus den Seiten geschnitten hatte. Kai hatte sie also dagelassen. Warum hatte er sie dagelassen? Hatte er keine Angst mehr? Hatte er sie vergessen? Oder war das eine von seinen wenigen Anwandlungen von Zuneigung zu ihr, dass er sich Sorgen machte? Sie hüstelte, ein kleiner, trockener Lacher, ob ihrer Dummheit, das zu denken. Und dann kam, in gleichem Maße umgekehrt proportional, wie der Wind sich legte, der durch die Vorgärten strich, Wut auf. Unbeschreibliche Wut. Und eine Ruhe.

Die Walther war kühl und schwer. Als Verena sie in die Tasche fallen ließ, sackte diese in sich zusammen wie ein Bhatura-Brot in einem indischen Restaurant.

Zeitgleich quetschte Dieter mit seinem Messer Mettwurst aus einem Plastikdarm. Seine rechte Hand zitterte mehr als seine linke. Er war in den letzten Wochen um Jahre gealtert. Vorhin hatte er nicht mal gewusst, dass morgen der Abriss begann.
– Wollen wir hingehen?, hatte Irene gefragt.
– Wohin?
– Na, immerhin haben wir fast 47 Jahre dort gewohnt.
– Was soll ich dort? Kann ich gleich auf meine eigene Beerdigung gehen.
Dieter hatte gehofft, Irene würde nicht daran denken. Immerhin war sie schon seit Monaten ausgezogen, wohnte hier in diesem Glaskasten mit einer Selbstverständlichkeit, die Dieter ärgerte. Ständig musste er fragen, wo sich etwas befand. Oder er öffnete unwirsch die Schränke, worüber Irene sich mit ›Was klapperst du schon wieder?‹ beschwerte. Nachts hatte er statt des Bads schon zweimal die Abstellkammer geöffnet, weil er sich in der Tür geirrt hatte. Er würde Irene nichts sagen. Er durfte nicht einschlafen. Er musste warten, bis Irene ihr leichtes Schnarchen hören ließ. Irene behauptete immer stocksteif, sie schnarche nicht. Aber im Gegensatz zu Irenes Einstellung zu seinem Schnarchen fand er ihr Schnarchen beruhigend. Irene räumte bereits den Abendbrottisch ab, obwohl er noch nicht fertig war.
– Brauchst du das noch? Ach, du wirst zu fett.
Nacheinander verschwanden die beiden Mayonnaisesalate, die er für sich gekauft hatte, dann die Butter, nur das Brot ließ Irene stehen, als wenn er trocken Brot essen würde. Und das Obst. Aber das aß er jetzt aus Prinzip nicht.
– Nimm das weg, sagte er.

Irene nahm sein Glas und seinen Teller, so dass er die restliche Schnitte in die Hand nehmen musste, und stellte sie in die Spülmaschine. Sie stöhnte dabei laut. Am liebsten wäre er aufgestanden und hätte ihr über die Haare gestrichen. Einfach so. Aber Irene würde nur wie eine Furie herumfahren. Außerdem würde sie dann etwas ahnen. Er musste sich verhalten wie immer.

Es war zwar nicht mehr so heiß wie die letzten Tage, aber es war auch nicht kühl. Ein Dazwischen-Wetter. Morgen würde die Hitze zurückkehren. Verena überlegte, ob sie ein Taxi rufen sollte. Aber jetzt störten sie die schwitzenden, überarbeiteten, schlechtgelaunten anderen Fahrgäste nicht. Mit Walther war die S-Bahn- und U-Bahn-Fahrt ein Klacks.

Sie saß entspannt, selbst der junge Türke oder Araber – ›Migrant‹, würde Windinger sagen –, der, als sie sich hingesetzt hatte, seinen Arm wie aus Versehen so gehalten hatte, dass er sie am Po berühren konnte, und dann erschrocken über sich selbst, oder über ihren Blick, einen Sitzplatz weggerückt war, war ihr egal. Ihre Finger trommelten gelassen auf ihrer Tasche. Sie lächelte. Du hast etwas vergessen, würde sie sagen. Wie lange würde Kai brauchen, um es zu realisieren? Was würde er sagen? Würde er überhaupt etwas sagen? Was, wenn die Frau die Tür öffnen würde? ›Ich wollte zu Kai‹, würde sie dann sagen, oder: ›Ich möchte zu meinem Mann.‹ Nein, wahrscheinlich einfach nur: ›Ich möchte zu Kai. Kai Brusowitsch.‹ Immerhin blieb etwas von ihm. Wenn auch nicht sein Name.

SEPARIERMASCHINE

Die Unterführung nahm kein Ende, so wie diese Nacht kein Ende nahm, obwohl sie im eigentlichen Sinne schon zu Ende zu sein schien. War er müde? Drüber? Überall schienen Hinweisschilder zu irgendwelchen Ausgängen zu weisen, oder zu weiteren Unterführungen. Er war jetzt drei Mal mit verschiedenen Rolltreppen gefahren, hinauf, hinunter. Er ging davon aus, dass morgen die Sonne scheinen würde. Dabei hatte es geregnet, als er das Fabrikgelände verlassen hatte. Im Nieselregen war er über den Betonplattenweg geschlurft. Die Tropfen hatten im feinen Staub winzige Krater hinterlassen, aber ihn kaum angepappt. Eine einfahrende U-Bahn schob einen Luftzug an ihm vorbei. Der Luftzug zog die Menschen, die wie plötzlich aufgetaucht schienen, obwohl sie die ganze Zeit um ihn gewesen waren, in den Zug. Genau deshalb musste er sich diesem Sog entgegensetzen. Nicht einsteigen. Nirgendwohin fahren. Fast alle Sitzplätze waren frei geworden. Er ließ sich außen links auf die Viererstuhlgruppe fallen. Er spürte fast gleichzeitig das kalte Metallgitter der Sitzfläche und wieder diesen Luftzug, der Zug fuhr davon. Gestern oder heute, wie man's nahm, nach Pete's eternal night show, wo sie als Vorband aufgetreten waren, als Vorband, so weit war es also schon, Grozki hatte sich selbstredend bedankt, dass sie, als Nachwuchsband, diese Chance wahrnehmen durften, die Engenders waren auf den Gag eingestiegen und hatten für Nachtasyl großzügig einen Song improvisiert, der nur zwei Worte enthielt: Onkel Wanja, Onkel Wanja, Wann-jaa. Im muffigen Backstageraum war ›Wann-ja? Wann-nein?‹ dann eskaliert, vier Gitarren, zwei Bässe, sieben Stimmen und zwei kreischende Groupies der Engenders. Kurz danach setzte die Erinnerung aus, obwohl er nichts eingeworfen hatte. Der Bahnsteig füllte sich wieder, dunkle, runde Lederschuhe, graue, bedruckte

Sneakers und türkise Sandalen mit einem dicken Messingknopf kamen in sein Blickfeld. Mit der nächsten einfahrenden U-Bahn ließ er sich vom Luftzug mittragen, nicht in den Waggon, sondern nach oben. Auf den Frontseiten der Stufen stand die Werbebotschaft eines Mobilfunkanbieters, die von oben nach unten zu lesen war. Da man sie nur lesen konnte, wenn man von unten nach oben ging, entging ihm die Pointe. Was wahrscheinlich Absicht war, diese gewisse Unbefriedigtheit, die einen beschäftigen sollte. Vielleicht sogar so weit, dass man beim nächsten Mal darauf achtete, am nächsten Tag, gab es einen nächsten Tag?, wenn man dieselbe Strecke unterwegs war.

Morgen, heute, würde der Abriss beginnen. Alles war zu Ende, der Kampf, die Liebe, das Leben. Ha, er musste über seine eigene Sentimentalität lachen, über sein Denken in Allgemeinplätzen. Ende Kampf Liebe Leben. Kampf Liebe. Ende Leben. Und dann nochmal alles in Kleinschreibung und mischen. Aber daraus ließ sich kein Song machen. Oder vielleicht war er auch nur nicht mehr spontan und überzeugt genug. Die Zweifel waren überall. Er beneidete die Engenders, die einfach so aus ›Onkel Wanja‹, aus zwei Worten, einen ganzen Song bastelten. Und sie hatten Recht damit. Er lief die Rosa-Luxemburg-Straße hoch, rechterhand schimmerte, von trübem Laternenlicht angestrahlt, raffinierte Damenunterwäsche. Er wollte die Damen, die Mädchen, die irgendwann in diesen Dessous stecken würden, gern schütteln oder in dieses nächtliche, verstaubte Schaufenster setzen. Er wusste jetzt, wohin er wollte. In die Marner Straße. Aber was er dort wollte, wusste er nicht.

Der Bauzaun war geöffnet, er wusste es, er hatte es gewusst, Kathleen war hier. Auch die Sperrholztür, die statt der Eingangstür vor den Aufgang gesetzt worden war, stand einen Spalt offen. Das schwere Vorhängeschloss war aufgeschlossen. Grozki wunderte sich, aber Kathleen traute er einiges zu. Als er ins Treppenhaus kam, nahm er einen Geruch wahr, einen dezenten, unaufdringlichen, angenehmen Geruch, der ihm bekannt vorkam. Wie gewohnt drückte er den Lichtschalter, aber es blieb dunkel. Warum zum Henker war er Nichtraucher geworden? Früher hatte er immer ein Heftchen mit Zündhölzern, mit denen er sich in Bars und Kneipen versorgt hatte, dabei. Er blieb stehen, bis er erste Konturen im durch die Fenster dringenden Licht der beleuchteten Bagger wahrnehmen konnte. Die Wohnungstüren waren dunkle Vierecke.

– Kathleen?

Er hörte im zweiten Stock ein Scharren über den Fußboden. Die Wohnungstüren waren entfernt worden, aber die Türen in den Wohnungen waren noch da. Jemand saß hinter der Riffelglasscheibe im leeren Wohnzimmer der Familie Sonntag.

– Kathleen?

– Nein.

– Wer ist da?

– Gemeinsames Nachtasyl?

Die Mieterberaterin hatte ihre Pumps neben sich gestellt und den engen Rock bis zu den Hüften hochgezogen, um bequem sitzen zu können. Die Bluse glänzte matt, und Grozki glaubte, genau diese Kleidung heute schon gesehen zu haben. Auf dem Konzert.

– Was machen Sie hier?

– Ich meditiere.

– Sie meditieren. ... Sonst noch jemand hier?

Grozki sah sich um, er hatte noch immer dieses Gefühl, Kathleen hier zu finden.

– Nicht dass ich wüsste, Herr Gorzkow.

Erst jetzt registrierte Grozki, dass die Mieterberaterin eine Waffe in der Hand hielt.

– Was ist das?

– Wonach sieht es denn aus?
– Frau ...
Grozki suchte nach ihrem Namen.
– Wilke, Verena.
– Verena?
– Ja.
– Also, Frau Wilke, Verena, Sie sind abgestellt, hier mit dem Dingsda zu sitzen und aufzupassen, dass niemand ...
– Ich bin nicht abgestellt, ich mache das freiwillig.
– Freiwillig.
Abgestellt. Nein, sie war nicht abgestellt. Trotzdem fühlte sie sich hier wie an der Separiermaschine. Abgestellt, an der Separiermaschine im Keller. Im Keller des Datenverarbeitungsbetriebes. Zwölf Stunden Nachtschicht. Davon mehrere im Keller. Die Arbeit war nicht sonderlich schwer. Man musste die Papierbögen einlegen. Die Maschine schnitt die Ränder, die die doppelten, dreifachen oder ganz selten vierfachen Durchschläge miteinander verbanden, schnitt die Streifen mit den Transportlöchern ab und faltete sie in separaten Stapeln auf verschiedenen Ebenen. Die Maschine war laut wie ein Traktor. Man saß daneben und passte auf, dass sich kein Stapel verhedderte, dass sich die Bögen an den Perforationen des Endlospapiers in die vorgegebene Richtung falteten. Dass eine Seite auf der anderen landete. Eine endlose Ziehharmonika. In sich endlos hinziehenden Nachtschichten. Sie war die, die abgestellt wurde, an die Separiermaschine. Was Verena nicht weiter gestört hätte, hier verging die Zeit schneller. Schneller als oben an den summenden Schränken, in denen sich die Magnetbänder drehten. Wenn ewige Zeit kein Band gewechselt werden musste, fiel der Schlaf über sie her, und wenn der Schlaf über sie herfiel, dann fielen die Kittelschürzen über sie her wie Hyänen. Alle Frauen aus der Schicht trugen Kittelschürzen aus Dederon, obwohl das, wie groß und breit auf

einem Plakat an der Wand stand, gegen den Arbeitsschutz verstieß, weil sich das Dederon an den Druckmaschinen, den Metallteilen, den Bandgeräten aufladen konnte und die Stromstöße die empfindlichen Computer außer Gefecht setzen konnten. Aber es war ein ungeschriebenes Gesetz, dass alle Frauen diese geblümten Schürzen trugen. Rüschen an den Armausschnitten. Verena hatte keine Kittelschürze getragen. Diese Tätigkeit war vorübergehend. Sie würde studieren. Das wussten auch die anderen. Die anderen – Verena wusste nicht, ob es an ihrer Kittelschürzenweigerung gelegen hatte oder schon ein Abitur Affront war, jedenfalls ließen die Kittelschürzen keine Gelegenheit aus, um ihr zu beweisen, dass sie dumm war. Oder zumindest dümmer als sie selbst. Über den Computer flimmerten Zahlen und Buchstabenkolonnen in Dreierreihe, 4B3, 73A, F45, die Bezeichnung der einzelnen Magnetbänder, gefolgt von der Nummer der Bandmaschine, in die man sie einlegen musste. Es gab neue und alte Bandmaschinen. Die neuen saugten das Magnetband mittels Luftzugs selbständig ein. Lllffflll… Bei den älteren Geräten musste man den Anfang des Bandes auf die zweite Spule wickeln und beiden Spulen einen kleinen Schubs geben. Es gab auch Magnetplatten mit einer gigantischen Kapazität von 20 bis sage und schreibe 200 Megabyte, die in Dauerschleife liefen und etwa die Größe von Motorradreifen hatten. Jeden Tag kam ein Waschkorb voller Lochstreifen, das war die Abrechnung der gesamten Forstwirtschaft der DDR. Die Magnetbänder drehten sich, vor, zurück, vor, zurück, mal länger, mal weniger lang, bis das Gerät das Band irgendwann wieder ausspuckte und die Scheibe nach unten fuhr. Man musste Geräte mounten, Bänder tauschen, Papier in die riesigen Druckmaschinen einlegen, Jobs abarbeiten, die auf einem Papierplan ausgedruckt vor einem lagen. Gute Nächte waren, wenn die Bänder oft gewechselt werden mussten. Schlechte, wenn die Maschinen rechneten und rechneten und nichts passierte, auf dem Bildschirm nur ein kleiner grüner Cursor blinkte, wenn einen selbst im Stehen der Schlaf überkam. In letzteren Nächten war Verena oft im Keller. Es gab vier Geschwindigkeitsstufen. Je mehr Lagen, desto weniger Geschwindigkeit. Oder je höher die Geschwindigkeit, desto öfter verhedderte sich das Papier, und man musste die Maschine ausstellen und die Lagen per Hand falten, was schwieriger wurde, je zerknitterter die Papierschlange war. Verena stellte die Geschwindigkeit hoch, und manchmal setzte sie sogar beide Separiermaschinen parallel in Gang, sie wollte schnell fertig werden, sie wollte raus aus dem Keller, nicht wegen der Tätigkeit, sondern weil sie sich fürchtete. Weil sie wegen des dröhnenden Lärms nicht hörte, wenn sich jemand über den Gang näherte und in den kleinen Raum mit den zwei Maschinen trat. Manchmal hatte sie die Person erst bemerkt, wenn diese die Maschine ausgeschaltet hatte.

Als Grozki die Treppe heraufgekommen war, war die Angst wieder da gewesen. Die Angst von damals. Dabei war Ängstlichsein Kais Part. Die Separiermaschine ratterte, die Ränder fielen ab, und die Schichten, die einzelnen Papierlagen wurden separiert.

– Und was machen Sie hier? Was vergessen?

Grozkis Schatten bewegte sich auf der Wand und an der Decke, aber er sagte nichts. Er schien zu überlegen. Verena klickte mit der Waffe.

– Sie befinden sich auf unserem Eigentum.

Es war alles gesagt. Es war schon vor Wochen alles gesagt worden. Was jetzt gesagt oder nicht gesagt werden würde, wäre etwas ganz anderes. Aber weder Grozki noch Verena machten Anstalten, ihr Terrain zu verlassen. Grozki betrachtete die an der Wand sitzende Gestalt, deren Schatten aussah wie ein Jedi-Ritter.

– Möge die Macht mit dir sein.

FROSTHUB

Die Sonne mühte sich, schwerfällig nach einer zu kurzen Nacht, durch die endlosen Straßenzüge, ein dunstiges Gefühl von Müdigkeit, eine 48-jährige, unausgeschlafene Frau, die einen langen Arbeitstag vor sich hatte. Auf Mont Klamott stemmte sie sich ab, hievte sich über den Berg, auf dem noch immer, gelegentlich, Silberlöffel, Porzellanuntertassen, Fensterriegel und Schlüssel aus der Erde wuchsen. So als wollte sich etwas in Erinnerung bringen. Sie kroch unter Sträucher, hastete über noch leere Wege. Das Zwitschern der Vögel, die ihr zuvorgekommen waren, war ihr egal. Sie schaute auf den Prenzlauer Berg herab, warf einen Blick in den dritten Hinterhof, den sie manchmal auch ganz vergaß. Die Dunkelheit wohnte in den Herzen. Stur klingelten die Wecker. Auch die Besserverdienenden wollten nicht aufwachen. Jetzt noch nicht. Noch einmal umdrehen. Ein siebenjähriges Mädchen mit einer spanischen Mutter und einem holländischen Vater, das gleich in eine internationale Schule gefahren werden würde und ihrem vierjährigen Bruder gelernte Wörter vorsprach, verwechselte so früh am Morgen die Wörter ›gently‹ und ›gentry‹. So dass ihr Bruder im Kindergarten den ganzen Tag ›gentry, gentry, gentry‹ vor sich hin brabbelte. Was aber niemandem auffiel. ›gentry‹ wurde dann von anderen Kindern aus dem Kindergarten mit nach Hause genommen.
Mit dem Schnellaufzug fuhr die Sonne hinauf auf die Aussichtsplattform des Fernsehturms, zögerte kurz, weil sie den gewohnten Geruch nach Soljanka vermisste, sprang von dort noch höher, verwandelte sich in eine pubertierende Technoqueen und hämmerte erbarmungslos von oben herab. Sie hatte sich für heute einiges vorgenommen.

DER STUHL

Der Stuhl wanderte jeden Tag ein paar Meter die Straße entlang, dann wieder zurück. Aber niemand wollte sich seiner ganz annehmen. Es sah so aus, als hätte ihn jemand absichtlich für sich dahin gestellt, für den halben Weg. Nur wohin? Und von wem? Wie ein Stuhl auf halber Treppe, den alte Leute hinstellten, um sich beim beschwerlichen Treppenaufstieg zwischendurch auszuruhen. Jetzt stand der Stuhl unterm Essigbaum. Vorhin hatte er noch an der Kreuzung gestanden. Ein einzelner Stuhl. Braunes, lackiertes Holz, rotbrauner Bezug mit riffligen Noppen. Die Stuhlbeine waren etwas in die Wiese eingesunken. Andi saß auf dem Stuhl, und Rishi stand daneben, den Arm an den schmalen Stamm gestemmt. Es sah aus wie eine uralte Fotografie. Wie ein Paar unterm Baum. Das Morgenlicht gab dem Bild einen zarten Schimmer, Weichheit. Zwei Männer in Sepia. Zwei Arbeiter in Sepia. Andi und Rishi strahlten Ruhe aus. Sie beobachteten von unter dem Baum aus das Treiben. Sie sahen Windingers schwarzen Mercedes vor der Baustelle parken. Windinger, der hinter der Absperrung auf die Männer in weißen Tyvek-Overalls einredete. Die Männer in den weißen Overalls schüttelten die Köpfe.

Andi und Rishi saßen in ihrem Bild und hörten nur das Summen der Bienen, Wespen oder sonstiger Insekten.

Niemand trat auf sie zu, niemand stellte Fragen, nicht Windinger, nicht Meissner von der 1. Mordkommission.

– Was machen wir?, fragte Rishi.

– Wir warten.

JOTWEHDEH

Grozki war lange nicht mehr so weit draußen gewesen. So weit drinnen in der Welt außerhalb des S-Bahn-Rings. In den Neubauten. Die Satellitenstädte waren eine Welt für sich. Hier gab es nichts. Zumindest nichts für ihn. Er hatte den Stuhl, der unter dem einzigen Baum, der noch da war, gestanden hatte, über die Schulter geworfen. So konnte er leichter laufen, auch wenn dafür sein Handgelenk schmerzte. Die Hauseingänge lagen weit auseinander, so dass sich die acht Nummern hinzogen, wie sich der Hinweg immer länger hinzog als der Rückweg. Vielleicht, weil man beim Rückweg in Gedanken schon zuhause war. In gewohnter Umgebung. 62. Grozki stellte den Stuhl ab und suchte auf den drei Klingelfeldern den Namen. Das Licht war schlecht, er musste nah herangehen. Erst jetzt dachte er darüber nach, dass auch niemand zuhause sein könnte. Da ertönte ein fragendes:

– Ja?

– Hier ist Grozki.

Die Tür summte. Im hellen Neonlicht des Fahrstuhls sah der Stuhl erbärmlich aus, an den Beinen war an mehreren Stellen der Lack aufgeplatzt, das blanke Holz lag frei, das Polster war ungleichmäßig gebleicht, und rechts vorn an der Sitzfläche war ein dunkler Fleck. Es war absurd und erbärmlich. Im Spiegel des Fahrstuhls sah Grozki einen rauchigen Fremden mit eingefallenen Wangen. Er klatschte sich mit den flachen Händen ins Gesicht. Was nichts half. Mit den Worten im Kopf: ›Ich bin erbärmlich‹, verließ er den Fahrstuhl. *Lift me up, lift me up / Higher now am I?*

Marianne stand leicht nach vorn gebeugt in der Tür. Ihre weiche Fülle quoll aus ihrem kurzärmeligen, hellgrünen Nylonstrickoberteil, eingeschnürt von Rockbund, Slip und BH.

– Hallo.
– Hallo.
– Ich dachte, den könnt ihr vielleicht noch brauchen.
Marianne sah Grozki fragend an.
– Der ist doch von euch. Oder nicht?
Grozki hielt Marianne den Polsterstuhl hin. Mariannes Blick hatte etwas Erstauntes, fast Erschrockenes. Er stellte den Stuhl vor ihre Füße, die in grauen Kunstlederpantoffeln steckten. Die braunen Feinstrumpfhosen erinnerten Grozki mit einem Anflug von Scham an seine Mutter. Marianne berührte kurz die gepolsterte Lehne, wie um sich zu vergewissern.
– Danke. Schön, dass du ihn zurückgebracht hast.
Grozki fühlte sich plötzlich wie ein kleiner Junge.
– Ja.
Er hatte den Stuhl aus Mitleid mitgenommen. Und weil er mit sich nichts anzufangen gewusst hatte. Weil er aufgewühlt war und irgendwo hingehen wollte. Der Stuhl war ihm als gute Gelegenheit erschienen, als eine Aufgabe. Als etwas, das zu Ende gebracht werden musste. Er hatte Marianne Unrecht getan.
Er wartete, dass Marianne ihn hereinbat. Aber Marianne nahm nur den Stuhl und schob die Tür hinter sich mit ihrem Körper zu. Sie wusste, Grozki wollte reden, aber sie hatte keine Kraft zuzuhören. Sie trug den Stuhl die wenigen Schritte bis ins Wohnzimmer und stellte ihn an den runden Tisch, an dem bis jetzt nur drei Stühle gestanden hatten. Marianne hatte den Tisch so an die Wand gestellt, dass gar nicht auffiel, dass ein Stuhl fehlte. Es sah so aus, als wären es immer nur drei Stühle gewesen. ›Hatten wir nicht mal vier Stühle?‹, hatte Gerd gefragt. ›Hatten wir nicht mal eine andere Wohnung?‹, hatte sie geantwortet. Nicht mehr und nicht weniger. Marianne rückte den Tisch von der Wand weg und platzierte die Stühle jetzt wieder so, dass sie gleichmäßig um den Tisch standen. Es war eng. Aber in der

Marner Straße war es auch eng gewesen. Sie stellte den Stuhl dazu wie eine Selbstverständlichkeit. Als hätte sie den Stuhl nur einem Nachbarn geborgt gehabt. Als wäre nichts gewesen. Ohne nachzudenken, ging sie in die Küche, öffnete etwas schwerfällig die Schiebetür unter der Spüle, holte Teppichreinigerspray und einen Schwamm und bearbeitete dann das Polster. Aber der Fleck änderte seine Farbe nur unmerklich. Marianne hielt inne und wartete. Sie wartete auf die Tränen. ›Wir haben immer noch die Laube‹, hatte Gerd gesagt. Ja, es stimmte, sie hatten immer noch ihre Laube. Aber wie lange würden sie noch rausfahren? Marianne fühlte sich amputiert. Sie dachte an Onkel Martin, wie schnell es gegangen war, erst hatten sie ihm das eine Bein amputiert und kurz danach das zweite. Und dann war er tot, und dann war Tante Erna tot. Marianne war nicht hingefahren. Es war ja auch nicht ihr Onkel gewesen, sondern nur ihr Großonkel. Die Freundschaft mit den Laubners, die jetzt nur zwei Hausnummern weiter wohnten, zwei Hochhäuser weiter, wie die Mieterberaterin betont hatte, ließ sich nicht so aufrechterhalten wie in der Marner Straße. Man begegnete sich nicht zufällig auf der Treppe. Man musste sich verabreden. Alles war schwerfälliger geworden. Resignierter.

VEB MÖBELWERKE SÖMMERDA

Auf der Unterseite des Stuhlpolsters klebte noch immer der Zettel, das Papier über die Jahre vergilbt und brüchig, mit dem Stempel, der den Ort seiner Herstellung bezeichnete: VEB Möbelwerke Erfurt, Betriebsteil Sömmerda. Sömmerda hatte im Eigentlichen gar kein Möbelwerk, aber im Zuge der Konsumgüterproduktion Anfang der 70er Jahre war der VEB Büromaschinenwerk

›Ernst Thälmann‹ Sömmerda, dessen eigentliche Aufgabe es war, Schreib-, Buchungs- und Rechenmaschinen, Letztere später auch Computer genannt, zu produzieren, dazu verdonnert worden, neben Obstentsaftern, Kinderrollern, Notenständern und Autositzbezügen eben auch Polsterstühle herzustellen.
›Wenn ihr Rechenmaschinen herstellen könnt, dann sollte ein Polsterstuhl doch ein Klacks sein‹, hatte der Mann von der überregionalen Koordination der Konsumgüterproduktion gesagt, und: ›Um an euren Schreibmaschinen zu schreiben, muss man auch auf irgendetwas sitzen, oder?‹ So ganz ging die Argumentation nicht auf, denn an den Schreib- und Rechenmaschinen saß man meist auf Bürostühlen, aber der Leiter des BWS Sömmerda wollte diese Diskussion nicht aufmachen, nachher wären zu den Polsterstühlen noch Bürostühle hinzugekommen.
So wurde aus Marie Matysek, die bisher Typenhebel und den Wagenrücklauf der GSE-Schreibmaschine montiert hatte, die Abteilungsleiterin der Abteilung Polsterbezug, der zwei weitere Mitarbeiterinnen unterstellt waren. Marie Matysek, eine ruhige, alleinstehende Frau, deren Vater in derselben Fabrik noch Patronen und Geschosszünder hergestellt hatte, von denen eine Patrone ihm selbst zwischen Thierville-sur-Meuse und Belleville-sur-Meuse als Querschläger am 18. Dezember 1916 die Lunge durchschoss, ihn 56 Sekunden später zusammensacken ließ und sein Leben im Alter von 35 Jahren beendete, Marie Matysek nähte von 1971 bis 1972 orangerote, noppenbesetzte Polsterbezüge, die mit Schaumstoff gefüllt auf Sitz und Lehne aufgezogen wurden. Am 9. Juli 1972, aus Anlass ihrer Pensionierung, gab es eine kleine Feier. Vier Stühle, die mit den letzten von Marie Matysek genähten Bezügen fertiggestellt worden waren, standen nebeneinander aufgereiht im vorderen Teil der Werkstatt. Marie wurde genötigt, auf einem davon Platz zu nehmen, was ihr überaus peinlich war, sie wollte die makellosen Stühle nicht be-

schmutzen. Dieser Gedanke war vollkommen widersinnig, denn Marie Matysek war die Reinlichkeit in Person. Noch dazu hatte sie sich heute, zur Feier ihres Geburtstages, herausgeputzt. So saß sie mit ihrer weißen, gestärkten Rüschenbluse und ihrem rotbraunen Glockenrock, der ihrer spillrigen, hageren Figur eine gewisse Fülle gab, die fast weißen Haare wie immer zum Dutt nach oben gesteckt, sehr aufrecht auf dem Stuhl. Als der junge Funktionär, der ihr gänzlich unbekannt vorkam, ihr das Abzeichen für die am heutigen Tag verliehene Auszeichnung ›Aktivist der sozialistischen Arbeit‹ an die Rüschenbluse heften wollte, wehrte sie das vehement ab, was aber nichts mit der Auszeichnung zu tun hatte, auf die sie stolz war, sondern mit der guten Bluse, die geschont werden musste, und ihrer Ansicht, dass man solcherlei Dinge nicht zur Schau tragen sollte.
Sie nahm die Blumen, einen Strauß Mädchenauge, den der Funktionär mit einiger Mühe organisiert hatte, und die schwarze Plastikdose mit der Anstecknadel, legte beides in ihren Schoß. Als die Männer der Holzabteilung, die bereits auf Maries Auszeichnung, ihren Geburtstag und ihre Pensionierung einen gehoben hatten, den Stuhl ergriffen, sie nach oben stemmten, durch den kleinen Raum trugen und ›Hoch soll sie leben‹ sangen, wusste sie nicht, was sie festhalten sollte, sich, die Blumen oder das schwarze Kästchen. Sie entschied sich für Blumen und Kästchen und verließ sich darauf, dass ihre Haltung und die Männer sie stützen würden. Auch wenn sie anfänglich versucht hatte, diesem Spuk Einhalt zu gebieten, musste sie unwillkürlich lachen, fühlte sich wie ein junges Mädchen. Sah sich in der Erinnerung an ihrem fünften Geburtstag, als ihr Vater und ihr Onkel sie auf die gleiche Weise auf einem Stuhl durch die Wohnung getragen hatten. Fühlte sich an das Lachen von damals erinnert, Tränen schossen ihr in die Augen, und sie versuchte nun mit noch lauterem Lachen, diese hinabzuwürgen. Glücklicherweise ließen

die Männer genau in diesem Moment den Stuhl sanft wieder auf den Boden herab. Sie wischte sich mit dem Handrücken der Blumenhand die Feuchtigkeit aus den Augen.
Als letzte Amtshandlung drückte sie auf jeden Stuhl den Stempel, auf den von unten aufs Sitzpolster geklebten Zettel.
Nach der Kaffeerunde, das große Blech Kirschstreusel war fast leergegessen, drängten die beiden Frauen der Abteilung Marie, die gern noch mit aufgewaschen und aufgeräumt hätte, hinaus, in den Ruhestand.
Von den 100 Mark, die mit der Auszeichnung einhergegangen waren, fuhr Marie nach Weimar, ging ins Museum, in den Park, abends ins Theater in ›Der Bettelstudent‹, übernachtete im Hotel und fuhr am nächsten Tag zurück. 56,60 Mark waren noch übrig.
Die nächsten zwölf Jahre bis zu ihrem Tod stand sie weiterhin morgens auf, pflegte das kleine Vorgärtchen und versuchte, mit kleineren Stopfarbeiten für die Nachbarschaft die Zeit zu überbrücken. Nähere Angehörige gab es nicht, ihr Mann war seit 1944 vermisst, und ihre beiden Kinder – von den vieren, die sie geboren hatte –, die das Kleinkindalter überlebt hatten, waren im Winter '46 an Tuberkulose gestorben.
Noch oft träumte sie, auf einem Stuhl durch den Raum getragen zu werden, und immer wieder verschmolzen die beiden Erinnerungen, die 55 Jahre auseinanderlagen, zu einem Traum. In einem anderen Traum sah sie den orangeroten, genoppten Stoff durch die Nähmaschine rattern.
2005 wurde ihr Grab eingeebnet.
Die vier Stühle waren in die Hauptstadt – die etwas mehr von der Konsumgüterproduktion profitierte als der Rest der Deutschen Demokratischen Republik – transportiert und dort in einem Geschäft auf der Karl-Marx-Allee im Schaufenster präsentiert worden. Marianne und Gerd, die gerade ›Meine Tage

mit Pierre‹ und ›Meine Nächte mit Jacqueline‹ hintereinander im Filmclub des Kino International gesehen hatten, spazierten über die nächtliche Karl-Marx-Allee und versuchten jeweils, die Handlungen ihrer Geschlechtsgenossen zu verteidigen, bis Marianne an ebenjenem Möbelgeschäft stehen blieb. ›Schau mal, die Stühle.‹ Am nächsten Morgen war Gerd in seiner Mittagspause zu dem Geschäft gefahren und ließ sich die vier Stühle reservieren. Am Abend kauften Marianne und Gerd, die noch gar nicht zusammenwohnten, die vier Stühle. Was so etwas wie ein Heiratsantrag war. Jeder von beiden nahm zwei Stühle mit zu sich. Drei Jahre später, als Marianne und Gerd in die Wohnung in der Marner Straße zogen, wurden die vier Stühle wieder vereint. Ein halbes Jahr darauf kam auch ein Tisch dazu. Marianne saß immer auf dem Stuhl, der der Küche am nächsten stand, das war günstig, besonders, wenn Besuch da war. Es war derselbe Stuhl, auf dem Marie Matysek gesessen hatte. Und auf diesen Stuhl war Marianne gestiegen, als Grozki sie beim Silvesterfest überredet hatte, auf dem Tisch zu tanzen. Und hätte das wahrscheinlich auch getan, wenn Gerd sie nicht am Arm festgehalten hätte. Seltsamerweise hatte sie diese kleine Episode gänzlich vergessen, während Gerd noch oft mit einem kleinen Schauer, seine Frau gar nicht zu kennen, daran gedacht hatte.
Auf diesen Stuhl hatte Marianne gesessen, als sie die Kündigung als Laborantin im fotochemischen Labor erhalten hatte, und fünf Wochen später, als Gerd, der Telekommunikationsfacharbeiter gewesen war, seine ebenfalls in der Hand hielt. Auf diesem Stuhl hatte sie die Umschulung zur Altenpflegerin unterschrieben.
Dieser Stuhl war es, der bei ihrem Umzug von der Marner Straße ins Hochhaus, in die Trabantenstadt, verloren gegangen war, wie sie beide glaubten. Zu müde, um sich bei der Umzugsfirma zu beschweren, zu müde, um einen Brief oder eine Rechnung an die Mieterberaterin zu schreiben. Sie versicherten sich

gegenseitig, dass man mit drei Stühlen mehr Platz in der noch kleineren Wohnung hatte.
Allerdings mussten sie für den einen gemeinsamen Abend mit ihren ehemaligen Nachbarn, den Laubners, die zwar nur drei Hausnummern neben ihnen eingezogen waren, die allerdings 500 Meter auseinanderlagen, denen sie also nie über den Weg liefen, einen Küchenstuhl mit an den Tisch stellen, was etwas trostlos aussah, so wie der ganze Abend etwas trostlos gewesen war. Die Gespräche drehten sich einerseits um die Vergangenheit, um all die Dinge, die sie verloren hatten, angefangen von den Einkaufsmöglichkeiten, über Gerds Sportverein, den Friseur der Laubners – Mariannes Friseur war schon vor geraumer Zeit aus dem Prenzlauer Berg verschwunden, und Gerd brauchte keinen mehr – bis hin zu Freunden und Bekannten, die auf einmal noch weiter weg wohnten. Alles verschwand. Sogar ein Stuhl war verschwunden. Was aber nicht thematisiert wurde.
Andererseits versicherten sie sich gegenseitig, das Richtige getan zu haben, unternahmen den Versuch, dieser neuen Wohngegend etwas Gutes abzugewinnen, ohne zu merken, dass sie sich selbst belogen.
Grozki brauchte eine Weile, ehe er sich mit Mariannes Stuhl angefreundet hatte. Mariannes Stuhl, den er aus Provokation versteckt hatte, um die Ausziehenden, die Schweizers, um Marianne zu bestrafen, weil sie auszogen, weil sie klein beigaben. Grozki empfand nach dieser Tat, nachdem der Umzugswagen der Schweizers abgefahren war, nicht die Genugtuung, die er erhofft hatte. Im Gegenteil, er fühlte sich etwas schäbig und traute sich auch deshalb nicht, den Stuhl auf die Straße zu stellen. Mariannes Stuhl stand überall im Weg. Die glücklichste Lösung erschien ihm, den Stuhl im Flur zu postieren. Und als der Plattenspieler darauf Platz fand, war das für ihn eine adäquate Lösung. Der Stuhl hatte eine Funktion.

In der Nacht vor seinem Auszug saß Grozki das erste Mal auf dem Stuhl. Der Plattenspieler war bereits in seinem neuen Domizil, der Wohnung eines Freundes, der für mehrere Monate im Ausland war. Grozki saß im dunklen Flur und starrte auf den schmalen Lichtstreifen, der vom Zimmerfenster seinen linken Schuh beleuchtete. Kathleen hatte auf dem Stuhl gesessen, nackt, mit einer Kaffeetasse in der Hand. Unbefangen, begehrenswert. Die Noppen hinterließen ein Muster auf ihrer Haut, und er hatte versucht, jeden einzelnen Noppenabdruck zu küssen.
Er hatte darüber nachgedacht, Marianne den Stuhl vorbeizubringen. Aber es war zu viel Zeit vergangen. Also hatte er ihn ins Treppenhaus gestellt, dort wo er ihn hergenommen hatte. Nur eine Etage höher, vor die ehemalige Wohnung der Schweizers. Als die Umzugshelfer gegangen waren, stellte er den Stuhl in die Wohnung der Schweizers, so als würde sich die Zeit zurückdrehen.
Auf einem seiner nächtlichen Rundgänge – seit Dieter allein im Haus war, hörte er nachts Geräusche, er konnte nicht schlafen, er nahm sich die große Maglite, die er notfalls zur Verteidigung nutzen konnte, und ging jede Wohnung, jedes Zimmer im Haus ab. Aber es war niemand da. Es war nie jemand da. Er gewöhnte sich an, in der Wohnung der Schweizers auf dem Polsterstuhl zu sitzen und sich auszuruhen, darauf zu warten, dass die Müdigkeit kam. Manchmal hatte er Glück. Aber immer seltener. Irgendwann war er zu müde zum Widerstand. Zehn Tage später trug er den Stuhl auf die Straße, band Absperrband um ein Stuhlbein und einen der Straßenbäume, um den Platz frei zu halten für seinen Auszug.
Auf diesem Stuhl hatte sich Verena fünf Minuten gegönnt, das abgerissene Stück Absperrband hatte leise im Wind geknistert, bevor sie nach oben gegangen war, vier Stunden bevor der Abriss begann.

Aus irgendeinem Grund hatte Rishi, nachdem Polizei, Amtsarzt und Feuerwehr die Straße verstellten und es klar war, dass es länger dauern würde, den Stuhl unter den Essigbaum getragen, als wäre er Andis Diener. Hatte Andi mit seinen Händen ein Zeichen gemacht, dass dieser sich setzen solle. Mit diesem Stuhl war Andi eingesunken in das, was von der Wiese noch übrig war. Aus der Wiese hatte Grozki den Stuhl gezogen, weil er einen Grund brauchte, um zu Marianne zu fahren.
Der Stuhl, der, solange er in Grozkis Obhut gewesen war, in seinem Kopf ›Mariannes Stuhl‹ gewesen war, würde ab jetzt, da er wieder bei Marianne war, ›Grozkis Stuhl‹ heißen. Grozkis Stuhl, der sich durch seine Flecken und Schrammen von den anderen unterschied. Der von nun an immer den Platz an der Wand finden würde, auf der am wenigsten sichtbaren Seite des Tisches. Marianne würde sich bei jedem Besuch, auch wenn nur sehr selten Besuch kommen würde, für den Fleck entschuldigen, würde kurz ansetzen und sagen: ›Das ist Grozkis Stuhl.‹ Und dann abwinken. ›Ach, nicht wichtig.‹

NICO

Grozki hatte sich an Mariannes großen Busen gewünscht. Er wusste nicht, woher dieser Gedanke kam. Wieso hatte er den Stuhl vorbeigebracht? Er hatte gehofft, nach Abgabe des Stuhls Erleichterung zu verspüren. Stuhlabgabe. Erleichterung. Grozki lachte kurz laut auf. Er verspürte plötzlich diesen Drang nach Alkohol, diesen Drang nach einer Line, er wollte das Hämmern im Kopf loswerden. Die Scham. Das Versagen. Das ganze Leben war ein einziges Versagen. Wenn er wenigstens Lust hätte zu ficken. Wieder kam ihm Aljoschas Bauwagen in den Sinn.

Mix mir einen Drink, der mich woanders hinbringt. Er schaute sich nach einer Kneipe um, aber hier gab es nur Beton, Wohnsilos. Grozki wusste, dass das der Anfang vom Ende wäre, dass er endgültig absacken würde. An der nächsten Ecke gab es einen Stehimbiss. Aber wollte er das Ende seiner Tage in einem Stehimbiss im Wohnghetto beginnen? Aber was dann? Was soll man denn machen? Wieder lachte er laut auf. Er war über 50. Grozki hasste sich für diesen Gedanken. Weil er seine Eltern und all die anderen, die ihren Arsch nicht hochgekriegt hatten, für diesen Satz ›Was soll man denn machen?‹ hasste. Sollte er in den Stehimbiss einkehren? ›Betonklause‹, stand in großen Buchstaben über dem geöffneten Fenster. Ein Stehimbiss mit Namen ›Betonklause‹, dafür wollte er jemanden umarmen. Grozki sah sich nach einer Person um. Vor ihm lief eine etwa 70-jährige Frau. Sie trug einen halbleeren Stoffbeutel über der Schulter. Grozki fiel in leichten Trab, um sie zu erreichen.

– Darf ich Sie mal umarmen?

Die Frau sah Grozki abweisend, mit einer Spur von Ekel und Angst, an. Aber Grozki wollte das jetzt. Er wollte jetzt umarmt werden.

– Ich werde Vater.

– Na, ganz jung sind Sie aber auch nicht mehr.

– Besser spät als nie.

Grozki war schon fast die Lust vergangen. Da entspannten sich die Züge der Frau, die Grozki wie eine ehemalige Lehrerin von ihm vorkam. Die Frau öffnete ihre Arme, und Grozki spürte den Geruch eines blumigen Parfüms. Den Geruch von Geborgenheit. In ihm stiegen Tränen hoch, die Flüssigkeit kam jetzt von innen nach außen statt von außen nach innen. Grozki hatte Angst davonzuschwimmen.

– Betonklause,

nuschelte er in das lichte graue Haar.

– Wie bitte?
Die ältere Dame trat einen Schritt zurück, und Grozki wischte sich über die Augen. Er zeigte auf die Betonklause.
– Bescheuerter Name, sagte er.
Die ältere Frau sah auf das Schild, verstand aber nicht, was er meinte.
– Wie heißt es denn?
– Betonklause.
Es war eine Mischung aus Lachen und Weinen.
– Ihr Kind heißt Betonklause?
Die Augenbrauen der Frau zogen sich zusammen.
– Nein, äh, nein, mein Kind heißt ...
Im linken Fenster des Imbisses klemmte ein Pappteller mit der Aufschrift: ›Wir belegen nach Wunsch.‹ So waren sie, die Berliner. Grozki konnte nur mit Mühe einen erneuten Lachanfall zurückhalten, denn das konnte er der Frau nicht antun.
– Nein, er heißt Nico.
Die ältere Dame nickte.
– Alles Gute für Sie und Ihre Frau und das Baby.
Mit einem leichten Kopfschütteln entfernte sich die Frau. Grozki beobachtete, wie der karierte Stoffbeutel hin- und herschlenkerte. *See the way she walks. / Hear the way she talks ... She's a femme fatale.* Von hinten wirkte die Frau fast wie ein junges Mädchen.
Jetzt wo er gerade unverhofft Vater geworden war, musste er nun doch nicht gleich mit dem Anfang vom Ende beginnen. Grozki entschied sich, die sieben Kilometer bis in den Prenzlauer Berg zu laufen, dort konnte man weitersehn. Da gab es genügend Kneipen, er wusste, wo er Stoff bekommen konnte. Vor ihm lag ein langer Fußweg. Ein langes Nachdenken. Einen anderen Weg einschlagen.

FEIERABEND

Der Tag war für heute zu Ende. Der Arbeitstag. Rishi hatte zu ›Bierchen?‹ den Kopf geschüttelt, wie er immer den Kopf schüttelte, hatte seltsam gelächelt:

– Zu heiß.

Es hatte sich hingezogen. Fragen. Keine Antworten. Der Arm, ein unwirklicher Arm, der zu einem unwirklichen Körper gehörte, ein Arm, der einen unter den Schutt zog. Der seltsame Widerstand. Die zarte Hand. Niemand hatte ihm Auskunft gegeben. War sie es, war sie es nicht? Nein, das war es nicht wert. Und hätte dieser Grozki, verdammt, nicht auf sie aufpassen können, wenn er schon sonst zu nichts nütze war? Vielleicht war sie es gar nicht. Aber allein der Gedanke, dass sie es sein könnte, setzte in Andi etwas in Gang. Etwas, das ihn abhielt, an den See zu fahren. Er wollte nachdenken, aber er konnte nicht, etwas rumorte in seinem Schädel. Ein Satz, der anfing mit: ›ich habe nur …‹, der sich verdrehte in eine Frage: ›habe ich nur?‹ nur ich. habe. habe. habe. habe ich. nur. ich habe. ich habe nicht. ich habe nur nicht.

Wieder saß er auf einem Stuhl, aber Rishi war weg. Er hatte sich hier fallen lassen. Mitten in der Sonne.

– Einen Doppelten vom Billigsten, was Sie haben.

Und hoffte, dass die Sonne und der Schnaps ihm den Rest gaben. Ende Gelände.

KURZ VOR SCHLUSS

Die Klimaanlage wehte einen kühlen Luftzug in sein Gesicht, Windinger beugte sich leicht nach vorn, so dass sie auch seinen verschwitzten Hals traf. Als er den Motor gestartet hatte, hatte die Cellosonate wieder eingesetzt, mitten im zweiten Stück – ohne dass er es bemerkt hatte. Brahms, sein Komfortbereich erklang, die Speaker lieferten exzellenten Sound, aber auch der erreichte ihn nicht. Er hätte den Anwalt schicken sollen. Warum war er überhaupt hingefahren? Vielleicht wegen Verena. Er wollte sich sicher sein. Vielleicht hatte er es nicht wahrhaben wollen. Er versuchte, das letzte Treffen zu rekapitulieren. Die Ausstellung. War es seine Idee gewesen oder ihre? Sie kannten sich jetzt bald 20 Jahre. Einen kurzen Moment lang stellte er sich vor, sie hätten die Reisen, die er ihr geschenkt hatte, alle gemeinsam unternommen. Wären mit offenem Verdeck durch Südfrankreich gefahren. Er stellte sich Verena mit einem flatternden Seidentuch neben sich vor. Ihre Strenge, ihre Kühle, das war das Anziehende gewesen. Und wie sie sich verändert hatte, aus der Unsicherheit herausgestiegen war, wie aus einer zu engen Hülle, das war sein Verdienst. Die Härte hatte ihn gereizt, wie ihn am Anfang ihre Unsicherheit gereizt hatte, er hatte ihr etwas zugetraut, und sie hatte geliefert. Er konnte mit sich zufrieden sein. Die Cellosonate endete versöhnlich, fast leicht. Das Liszt'sche Hämmern folgte zu unvermittelt. Sie mussten das regeln, wieder ein Problem und Verena nicht mehr da, die es lösen konnte. Verena war das Problem. Es sollte mit dem Bau losgehen, endlich, es hatte zu lange gedauert und zu viel gekostet. Und sie erschießt sich.

Ein Kindergarten. Sie bräuchten für ein paar Jahre einen Kindergarten im Erdgeschoss, das würde die Wogen glätten. Später würde man die Miete anpassen.

Hatte es diesen Moment gegeben? In der Dorfschänke, auf dem Rückweg aus dem Umland. Tanz in der Dorfschänke. Diese Analogie war widersinnig. Der ganze heutige Tag war widersinnig. Hausmannskost, eher schlecht als recht, und Bier. Die Blaskapelle hatte einen Walzer intoniert. Auch mehr schlecht als recht,

aber es war ein Walzer. Weiß Gott, was ihn geritten hatte, er hatte sie aufgefordert: ›Mein schönes Fräulein, darf ich bitten?‹ Ohne zu zögern, war sie aufgestanden, fast aufgesprungen, als hätte sie darauf gewartet. Schneller und schneller wurde die Blaskapelle, und Verena hatte gelacht, immer lauter gelacht, und sie waren zwischen den Stühlen herumgewirbelt, hatten sich gedreht, das Hemd war ihm aus der Hose gerutscht, ihr waren die Haare ins Gesicht gefallen. Vielleicht hätten sie sich aufgelöst. An einem Nachmittag 70 Kilometer vor Berlin. Außer Atem, sie, er, die Blaskapelle. Ihr Atem so dicht vor seinem Gesicht. Dort hätten sie sich küssen müssen. Drei Zentimeter überwinden. Nur drei Zentimeter entfernt hatte eine vollkommen andere Welt gelegen, eine Möglichkeit. Vielleicht hatte er, vielleicht hatte sie einen Atemzug zu lang gezögert. Ein Atemzug, in dem die Widerstände aufgeblüht waren, wie Löwenzahn. In der Luft segelten die Schirmchen, Saat für neue Zweifel.
Erschießt sich einfach. Erschießt sich in meinem Haus. Sie hätte sich in ihrem Haus erschießen können. Der Tod erinnert uns an die Möglichkeiten. Die Schänke, die Schenkel, wie lange war das her? Das musste ziemlich am Anfang gewesen sein, das musste 15 Jahre her sein. Die Häuser im Umland waren längst umgewandelt, weiterverkauft, verwandelt in Rendite, kleine Orte, kleine Rendite. Erschießt sich. Sie hatte eben doch keine Klasse. Keinen Esprit.
– Das ist jetzt ein Tatort, hatte der Kommissar gesagt.
– Wie lange?
– So lange, bis wir fertig sind. Das kann dauern,
hatte er hinzugefügt. Nachdrücklich. Wie er das hasste, die Genugtuung der kleinen Leute. Das nahm er ihr übel.
Der schwarze Mercedes wurde ausgebremst, ständig wurde er ausgebremst, wozu war das eine Autobahn, wenn man ausgebremst wurde? Die Wut in ihm ging auf wie ein Hefeteig. Wurde

gesteigert von jedem Auto, das seinen Fahrfluss bremste. Hinzu kam die Wut, dass er sich zu dieser Wut hinreißen ließ, zur Wut auf Verena, auf die kleinen Leute, auf die, die die Autobahn verstopften. Er war wütend, dass er seine Gelassenheit, Erhabenheit, seine Draufsicht verloren hatte, die Ruhe, dass seine Selbstsicherheit kurz aussetzte, wie ein kaputtes Herz. Die klassische Musik zeigte keine Wirkung, im Gegenteil. Sie hatte ihn tatsächlich aus dem Konzept gebracht. Für den Moment. Er hielt seinen Hals wieder in das Gebläse der Klimaanlage. Für den Moment. Er lachte, er lachte über Verena, über sich. Und dieses Lachen passte nicht oder passte doch zu Rachmaninow, dessen erste Sinfonie die schwarze Limousine zu füllen begann.

– LÄUFT!

Grozki schlurfte über die Rautenmuster des Gehsteigs. Es war doch weit, er war nicht mehr der Jüngste, und die Hitze. Die Trams zuckelten an ihm vorbei. Aber er hatte sich vorgenommen zu laufen. Also. Auf eine gewisse Art vermisste er den Stuhl, den abgeranzten Polsterstuhl, der nun wieder in Mariannes Wohnung stand, er war ihm ans Herz gewachsen über die Zeit. Er hatte ein Faible für abgeranzte Teile. Mit dem Stuhl hätte er jetzt ein Päuschen eingelegt. Hätte sich auf den breiten Gehsteig gesetzt, auf den Stuhl. Mit einer Faßbrause, Faßbrause mit ß ohne Spezial. Die Sonne der Flammenwerfer. Hitze stand in Korrespondenz zu den wichtigen Ereignissen seines Lebens. Auf dem Stuhl hätte er das, was vorbeiging, Revue passieren lassen können. Die Leute betrachten, ihnen zuprosten. Kommentare abgeben. ›Das müsste gestrichen werden.‹ Auf dem Stuhl hätte er gewartet auf das Ereignis. Jetzt war es schon so weit, er

hatte Sehnsucht nach Polstermöbeln. Im nächsten Spätverkauf besorgte er sich ein Getränk.
– Eine Fassbrause. Kalt.
– Kühlung is kaputt.
– Kaputt?
– Kaputt.
– Kühlung kaputt.
– Ja, verdammt.
Grozki drehte den Ventilator, der auf dem Tresen stand, so, dass er ihm Wind zuwirbelte.
– Sonst noch was?
Der schlaksige Typ hinter dem Tresen drehte den Ventilator wieder zurück.
– Eine Fassbrause. Zimmerwarm.
Der Typ ging an den nicht funktionierenden Kühlschrank, nahm eine Apfelschorle heraus und knallte sie auf den Tresen.
– Geht aufs Haus.
Ein weiterer Käufer stellte zwei Bier auf den Tresen und fragte:
– Geht das auch aufs Haus?
Grozki betrachtete die beiden Sternburg, die zwischen Kasse und sauren und süßen Gummitieren standen. Stillleben mit Sternburg. Für Kathleen. Der Mann hinter dem Tresen starrte Grozki mit unverhohlener Aggression an, also nahm er die Apfelschorle aufs Haus, ohne den Rest der Diskussion verfolgen zu können. Beim Öffnen sprudelte ein Teil der dunkelgelben Flüssigkeit über seine Hände und würde einen klebrigen Film hinterlassen. Wie die Bierlachen in den Clubs. Er sah Verena tanzen, allein, auf einer Tanzfläche, Verena als junges Mädchen. In engen Jeans und einer weißen, ärmellosen Bluse. Es lief ein Rausschmeißersong nach dem anderen, aber Verena tanzte, etwas hölzern, keine Frau, die ihn anmachte.
Auf der Treppe hatte er den Schuss gehört, gefolgt von einem

Klacken, als wenn ein harter Gegenstand auf den Boden fällt. Er war stehen geblieben und hatte auf weitere Geräusche gewartet. Aber es blieb still. Langsam hatte er die Riffelglastür aufgeschoben. Verena war zur Seite gesackt. Die Waffe lag zwischen ihren Beinen. Die dunkle Flüssigkeit glänzte. Ihr enger Rock war noch immer hochgerutscht, am liebsten hätte er ihn nach unten gezogen. In ihrem Gesicht war ein dunkles Loch, das immer größer zu werden schien, von dem ein Sog auszugehen schien. ›Ratlosigkeit mit toter Frau‹.

Grozki stand mit einer Plastikflasche Apfelschorle in der Hand in der brütenden Hitze. Der Gehweg flimmerte.

Jetzt, liebe Leser, folgt ein Gitarrensolo, ein Gitarrengewitter. Schrammel, schrammel. Sieben Gitarren – alle ehemaligen und aktuellen Gitarristen von Nachtasyl.
Sagte nicht schon Hölderlin (oder war es Rio Reiser?): Wer, wenn nicht ... Grozki – könnte aus dem Roman heraustreten, auf die Bühne. Das ist seine Bühne.
Grozki vergewissert sich nochmal, dreht sich kurz zu seinen Mitstreitern um. Die Gitarrenklänge haben sich in eine Fläche verwandelt. Leiser werdend. Grozki hält das Mikro dicht vor seinen Mund, Raum gebend. Der tiefe Bass hallt durchs Universum:
– Das. DAS. Das war's noch lange nicht.

DANKSAGUNG

Die Arbeit an diesem Roman wurde gefördert durch das Lüneburger Heinrich-Heine-Stipendium, das Aufenthaltsstipendium im Alfred-Döblin-Haus in Wewelsfleth, die Romanwerkstatt des Literaturforums im Brecht-Haus und das Stadtschreiber-Stipendium der Stadt Hausach. Vielen Dank.
Desweiteren gilt ein herzlicher Dank der Autorin Freunden und Familie, die die Entstehung des Romans tatkräftig unterstützt haben.
Ohne diese Unterstützung wäre der Roman nicht möglich gewesen.

INHALT